JN218339

岩本 薫
Kaoru Iwamoto

発情

誓いのつがい

Cover Illustration
北上れん
Ren Kitakami

この物語はフィクションであり、
実際の人物・団体・事件等とは、いっさい関係ありません。

登場人物紹介
characters

久保田杜央

かつて賀門に仕え、狂犬と呼ばれた。都築に拾われて飼われ、体での躾を受ける。

♥

都築真純

御三家の末裔にして若頭補佐。神宮寺一族を守る為なら手段を選ばない冷徹な男。

岩切 仁

大神組若頭筆頭で、月也の片腕。代々神宮寺一族を守ってきた御三家の末裔。

水川直己

外科医。代々神宮寺一族を守ってきた御三家の末裔で、神宮寺家の主治医。

主従

神宮寺月也

任侠組織「大神組」組長。特別な威圧感を放つ麗人。赤い瞳の白い狼に変身する。

かつての主従

父

兄

弟

賀門士朗

元高岡組組長。迅人を愛し、組を解散した。器の大きい野性的な男。

♥

神宮寺迅人

男でありながら妊娠可能なDNAを持つ【イヴ】。シルバーグレイの狼に変身する。

神宮寺峻王

唯我独尊な暴君だが、つがいの相手の侑希にはメロメロ。灰褐色の狼に変身。

♥

立花侑希

数学教師。生徒だった峻王に発情され犯されるが、やがて彼と愛し合うように。

双子

神宮寺希月

迅人と賀門の息子。自立心旺盛でやんちゃ、運動神経が抜群。

神宮寺峻仁

迅人と賀門の息子。知能が高く、ちょっと大人びている。「侑希ママ」が大好き。

神宮寺一族

◀

神宮寺一族

誰にも知られず密かに続く人狼の一族。十代の後半に発情期を迎え、生涯のつがいの相手を探す。

発情

誓いのつがい

1

子供の頃は時間が過ぎるのがとてもゆっくりだった。

あれは確か小学校五年生の昼休み。校庭で元気よく遊ぶクラスメイトたちの甲高い声をBGMに、立花侑希はひとりで教室に残って本を読んでいた。ほどなくして読み終わってしまった本をぱたんと閉じ、残り時間はなにをして過ごそうかと考えた瞬間だった。ふと「この退屈な生活がまだあと一年以上続く」ことに気がついて、ショックを受けた。

事実、その後も学校という囲いのなかで固定メンバーと過ごす単調な日々が続き、小学校の卒業式は「やっと終わった」という解放感が大きくて、教師やクラスメイトと別れる寂しさはまるで感じなかった。

中学・高校・大学・社会人と続いた、小学校時代とさほど代わり映えのしないフラットな生活ががらりと変わったのは、二十六歳のとき。

ある日を境に、侑希の生活は平凡とはほど遠いものになり、時間経過の体感スピードも二倍、いや三倍以上になった。そのスピードも年々速くなっており、いまや一年がまさに秒速で過ぎ去ってしまう。

三十代最後の年も、体感速度的には〝瞬きの間〟のスピードで過ぎた。

新しい年を迎えて例年どおり、年始の挨拶に訪れる来客のもてなしに追われているうちに、元日、二日と飛ぶように過ぎていき――気がつけばもう三日だ。

この二日間はあまりにバタバタで、正直、記憶が飛び飛びになっている。

一年で一番気を遣う任務が滞りなく完了して、たぶん気が抜けたんだろう。昨夜はベッドに横になるなり墜落するみたいに寝落ちしてしまい、つい先程目が覚めるまで夢も見ずに熟睡していた。

ベッドから起き上がったものの、いまいち頭がしゃっきりせず、体の感覚もどことなく鈍い。そんな半覚醒状態で、侑希は自室を出て、母屋へと向かった。侑希が暮らす〝離れ〟と、家長が住む母屋を繋ぐ渡り廊下をふらふらと歩く。

文京区は本郷に居を構える神宮寺本家は、古い日本家屋が多いお屋敷町でも有数の旧家であり、敷地面積も広大だ。近年増築した離れは現代建築で近代的な造りだが、母屋は昭和初期に建てられ、戦火を逃れた和風建築なので、同じ敷地内に建っていてもまるで別世界なのだ。

「……痛い」

別世界への架け橋である渡り廊下の途中で、思わず顔をしかめる。

痛いのは首、肩、腰。とりわけ首がひどい。

「凝ってるなあ」

侑希はため息を吐き、痛みがある場所を手で探った。指圧の要領でそっと揉みほぐす。

今朝起きたきっかけも、寝返りを打とうとして首に走った激痛だ。起き上がってみたら、首筋がパンパンに凝り固まっていて、しばらくは上を向くことも下を向くことも横を向くこともできなかった。

理由はわかっている。一昨日、昨日とまる二日、慣れない接客業務に従事したせいだ。ずっと立っていたのもあるが、たぶん知らず識らずのうちに緊張して、力んでいたんだろう。

単なる接客ならば、本職が高校教師の自分だって、そこまで緊張しない。

だがこの二日間、通称〝神宮寺のお屋敷〟を訪れた客人は、漏れなく只者ではなかった。

まず、判で押したかのように黒塗りの高級車で乗りつけてきて、後部座席から降りてくるのは全員が男性。年齢は四十代〜七十代。服装はオーダーメイドとおぼしき黒ずくめのスーツか、羽織袴の二択。総じて目つきが鋭利で、顔はいかつく、全身から剣呑なオーラを立ち上らせている。

見る人が見れば、彼らの正体にはすぐにピンとくるはずだ。

そう——彼らは東京および東京近郊に根を張る任侠組織の組長や幹部たち。組の規模はまちまちで、十人未満の小規模な組織もあれば、百人単位の大所帯もある。

いずれにせよ、組の上層部である彼らが帯同する供は、ひとりないしふたりだ。これは〝神宮寺詣で〟を迎え入れる神宮寺サイドがあらかじめ、「近隣住人の迷惑となるため、大人数での来訪はご遠慮願いたい」と通達したせいだった。

過去に近隣からクレームが入ったことはないが、見るからに堅気ではない黒ずくめの男たちにうろうろされては、せっかくの正月気分も台無しであろうという、先回りの配慮だ。

ボディガードを手薄にすれば、相応のリスクがある。

それでも彼らが従順に通達事項を守るのは、ひとえに通達文書の末尾に記されている名前へのリスペクトゆえだ。

神宮寺月也。

江戸末期から続き、浅草一帯を縄張りに持つ、老舗任侠組織「大神組」組長。

白磁の肌に絹の黒髪、闇色の双眸を持つ、美貌の麗人。

業界に身を置く者で、その名前を知らぬ者はいないと言われる、稀代のカリスマ。

実際、月也の人気と人望はすごい。

本郷で暮らし始めてから、〝神宮寺詣で〟の手伝いをするようになった侑希は、延べ百人になんなんとする組長や幹部を見てきた。いずれも実力主義の世界でのし上がった曲者ばかりだが、どんな強面も月也の前では借りてきた猫よろしく〝お行儀よく〟なってしまうのには毎年驚かされる。

なかには生月也に会えるチャンスに、明らかにそわそわと挙動不審な親分もいて、そんな様子を垣間見るにつけ、つい微笑ましく思ってしまったりする。

とはいえ、どんなに微笑ましい一面があろうとも、代紋を背負って立つ〝組長〟であることは揺るぎない事実なので、もてなす側としてはやはり気を遣う。なにしろ、礼儀作法には滅法うるさい世界の住人だ。

はじめの頃は、神宮寺の名を辱めるような粗相がないように、先方に失礼がないようにと終日気を張り続けて、終わったあとで寝込むことも多かった。

それを思えば、全身の凝りくらいで済んでいる近年は、だいぶこなれてきたと言ってもいいのかもしれない。

(これといったミスもしなかったし……)

二日にわたる気が重いお役目から解放された、晴れやかな気分をみちづれに廊下を渡った侑希は、母屋に恋人の姿を捜した。

「峻王?」

離れで一番広い部屋に共に暮らし、一緒のベッドで眠る仲でもある恋人は、侑希が起きた時点で室内にその姿がなかった。昨夜の就寝前の記憶は曖昧なのだが、ベッドには眠った形跡があったから、おそらく先に起きて母屋に行ったのだろうと思い、追ってきたのだが。

「峻王、どこだ？」

　呼びかけにいらえはなく、母屋は静寂に包まれていた。昨日まで大勢の客人で賑わっていたのが嘘のように、シンと静まり返っている。お手伝いのタキさんも三が日は休みを取っているので、台所から朝食を作る音も聞こえてこず、味噌汁のにおいも漂っていない。

「峻王！」

　名を口にしながら磨き抜かれた廊下を辿り、居間や台所、客間や中庭、母屋で唯一の洋間など、ひととおり覗いてみたが、捜し人はいずこにもいなかった。

　恋人だけでなく、母屋の住人の姿も見当たらない。

　母屋の住人というのは、家長の神宮寺月也と、月也の亡き妻の弟で、大神組若頭筆頭の岩切仁の二名だ。

　ふと、そういえば昨夜岩切が『明日の午前中、月也さんと初詣に行ってくる』と言っていたことを思い出す。

（それにしたって、ずいぶんと早くから……）

　そう思って壁掛け時計に目をやった侑希は、「えっ」と声を出した。

「十時半!?」

　普段は七時には起きるし、休日であろうと八時まで寝ていることは稀だ。いくら疲れていたからといって、十時半はあり得ない。

　一年の計は元旦にありと言うが、三日から大寝坊では先が思いやられる……。

　がっくりきたが、なんとか気を取り直して、捜索を再開した。月也と岩切が初詣に出かけたのはわかったが、では肝心の恋人は、どこへ行ったのだろう。これだけ捜して見つからないのだから、屋敷のなかにはいないと考えるべきだ。

　しかし、こう言ってはなんだが四六時中自分にべったりの恋人が、ひとりで勝手にどこかへ出かけてしまうとも考えられない。ダイニングテーブルにスマートフォンも置きっぱなしだったし……。

（本当にどこに行ったんだよ？）

　急にいたたまれない気分になった侑希は、玄関まで行ってサンダルを突っかけ、引き戸から外に出た。

「さむっ」

　寝間着にカーディガンを羽織っただけなので、刺すような冷たい外気に全身がぶるっと震える。二の腕をさすりながら石畳を小走りに進み、前庭を通過して外門に辿り着いた。閂を外して、両開きの木の門を開ける。

道の真ん中まで出ていき、門松や日の丸を飾っている屋敷が並ぶ、閑静な住宅街を見渡した。三が日のせいか車の往来はなく、人通りもない。

このあたりは高齢者が多いので、子供の姿も見当たらなかった。もっとも正月だからといって凧を上げたり、羽子突きで遊んだりする習慣も途絶えて久しい。

侑希はかじかんだ両手を口許に持ってきて、ふーっと息をかけた。あたたかい息で眼鏡のレンズが曇る。

あてどなく門の外に出てみたものの、ここでも恋人は見つけられなかった。

（……部屋で戻ってくるのを待つしかないか）

諦めて踵を返しかけた侑希は、視界の片隅に映った小さな影に肩を揺らした。

「………っ」

あわててその影の方角に体を向けると、道の先をじっと見つめる。やがて黒い影は、人型のシルエットになった。こちらに近づくにつれて、ディテールもはっきりしてくる。

風になびく黒髪、生え際のラインが美しい額、くっきりと濃い眉、漆黒の瞳、鋭利で高い鼻梁、肉感的な唇。

どこか野生の動物を思わせる、躍動的でしなやかな走り。

長い手足を駆使した伸びやかなフォームに思わず見惚れていたら、あっという間に距離を詰めてきた男が、侑希の少し手前で足を止めた。トップスは薄いストレッチ素材の長袖シャツ、ボトムはゆったりとした膝上までのハーフパンツの下にランニング用のレギンスという組み合わせ。足許はアンクルソックスにジョギングシューズ。すべてのアイテムが黒で統一されていた。

トップスとレギンスはストレッチ素材なので、盛り上がった胸筋と割れた腹筋、引き締まった形のいい脹ら脛がくっきりと浮かび上がって見える。かといって、筋肉自慢男性にありがちな、飾りの筋肉は一切ついていなかった。

初めて会ったときから、高校一年とは思えない肉体の持ち主だったが、このところとみに、完成度が増してきたように感じる。三十の大台を目前にして、いままさに成熟のピークを迎えつつある恋人を、侑希は目を細めて眩しく見つめた。

「どこに行ってたんだ？」

「走ってきた」

端的なレスポンスが返る。

「正月で体がなまっていたからさ」

そう言ってから、右手首のウェアラブル端末をチェックした。

「二十キロちょいか」

軽く、二十キロちょいなどと言うが、フルマラソンの半分。侑希には逆立ちしても走れない距離だ。

それだけ走っても、息ひとつ乱さずに平然としている。「体がなまってた」と言ったが、元日・二日と、峻王は父親の月也と共に〝神宮寺詣で〟に訪れた十人を超える組長たちとそれぞれ酒を酌み交わしていた。二日間で呑んだトータルの酒量は相当なものだ。客人を案内したり、酒や肴を運んだりといった裏方担当の自分とは、また違った疲労があってしかるべき。

しかし、目の前の精悍な貌には疲労の影など微塵も見受けられない。

肌理の整った肌はぴんと張り詰め、黒い瞳は輝き、髪は艶やか。二十キロランニングをこなしてなお、全身に活力が漲っている。

（さすがは疲れ知らずの人狼）

心のなかでつぶやいた。

そう――人狼。

日本に残存する最後の人狼一族の末裔。

恋人の神宮寺峻王は、人ならぬ異形の血を引く、人間と狼のハイブリッドなのだ。本人がその気になれば、灰褐色の毛並みを持つ狼に変身することができる。

だが、衆人環視のなかでの変身は一族の掟で禁じられている。不用意な変身によって人狼の存在が公になれば、大変な騒ぎになるのは火を見るよりも明らか。獣人発見のトピックスは、日本国内どころか、世界をも揺るがす大ニュースになるだろう。

だからこれは、身内のみが知るトップシークレットだ。

侑希自身はただの人間で平凡な数学教師だが、一応、その〝身内〟に入れてもらえている。

峻王の〝つがい〟であるという理由で。

発情期の訪れとともに捜し始め、一度出会えば生涯を通して離れることなく全身全霊で愛し、添い遂げる――それが人狼にとっての〝つがい〟だ。

十三年前、高校教師と生徒として出会った自分たちは、十歳という年齢差や同性同士というハンデ、さらに種族の違いを乗り越えて惹かれ合い、結ばれた。

人狼一族の長である月也に〝つがい〟として生きることを許されてからは、この神宮寺の屋敷の離れで一緒に暮らしている。

「なんで起こしてくれなかったんだ」

今朝目覚めたとき、隣のスペースが空っぽだったことを思い出して尋ねる侑希の声は、覚えず、若干拗ねたような声音になっていた。自分のほうが寝坊することは滅多にないので、ベッドにひとり取り残されていたことが、ちょっとショックだったのだ。

「あんた、めちゃくちゃ疲れてたっぽかったからさ」

双眸をじわりと細めて、峻王が答える。

「昨日の夜も風呂から上がったあと、気ぃ失うみたいに寝ちまったし」

体力も気力も限界で、寝る前の意識がほぼなかったのは本当だったから、「それは……まあな」と同意した。

「いたずらしても、無反応で起きなかったし」

「それもまあ……って、いたずら？　したのか!?」

ぎょっと目を剝く侑希に、峻王が片頬でにっと笑う。

「舐めても噛んでも撫で回しても、なにやってもぴくりともしないから、もういっそこのままやっちまおうかとも思ったけど」

「峻王！」

「そんなふうにあんたが怒るだろうなって思ってやめた」

ひょいと肩をすくめた峻王が、ついでのように腕をぐるぐる回し、肩甲骨のストレッチを始めた。さらに、しなやかさを見せつけるかのように体をふたつに折って、手のひらをぺたりと地面に着ける。

「仕方ねーから、健全な運動で発散してきたってわけ」

「…………」

十二月から二月までの三ヶ月間は、野生の狼と同様に人狼も繁殖期を迎え、一年で一番エネルギーが高まる時期だ。

できることなら狼に変身して雪山を駆け回りたい衝動を、ぐっと抑えつけている。

人間社会に紛れ、正体を隠して生きていくためには、そうするしかないからだ。

出会った頃、峻王は初めての発情期を迎え、飢餓感にも似たリビドーを持て余していた。ホルモンバランスの崩れからメンタルが荒み、学校にも来なくなって、自分の部屋に引きこもっては、フェロモンに引き寄せられた女性たちと淫行に耽っていた。あの頃の峻王は、「欲望」「本能」「衝動」のブレーキが壊れた、手のつけられないケダモノだった。

だが、つがいである自分との出会いを経て、十数年かけて少しずつ、情動をコントロールする術を身につけていった。

今朝みたいに疲れている自分を気遣い、おのれの欲望を後回しにして運動で発散するなんて、出会った頃には考えられなかった。

(大人になったな……)

恋人の成長がうれしい反面、大人になってしまったことがちょっぴり寂しい——そんなわがままで複雑な感慨を噛み締めていると、「侑希ママー!」という声が聞こえてきた。

声がしたほうに顔を向けると、長身で大柄の男性とほっそりとした体格の男性、小学校高学年の男児二名が目に入る。

「タカ! キヅ!」

「ママ!」

「峻王兄ちゃん!」

ぴょんっと跳ねたふたりの少年が、まろぶように駆け寄ってきた。さらさら黒髪の少年が侑希に、明るい巻き毛の少年が峻王に抱きつく。

「おおっと」

峻王が勢いのついたダイブを揺るぎなく受けとめ、侑希はそっと抱きついてきたあたたかい体を反射的に抱き返した。

黒髪が賀門峻仁。巻き毛が賀門希月。外見はあまり似ていないが、この四月で十二歳になる双子だ。峻仁はこげ茶のフリースジャケットの下にブルーのセーターを着て、ボトムがベージュのテーパードパンツというコーディネイト。双子らしく希月もお揃いコーデだが、セーターの色だけイエローだ。ブルーとイエローは双子のパーソナルカラーなのだ。

「おまえたち、正月で退屈してたんだろ?」

双子にとって叔父にあたる峻王が問いかけ、希月が「うん!」と返事をした。

「ゲームもやり飽きた〜」

学校はもちろんのこと、あらゆる場所がクローズドとなる三が日は、大人にとっては家族と静かに過ごすための休息日でも、子供にとっては退屈な休日のようだ。特に双子は、峻王と同じ血を引く人狼なので、冬場のいまはパワーが有り余っている。

「先生、峻王くん、あけましておめでとうございます」

　子供に追いついた双子の父親が、深みのある低音で、新年の挨拶をしてきた。がっしりとした長身に顎髭をたくわえたワイルドテイストの男前は賀門士朗。黒のダウンジャケットに黒のセーター、黒のボトムという黒ずくめの出で立ちが、野性味溢れる魅力を際立たせている。侑希と同じく人間だが、いまは解散した高岡組の組長だった過去を持ち、現在の生業は個人トレーダーだ。

「先生、峻王、本年もよろしくお願いします」

　賀門の横でそう言って微笑んだ端整な面立ちの青年は、賀門迅人。賀門と養子縁組をする前の名前は神宮寺迅人だった。峻王のひとつ違いの兄である彼も人狼だが、アイスブルーのセーターにチノパンを穿き、ベージュのステンカラーコートを羽織った、しゅっとした痩身からは、さわやか系のイケメンというイメージしか浮かばない。

　十七歳の冬、当時は大神組と敵対していた賀門と出会い、ロミオとジュリエットばりの大恋愛の末に駆け落ちした。だが約一年後、迅人の体調不良により、英国からの帰国を余儀なくされる。実は、迅人は人狼のなかでも特異体質の【イヴ】で、一族の存亡の危機に瀕して肉体を変化させ、つがいである賀門の子を宿していたのだ。

　予期せぬ妊娠、さらには英国の人狼の襲撃といったトラブルを乗り越え、迅人が産んだ双子が希月と峻仁だ。

「あけおめ」

　じゃれついてくる希月を片手でいなしながら、峻王が兄に返す。

「賀門さん、迅人くん、あけましておめでとうございます」

　侑希は、ぴったりと体を寄せてくる峻仁の肩に手を置いて、彼の両親に新年の挨拶を返した。

「二日間大変だっただろ？　手伝わなくてごめん」

　迅人が峻王に謝る。

「別に。毎年のことでもう慣れてるし。おまえはいつも母親業で大変なんだから、正月くらいゆっくりしろ

って」

「そうだよ、迅人くん」

佑希も峻王に賛同した。夫の賀門がいかに子育てや家事に協力的なイクメンだとしても、わんぱく盛りの小学生男児×2の世話はやはり大変だ。それが、大きな秘密を抱えた人狼の子供となればなおのこと。

本家に同居していた頃は佑希や峻王、時には大叔父の岩切、祖父の月也がフォローすることもできた。だが双子の小学校入学を機に、賀門一家はここから徒歩五分ほどの場所に家を建てて独立した。それ以降は、近所とはいえ以前のようなこまめなサポートは難しくなった。

「本家のことは俺と先生に任せてくれ」

「そうそう、任せて」

「峻王ありがとう。先生もありがとうございます」

礼を言う迅人の傍らで、夫の賀門も「助かります」と頭を下げる。その後、迅人のほうを見て、「有り難いな」と微笑んだ。迅人が「うん」とうなずき、夫に微笑み返す。

（相変わらず仲がいいな）

駆け落ち婚するまでの一部始終を見ていたこともあって、結婚十周年を過ぎてもラブラブな夫夫にほっこりしていると、足許の峻仁に「ママ」と呼ばれた。

双子はかつて、実の母親の迅人を「マンマ」、佑希を「ママ」と呼び分けていた。いまは迅人を「お母さん」と呼んでいるが、佑希のことは引き続き「ママ」呼びだ。

約十二年前、いきなり二児の母となった迅人を、佑希は不眠不休でサポートした。夜泣きする峻仁を抱っこして、一晩中屋敷の廊下をさまよい歩いたのも、一度や二度じゃない。

この子たちは一族の血を後世に繋ぐ宝だ。

人間で男の自分は、どんなに欲しくても峻王の子供を産むことはできない。

だからこそ大切に、持てるだけのありったけの愛情を注いでふたりを育てたかった。

幸い双子たちも、自分を保護者のひとりと認識して、なついてくれた。なかでも峻仁は佑希にべったりで、実母の迅人をして「タカは先生の子なんじゃないの？」と言わしめるほどだった。

そろそろ親離れが始まる年齢だと思うが、いまもこうして昔と変わらない触れ合いができることがうれしい。心のなかで感謝を捧げながら、峻仁の聡明そうな黒い瞳を覗き込んだ。

「なんだ？」

「なんでパジャマなの？」

不思議そうに尋ねられ、あっと小さく声が漏れる。

（そうだった。まだパジャマのまま……）

「こ、これは……そのっ」

「先生だってたまには寝坊するんだよ」

狼狽える侑希に代わって、峻王が横合いから口を挟んできた。

「えーっ、マジで？　ママがあ？」

希月が大きな目をぱちくりさせて叫ぶ。どうやら希月のなかで、自分はしっかり者認定されているようだ。

「そ、安心したろ？　完璧な人間なんかいない。みんな、どこかしら未熟な部分を抱えている。だからって、キヅが忘れ物大王でいいってわけじゃないけどな」

峻王に巻き毛をくしゃっとされた希月が、「えへへ」と照れ笑いをした。

「褒めてねーぞ」

さらに、くしゃくしゃっと掻き混ぜられ、「やめてよ～ハゲちゃうよ～」と情けない声を出す。希月のおとぼけに、その場のみんなが笑った。双子は見た目も正反対だが、性格も対照的で、神経質で繊細な峻仁に対して、希月はおおらかかつ大胆。ムードメーカーで、場を和ませる力がある。

「父さんと仁叔父さんは？」

迅人の問いかけに、侑希は「浅草寺」と答えた。

「ああ、初詣か」

「たぶん、あと一時間くらいで戻ってくると思う」

「新年会は六時からだろ？　一休みしたら車出すから、賀門さん、買い出しのリスト投げて」

峻王に声をかけられた賀門が「了解」と応じる。峻王はこの兄のダンナと気が合うらしく、本物の兄弟のように仲がいい。いまはすっかり、包容力満点のよきパパというイメージの賀門だが、元極道だけあって肝が据わっている（人狼の嫁をもらって、人狼の双子を育てているくらいだ）。鷹揚さのなかに、大切な家族を守るためならば命のやりとりをすることも厭わない苛烈さを孕んでいるところが、峻王と相通ずるのだろうと侑希は思っている。

「賀門さんの料理、今年も楽しみです」

侑希がそう言葉をかけると、迅人が「士朗、年末からずっと献立考えてたもんね」と笑った。

「メンツがメンツだから毎回緊張するよ。舌が肥えているひとばっかりだからなあ」

「季節の食材を取り入れて、なおかつ毎年新メニューってハードル高いですよね」

「まあ、勝手にハードルを上げているのは自分なんですけどね」

賀門が自嘲する。

ここ数年は、〝神宮寺詣で〟が落ち着く三日に、身内が本家に集まって新年会を催すのが恒例になりつつある。賀門一家が早めに屋敷に顔を出したのは、その準備のためだ。

献立を決めて、厨房のボスとして当日の指揮を執るのが賀門。侑希と迅人は彼のアシスタント。峻王は買い出しと力仕事担当。双子は配膳のお手伝い。何年もやっているうちに、自然と役割分担が決まり、連携も年々スムーズになってきている。昔はすぐに飽きて遊び始め、却って作業を滞らせることが多かった双子たちも、このところは戦力になってきた。

「ひとまず親父たちが戻ってくるまで、コーヒーでも飲んで待ってようぜ」

峻王の促しに従い、一同は外門から敷地内に入る。

「——ママ」

前庭をぞろぞろと移動している途中で呼ばれ、侑希は手を繋ぐ峻仁のほうに体を傾けた。

「ん？　どうした？」

「本年もよろしくお願いします」

年齢にそぐわない大人びた口調に、ふっと口許を緩める。人並み外れて知能が高い峻仁の、まだやわらかくて小さな手をぎゅっと握り締め、侑希は真剣な表情で言い返した。

「こちらこそ、よろしくお願いします」


その日の夕方六時過ぎ。

母屋で一番広い大広間に〝身内〟が顔を揃えた。

「あけましておめでとうございます」

「本年もよろしくお願いいたします」

「今年もよろしく」

「元気そうでなによりだ。今年もよろしく頼む」

ひととおり挨拶を交わしてから、それぞれ自分の席に着く。

長机を三脚繋ぎ合わせた卓上には、すでに冷製の料理と、おせちが詰まった塗りのお重、大小さまざまな器（うつわ）、ぐい飲みやグラスなどが並んでいた。

鏡餅（かがみもち）が置かれた床（とこ）の間を背に、上座には和装の神宮寺月也が座している。

その隣には、やはり和装の岩切。威風堂々という語がこれほどぴったりくる人物を、侑希はほかに知らなかった。義理の兄である月也への忠誠心は誰よりも篤（あつ）く、微塵も揺らぐことがない。神宮寺にとっても、大神組にとっても、岩切の存在は〝重し〟だ。

岩切の向かいが峻王の席で、侑希は峻王の隣。ホスト側の人間として細々と動かなければならないので、峻王は長袖のカットソーにカーディガンを羽織り、ボトムはテーパードパンツ、侑希はシャツにセーターを重ね、ウール地のスラックスという格好に着替えていた。

侑希の横には、ダークグレイの三つ揃いスーツを隙なく着こなし、チタンフレームの眼鏡をかけた男が座っている。大神組の若頭補佐で、組の資金運用を一手に受け持つ金庫番の都築（つづき）だ。常に冷静沈着で情に流されることがない都築は、いい意味での〝ストッパー〟役をも担（にな）う。

都築の隣には、神宮寺家の主治医である水川（みずかわ）が座る。大学の付属病院の外科医局長という要職に就き、いつもは術衣の上に白衣を羽織るラフな格好が多い水川も、今日はきちんとスーツを着用し、ネクタイも締めていた。

ちなみに、岩切、都築、水川は人間だが、特殊な家に生まれついている。

人間でありながら人狼の秘密を知り、先祖代々神宮寺一族を守ってきた三つの家系——通称「御三家（ごさんけ）」の末裔に当たるのだ。

岩切は御三家筆頭であるのと同時に神宮寺の親族でもあるし、都築は大神組の幹部だ。このふたりは公私にわたって神宮寺を支え、一族存続のためとあらば、みずからの手を汚すことも厭わない。

また水川は神宮寺家の主治医として、一般の医療機関にかかることのできない人狼の健康面を支える。迅人の出産にも立ち会い、双子を取り上げた。その後もかかりつけ医として峻仁と希月の成長に寄り添い、見守ってくれている。

こうした御三家の献身なくして、神宮寺の今日はないと言っても過言ではない。

岩切の隣に迅人、その隣に賀門、さらに双子という――勢揃いした〝身内〟をざっと見回して、侑希はそっとため息をついた。

(今更だが、みんな顔面偏差値が高すぎる……)

十人十色のキャラが立っているなか、自分だけが平凡な教師で見た目も性格も地味。

はじめの頃はずらりと居並ぶメンバーの迫力に萎縮し、緊張のあまりに食事が喉を通らなかったことを懐かしく思い出した。

あれから十数年。トラブルやアクシデントが起こるたびに、ここにいるみんなで話し合い、時にぶつかり合いながらも、力を合わせて乗り越えてきた。

それらの経験を経たいま言えることは、ここに集(つど)うメンバーは、血の繋がった身内とは縁の薄かった自分にとって、大切な家族だということ――。

「さて、そろそろ始めるか」

それぞれの杯に日本酒(双子はグラスにジュースだが)が行き渡った頃合いを見計らってか、岩切が切り出した。

「月也さん、乾杯の音頭(おんど)をお願いします」

指名を受けて、月也が杯を手に取る。杏仁(アーモンド)型の双眸で、身内の顔をひとりひとりじっくりと見据えたのちに、赤い唇を開いた。

「新しい年のはじめに、こうして誰ひとり欠けることなく集うことができたことを、神宮寺一族の長としてうれしく思う。一同息災(そくさい)でなによりだ。今年もここにいるみなが互助の精神で支え合い、一年を健(すこ)やかに過ごせることを願う」

月也に倣(なら)って、その場の全員が杯とグラスを掲げた。

「乾杯」

「乾杯!」

声を合わせて唱和(しょうわ)したあとで、大人たちは日本酒の杯、双子はジュースのグラスに口をつける。

「よかったらまずは先付(さきつ)けからお召し上がりください。机の上が空き次第に、あたたかい料理も出していきますので」

新年会の料理をプロデュースした賀門のかけ声を合図に、みんなが箸を手に取った。口々に「いただきます」と言って、料理を摘(つま)み始める。

「菜の花のおひたし、だしに和辛子が効いてて美味(おい)しい！」

　迅人の第一声に、賀門がほっとした表情を見せた。

「そうか、よかった」

「数の子もいい味つけだ」

　峻王が満足そうにつぶやき、侑希も「なます、今年も美味しいです。これ、毎年楽しみなんですよね」と口許をほころばせる。

「先生が大根とにんじんを、完璧な千切りにしてくれたおかげです。丁寧に均一に切ってくれたから、見た目もきれいだし、味もムラなくしみている」

「……いいえ、まだまだです」

　褒め上手な賀門におだてられて、侑希は恐縮した。もともとが不器用なので、できるだけ丁寧な作業を心がけているのだが、そのせいで時間がかかってしまう。そこはこの先の改善点だ。

「うまーっ」

　子供用の特別メニューの鶏の唐揚げに、手づかみでむしゃぶりついていた希月が歓声をあげる。

「こら、キヅ。ちゃんとお箸を使いなさい」

　迅人が双子の片割れをたしなめた。

「もぐっ……お父さんのからあげ……さいっきょう！」

「食べながらしゃべらない。喉に詰まらせたらどうするんだ」

「だいびょう、ごふっ」

「ああ、ほら、言ってるそばから！」

　すかさず賀門が希月の背中をトントンと叩き、「飲め」と水の入ったグラスを渡す。

　グラスの水をごくごくと飲み干した希月が「はーっ」と大きく息を吐き、「やべー。死ぬかと思った！」と無邪気な声を出した。

「キヅ、あわてすぎ。唐揚げは逃げないからゆっくり食べなよ」

　峻仁が冷静な声で兄を諭す。彼のほうは、唐揚げをちゃんと小皿に取って、箸で食べている。箸使いも立派なものだ。

「ありゃあ、まだまだ手がかかるな。ま、タカがしっかりしてるからまだマシだけどな」

　峻王が耳許に囁いてきて、侑希もうなずいた。

　本当にこの双子は対照的だ。もともとあまり似ていなかったが、年齢が上がるにつれて、それぞれの個性が際立ってきた。

　いまはまだ考えたくないが――そう遠くないいつか

必ず……ふたりが手を離れて自立する日がやってくる。

そのときふたりは、どんな夢を抱き、どんな相手と恋をして、どういった人生を選ぶのか。

人狼の血を引く限り、平々凡々というわけにはいかないだろうが、できれば悔いのない選択をして欲しい。

そして、それぞれどんな道を選んだとしても、ふたりとも幸せになって欲しい。

自分の切なる願いは、ここにいる大人たち全員の望みでもあるはずだ。

「やっぱり、こういった集まりに子供がいるっていいもんだな。存在自体が癒やしっていうかさ」

手酌で呑みながら、同じく双子を眺めていたらしい水川が、ぽつりとつぶやいた。

「それにしても、子供の成長は早いっていうけど、本当にあっという間だったなあ……俺も初めてのことばかりで手探りでここまで来たけど、ふたりとも大病もせずに育ってくれて……」

根が明るい水川にしてはめずらしく、しんみりとした声を出す。

迅人のお産に立ち会い、双子を取り上げ、その後の健康管理を一手に担ってきた水川だからこそ、ふたりの成長に感慨もひとしおなのかもしれない。

「でもまだ気は抜けないし、少なくとも成人するまでは俺たちが見守っていかないと。ね、都築さん」

御三家の一員として、御三家仲間の都築に同意を求める。

「それが私たちの使命だ」

いつもの無表情で、こちらも手酌で呑んでいた都築が淡々と返した。

「双子も保護者が多くて大変だな……」

侑希の横でぼそっと低音を落とした峻王が、肩をすくめる。

「これぞ少子化の弊害（へいがい）ってやつか。おちおちやんちゃもできねーだろ」

かくいう峻王自身はかつて、お目付役の監視をものともせずに唯我独尊（ゆいがどくそん）を貫き、御三家をぶんぶん振り回していた。都築でさえ、当時はお手上げ状態だったくらいだ。

そう考えると、人狼のなかでも峻王は規格外なのかもしれない。

（大物というか、生まれついてのアルファというか……）

アルファとは、野生の狼の群れにおけるリーダーだ。群れを統率し、外敵から守り、アルファ雌とつがいとなって子孫を作る。

(子孫……は作れないけれど)

ちりっと胸の奥が灼(や)けた。

　このところしばらく忘れていた痛みに、奥歯をじんわり嚙み締めたとき、レンズの端に徳利(とっくり)が映り込む。

「あっ、もう吞めないって」

　侑希はあわてて空の杯を手で塞いだ。

「もうって、まだ乾杯の一杯しか吞んでないだろ?」

　徳利を手にした峻王が、眉根を寄せて文句を言う。

「俺はおまえみたいにザルじゃないんだよ」

　ザルどころか昔は下戸(げこ)だった。峻王が成人してから、彼の晩酌につきあって吞むようになり、少しずつアルコールに耐性ができてきて、いまはまあまあ吞めるようになったが。

「これからまだ賀門さんの手伝いもあるし」

「おっさんの手伝いなら俺もやるから、正月くらい吞めって。昨日も一昨日も、あんた働き詰めで吞んでないだろ。ほら、手をどけろ」

　俺様男に有無を言わせぬ口調で命じられ、不承不承手をどけた。傾けた徳利から、トクトクと音を立てて日本酒が注ぎ込まれる。

「ストップ!　本当にそれくらいが限界だって」

　侑希の必死の抵抗に、やっと徳利を杯から離した峻王が、今度は吞めというように顎でくいっと促してきた。

「……はー……」

　ため息を吐き、覚悟を決めて、八分目まで日本酒が注がれた杯に口をつける。

　透明な液体を半分ほど喉に流し込んだところで、全身がじわーっと火照(ほて)り始めた。さっき痛みが走った胸に酒がしみる。まなじりが熱を持ち、瞳が潤んで、毛穴が汗で濡れた。

「……熱い」

　思わず吐息交じりのつぶやきを零す。息も熱い。

(きっと顔が真っ赤だ)

だからいやなのだ。覿面(てきめん)に顔に出るから。

「……その顔が見たかった」

　耳許の掠れ声に不意を衝(つ)かれ、首を捻(ひね)った侑希は、熱を帯びた黒い瞳と至近距離で目が合い、ドキッとした。

「峻王……」

「酔ったあんた……色っぽいからさ」

そんな戯れ言を口にして、肉感的な唇を横に引く。色悪な表情に見惚れていたら、峻王が手許の杯をくいっと呷った。隆起した喉仏がゆるやかに上下する様をぼんやり眺める。

（色っぽいのはどっちだよ……）

さっきから落ち着かない鼓動が、いよいよもって騒がしいのはアルコールのせいなのか。

（それとも……）

恋人の横顔に釘付けになった視線を余所に向けることができないまま——侑希は杯を傾け、残りの酒を一気に流し込んだ。

新年会がお開きになったのは、夜の十一時過ぎ。

九時の時点で、まずは迅人が双子を連れて先に帰宅した。十時には、翌日の午前中から外来があるという水川がリタイア。その後は、都築と岩切と月也、賀門、峻王という〝ウワバミ五強〟が残って呑んでいたが、(お年賀でもらった日本酒のストックが売るほどあったにもかかわらず)酒がなくなり、「そろそろお開きとしよう」という月也の言葉でようやく解散となったのだ。

都築がタクシーで帰宅し、岩切と月也は母屋にある各自の自室に戻り、賀門だけが残って、後片付けを手伝ってくれた。

侑希、賀門、峻王の三名で、洗う係、拭く係、食器を元の場所に戻す係という分担を受け持ち、連携プレーで作業を完了させたのが十二時過ぎ。

「賀門さん、最後までありがとうございます。お疲れ様でした」

侑希が感謝の意を伝えると、賀門が「立花先生こそ、お疲れ様でした」と返してくる。

「峻王くんもお疲れ。いろいろ助かったよ」

「いやいや、俺はほとんど役に立ってねーから。やっぱ一番大変だったの、おっさんだろ」

言い返す峻王に、賀門が「俺はこれくらいしか恩を返せないからな」と笑う。

賀門の言う「恩」とは、神宮寺が敵方だった自分を迅人のつがいと認め、受け入れたことだろう。実際には、一族の次世代の担い手である双子を成し、育てて、充分すぎる恩返しをしているのだが、謙虚なひとなのだ。

「ともあれ、今年も無事に終わった。いい年にしたいな。改めて新しい年もよろしく」

賀門が片手を差し出してきたので、侑希も手を差し出して握手をする。

「はい、よろしくお願いします」

続いて峻王も「おう、よろしく」と言って、賀門と握手をした。

「じゃあ、おやすみ」

賀門が玄関口で片手を上げる。

「おやすみなさい」

「迅人とチビによろしく伝えてくれ」

峻王とふたりで賀門を見送ってから戸締まりをし、台所に引き返した。電気を消して離れに移動する。

この離れには、はるか昔は組の若い衆が暮らしていたこともあるらしいが、近隣の住民感情に忖度して「部屋住み」のシステムを取りやめたと聞いている。その後、空いた部屋は、峻王と迅人の個室として使われていた。そこに侑希が加わり、一年後に迅人が駆け落ちして去って、さらにその一年後に賀門と一緒に戻ってきた。双子が生まれ、家族が四人になってからの六年間、賀門一家は離れで一番広い部屋に住んでいた。

だがいま、離れで暮らすのは峻王と侑希だけだ。かつては別々の部屋を持っていた（とはいえ、夜は一緒のベッドで眠っていた）が、賀門一家が独立するのを機に同居を決め、四人が暮らしていた部屋をふたり用にリフォームしたのだ。

現在、峻王と侑希が暮らす部屋は1LDKで、二十畳のリビングダイニングと十畳の寝室、六畳のキッチンで構成されている。バスルームやトイレ、ユーティリティルームも完備され、ここだけで独立した生活ができる造りだ。

リフォームの際に、それぞれのプライベート空間を作るかどうかを話し合ったが、峻王が「必要ない」と主張したので作らなかった。結果、持ち帰り仕事などがあった場合でも、仕事をする者はダイニングテーブルでノートPCを使い、そうじゃない者はソファでくつろぎながらイヤホンで音楽を聴いたり、タブレットで本を読んだりして過ごすスタイルになった。

結論として、よかったと思っている。喧嘩をしたとき、個々の部屋にこもってしまえば楽だが、仲直りのチャンスが減り、気まずい状態を何日も引きずることになる。しかしいまは逃げ場がないので、いやでも相手の気持ちと自分の心情に向き合わざるを得ない。

それが功を奏してか、亀裂が入るような大きな喧嘩も勃発せずに、今日までくることができた。

「ふー……」

部屋に入ってドアを閉めた瞬間、侑希の唇からは無意識に息が漏れた。

さっきまでいた母屋と同じ敷地内なのだが、それでもここに戻ると「自分の居場所に帰ってきた」という気がして体が緩む。どうやらそれは峻王も同じらしく、ソファにどさっと腰を下ろした横顔が、心なしかリラックスして見えた。

　峻王にとっても、自分と暮らす部屋が一番くつろげる場所なのだと思うと、なんだかうれしい。

「お疲れ」

　侑希もソファに歩み寄り、恋人の横に腰を下ろした。

「これでようやく新年の行事が全部終わったな」

「ああ……」

　うなずいた峻王が、右手を伸ばしてきて、侑希のうなじに触れる。

「ありがとう。今年もあんたがいてくれて助かった」

　首筋をやさしく揉みながら、峻王が感謝の言葉を紡いだ。気持ちがこもった労いの言葉と、絶妙な力加減のマッサージが気持ちよくて目を細める。これだけで、三日分の疲れが癒える気がした。

　朝から凝っていた場所を的確に揉みほぐされ、体からじわじわと力が抜けていく。まだ多少、体内にアルコールが残っているのかもしれない。体がだるくて、目蓋が重い。

（このまま……眠ってしまいたい……）

　もはや自立していられず、峻王のほうへだんだんと傾いていった侑希は、固い体に触れた刹那、これからやらなければならないことをふっと思い出した。このまま眠ってしまっては駄目だ。身を引き起こして、自分に活を入れる。

「風呂！」

「風呂？」

　怪訝そうに峻王が聞き返した。

「動き回って汗を掻いたから入らないと。ちゃんと湯船に浸かれば疲れが取れて熟睡できるし、翌朝もすっきり目覚められる。おまえも入るだろ？」

「俺は一度シャワー浴びたからな……」

　めんどくさそうにつぶやき、明らかに気乗りしない様子だった峻王の目が、不意にキラッと光る。

「俺も入る」

「……峻王？」

　どういった心境の変化なのか、突如として入浴に積極的になった恋人に侑希が戸惑っていると、目の前の顔がにやっと笑った。

「時間の節約にもなるし、一緒に入ろうぜ」

これだけの長いつきあいだ。もちろん一緒に風呂に入ったことくらいある。セックスのあとでぐったりと動けなくなった侑希の体を、峻王が洗ってくれたこともあるし、温泉旅行に行けば必然的に一緒の湯船に浸かることになる。

だから、今更意識するまでのことでもないし、峻王が口にした時間の節約という理由ももっともで納得がいった。

(それにしても……なんで急にノリノリ?)

脱衣所でセーターに手をかけながら、横目でちらっと峻王を窺う。カーディガンを脱いでいる恋人は、いまにも鼻歌を歌い出しそうな上機嫌だ。

豹変ぶりに違和感を覚え、なんとなくぐずぐずしているうちに、峻王はカットソーを頭から抜き去り、ボトムも脱いで潔く全裸になった。まだシャツ姿の侑希を顧みて眉をひそめる。

「どうした?」

「あ……うん」

シャツのボタンをのろのろと外して、スラックスを足許に落とし、両脚から引き抜いた。さらに下着を脱ぐ。その間、仁王立ちで待っていた峻王が、侑希が眼鏡を取り去って洗面台に置くやいなや、腕を摑んでぐいっと引っ張った。

「あっ……」

やや強引にバスルームに連れ込まれる。以前は家族四人で使っていた浴室なので、かなり広めだ。成人男子が脚が伸ばせるサイズのバスタブには、なみなみとお湯が張ってある。侑希は摑まれていないほうの手を突っ込んで温度を確かめた。ちょうどいい湯加減だ。

いくら広いといっても、湯船にふたり同時には浸かれないから、先に峻王に入ってもらって、そのあいだに自分は体と髪を洗って——などと脳内で段取りを考えていると、峻王がさらにぐいぐいと腕を引いた。

「なに? なんだ?」

問いかけには答えず、侑希をバスルームの壁際まで引っ張っていって、タイルの壁と向き合う形で立たせる。その背後に立った峻王が、収納ラックからボディソープのボトルを摑み取り、ポンプヘッドを数回プッシュした。手のひらに白いクリーム状の泡が盛り上がる。

「俺が体を洗ってやる」

「え? いいよ……自分でできるって」

「三日間の礼をさせてくれ」

「いや、本当に自分で……」

重ねて辞退したが、峻王は聞く耳を持たず、背中にクリーム状の泡を塗りつけてきた。

(まあ……でも、せっかくの感謝の気持ちを無下にするのも……あれか)

そう思い直して、それ以上抗うのをやめる。大人しくなった侑希の背中を、大きな手のひらがやさしく撫で回し始めた。いつもの峻王のイメージからはかけ離れた、羽根で触れるようなソフトタッチに、微弱な電流に似たおののきが背筋を這い上がる。

「……っ……」

(くすぐったい!)

むず痒さを我慢していると、もう片方の手が前に回ってきて、くるくると円を描きながら泡を伸ばしていく。

「……ぁっ」

小さな声が漏れたのは、峻王の指が乳首に触れたせいだ。かすった指は、しかしすぐに離れた。かと思うと引き返してきて、ちょんっとタッチ。ぴくっと反応する侑希をあざ笑うかのように、またすっと離れる。

繰り返されるフェザータッチがなんとももどかしくて、尾てい骨のあたりがむずむずした。

(なんだこれ……偶然? それともわざと?)

故意なのか、そうじゃないのかを見極められないままに、むず痒さだけがどんどん大きくなっていく。弄ばれた乳首の先もジンジンしてきた。

(やばい……勃ってきた……)

乳首が硬くなってしまったことに焦っていたら、背中の手がつつーっと腰まで降りてきて、やにわに尻をぎゅっと鷲摑みにする。

「な……っ」

いきなりの攻撃に驚き、びくんっと背中が反り返った。

「な……なに?」

問いかけても背後から返答はなく、代わりに尻のスリットのあいだに指をねじ入れられた。

「あ……っ」

さすがにここまでくれば、確信犯だとわかる。

「たか……おっ」

非難の声をスルーして、強引な指がアナルの周辺をまさぐり始めた。孔からペニスの付け根までの、いわゆる蟻の門渡りを指の腹で辿られて、覚えず腰が淫猥に揺れる。以前からここが弱い自覚はあった。擦られると、下腹部が熱を孕んでうずうずして……。

「腰、揺れてる……いいのか？」

耳許の昏い囁きに、ぎゅっと奥歯を噛み締める。

「ん……んンっ」

ここで気持ちいいと認めてしまったら終わりだ。それはだめだ。だ……め。

そう思っていたのに——。

「あっ……ん」

薄く開いた唇から、甘ったるい声が零れてしまった。感じていることが丸わかりの声。背後の峻王が、ふっと笑う気配がした。

（……くそ）

悔しいけれど、どうしても我慢できない。快感を得ている証にペニスも勃ち上がり、ふるふると揺れた。すると会陰をまさぐっていた手が前にスライドしてきて、半勃ちの欲望を握り込む。

「……っ」

急所を握られた衝撃で、束の間すくんだ体を宥めるみたいに、峻王が手を動かし始めた。ボディソープがついた手のひらでペニスをぬるぬると扱かれ、体を支えている膝が小刻みに震える。思わず、タイルの壁に縋った。そうしないと、膝から頽れてしまいそうだったからだ。

器用な指が、裏筋を擦り上げ、かりの下のくびれを辿り、亀頭を撫で回した。

「あっ……ふっ、ん」

もうとっくに、どこをどうすれば気持ちいいかなんて、全部知られてしまっている。きっと体の持ち主より、知り尽くしているに違いない。

心得た、巧みな手淫によって、欲望はみるみる硬度を増していった。いつしか先端の小さな穴から溢れていたカウパーを峻王がすくい取り、その指をアナルに突き入れる。

「ひっ」

ソープと先走りの滑りを借りて、一気に付け根まで差し込まれた。反射的に逃げようとしたが、背後に立つ恋人にがっちりホールドされているので果たせない。

「くっ……ふ……」

眉をひそめて、体内で蠢く異物に耐えているうちに、指先がイイところに当たった。

「……んンっ……」

ビリビリと電流が駆け抜け、先走りがまたとぷっと溢れる。ぎちぎちに指を食い締めていた媚肉がとろとろと蕩(とろ)け始め、抜き差しがスムーズになって、腰がゆらゆらと揺れた。

「そろそろよさそうだな」

侑希の体内の変化を察知した峻王が、ずるっと指を引き抜き、ひくつくアナルに濡れた先端を押しつけてくる。

（あつ……い）

峻王はいつだって熱いけれど、今日は特段に熱い気がした。それがどんなふうに動いて〝なか〟を掻き乱すのか、それによってもたらされる快感を想像して、無意識にごくっと喉が鳴る。おのれの浅ましさに顔が熱を孕んだ。

「脚、開いて」

命令に従って脚を開いた――直後、張り詰めた亀頭でめりっと後孔を穿(うが)たれた。

「ひ、あっ」

喉から悲鳴が迸(ほとばし)る。

年末もバタバタしていたし、年明けも二日連続で寝落ちして、抱き合えていなかった。めずらしくブランクがあったせいか、いつもよりキツく感じる。

冷たい汗で濡れたうなじに、熱い唇を押しつけられた。

「力を抜け……大丈夫だから」

硬直を解きほぐすように耳許で囁きながら、峻王が少しずつ体を進めてくる。

「……っ……くっ……」

タイルに指を立てて縋りつき、灼熱の楔(くさび)をじりじりと受け入れた。最後、残りの三分の一ほどを一気に突き入れられ、パンッという大きな音が響く。

「はあ……はあ」

シャワーを浴びてもいないのに、顔は汗で濡れ、髪もしっとりと湿っていた。

「すげえ……ギチギチ」

峻王の掠れた声から官能を嗅(か)ぎ取って、繋がっている場所がじんわりと疼(うず)く。

「……動くぞ」

やや急(せ)いた口調で言うなり、峻王が動き始めた。

ずぶっと押し入られ、ずるっと引かれる。寄せては返す波のような動きに、次第に快感が高まっていく。

リズミカルな抽挿（ちゅうそう）に身を委（ゆだ）ねていたら、硬い切っ先が前立腺を抉（えぐ）ってきて、びくんと背中が反り返った。

「ここ……いい？」

「……い……い」

「了解」

　腰を摑まれ、狙い澄ましたようにそこを集中攻撃されて、「あっ……あっ」と嬌声（きょうせい）が跳ねる。屹立を押し込まれるたびに、パンッ、パンッという音が浴室に共鳴し、〝なか〟がきゅうっと収縮した。

「はぁ……はぅっ……あぅっ」

　狭い場所を固いものでこじ開けられる快感に陶然（とうぜん）としていると、峻王が侑希の左脚を摑み、ぐっと持ち上げてくる。

「………え？」

　片脚だけを抱え上げられた不安定な体勢で、下から突き上げられた。

「ひぅっ」

　挿入の角度が変わることで当たる場所も変わり、これまでとタイプの違う官能に押し上げられ、侑希は背中を弓なりに反らした。

「そこっ……あっ……ああっ……」

　立て続けに楔を打ち込まれ、恋人の激しさに翻弄（ほんろう）されて、壁をカリカリと引っ掻く。乳首がタイルに擦れ、そのピリピリする刺激にも煽（あお）られた。

「や……あっ……たか、お……すごいっ……も……駄目っ……あっ……い、く……いっ……」

　眼裏（まなうら）が白くスパークした直後、ぶるっと全身が震え——侑希はずるずると壁を伝って頽れかけた。

　脱力した体を、背後から伸びてきた手に支えられる。侑希を支えたまま、峻王はバスタブの縁に腰掛けた。

「はっ……はっ……」

　恋人の膝の上に乗り、大きな体に背中からすっぽりバックハグされた状態で、乱れた息を整える。

（気持ち……よかった。どうにかなりそうだった……）

　絶頂の余韻に気怠く身を任せていた侑希は、ほどなくして、あることに気がついた。

　自分のなかの峻王は、マックスの質量を誇っている。つまり、まだ射精していない。

　どうやら先にひとりで達してしまったようだ。

「ごめん……っ」

　あわてて首を捻って謝る。

「いいよ。それだけ、我慢できないくらいよかったってことだろ？」

峻王が笑った。

「そうだけど……でも……」

「ま、あんたにはもう一回つきあってもらうけど」

宣言したかと思うと、侑希の両脚の膝の裏を摑んで、ゆるやかに腰を動かす。

「あっ……」

達したばかりの敏感な肉を剛直で搔き混ぜられ、ひくんっと内股が痙攣（けいれん）した。

奥を小刻みに突かれて、じわじわと性的興奮が高まっていく。一度精を放っているせいか、高まりはゆるやかではあったが、そのぶん質が高い気がした。

なにより、峻王にすっぽりと包まれている安心感が心地いい。背中が硬い筋肉にぴったりと密着しているせいで、恋人の鼓動と体温がダイレクトに伝わってくる。

「ふ……あ……あ」

ゆさゆさと揺さぶられ、じりじりと甘く苛（さいな）まれて、喉から熱い息が漏れた。侑希自身も腰を揺らめかせて快感を追いかける。

(気持ち……いい)

体の内側から刺激された欲望がふたたび勃ち上がり、先端の浅い切れ込みから白濁混じりのカウパーが溢れ、軸を伝ってアンダーヘアを濡らす。

気持ちよくて……このまま眠ってしまいそうだ。

緩慢（かんまん）なエクスタシーに身を委ね、ゆらゆらと揺れていた侑希の耳許に、峻王が囁いた。

「――ほら、見ろよ」

促されて顔を上げた侑希は、はっと息を呑む。

正面の鏡に、大きく脚を広げた自分が映っていた。

体液に濡れて光る白い太股、物欲しげにそそり立つ欲望、そしてギチギチに峻王を咥（くわ）え込んだ結合部分までが、赤裸々（せきらら）に映し出されている。

「……………っ」

あまりの生々しさに、とっさに顔を背けた侑希の顎を摑み、峻王が正面に引き戻した。

「逃げるな」

「やっ……」

「あんたがどれだけ俺をいやらしく咥え込んでるか、逃げないでちゃんと見ろ」

命じながら腰を動かす。いっぱいいっぱいに広がったアソコを怒張がゆっくりと出入りし、そのたびにぬちゅ、くちゅという淫靡な水音が浴室に響いた。襞が捲れて、薄桃色の媚肉がちらちらと覗く。

　結合部だけじゃない。泡まみれの乳首はツンと尖り、上気した顔は耳たぶまで赤く染まって、瞳がとろんと潤んでいた。唇はしまりなく開きっぱなしだ。

　感じまくって蕩けた自分の表情に、カッと全身が熱くなる。

「あ……」

　鏡越しに、恋人の黒い瞳と目が合った瞬間、アナルがきゅうっと体内の雄を食い締めるのがわかった。欲しくてたまらないというように襞が蠕動して、峻王がかすかに眉をひそめる。

「あんた……欲しがりすぎだよ」

「ご……ごめ」

「……欲しいか？」

　熱を帯びた視線で射貫かれた侑希は、こくこくと首を縦に振った。

「ほし……い」

　掠れた声で乞う。

「おまえが……欲しい。峻王」

　刹那、峻王の瞳に欲情の炎が燃え上がった。

　侑希の体を抱え直したかと思うと、付け根が軋むくらい大きく開脚させて、ずんっと下から楔を打ち込んでくる。

　待ち望んでいた力強い突き上げに、背中がぶるっと震えた。

「あっ、あっ、あっ」

　立て続けの嬌声が浴室に反響する。顎を摑んで捻られ、唇を塞がれた。すぐに口のなかに入ってきた舌と、舌を激しく絡ませ合う。

「んっ……う、んっ……」

　乱暴に口の粘膜を掻き混ぜられて、唇の端から唾液が滴った。夢中で舌を絡ませ合っているあいだも間断なく穿たれ、ガツガツと抉られ続ける。峻王の膝の上で、官能に支配された体がびくん、びくんと跳ねた。

「……っ……ッ」

　酸欠も相まって、くらくらと頭が眩み、視界が白くかすむ。はじめは耳殻が捉えていた結合部の水音も遠くなっていく。

　不意に口接を解いた峻王が、首筋に歯を立ててきた。尖った犬歯がめり込んできて、甘い痛みが背筋をびりびりと走り抜ける。

「……くっ……ん、んっ……あ、あああ――っ！」

高い声を放ち、侑希は大きく体をしならせた。

二度目の絶頂に押し上げられながら、今度は峻王も一緒に達したことを、体内にじわじわと広がる熱い放埒（ほうらつ）で知る。

自分の〝なか〟が、恋人の精液でたっぷりと満たされていくのを感じて、充足の息が零れた。

この瞬間が一番幸せかもしれない。

「……ふぅ……」

くったりと後ろに凭（もた）れかかった侑希を、峻王がぎゅっと抱き締めてきた。侑希も、自分をハグする峻王の腕を握り締める。

「……姫始め」

首筋に顔を埋めていた峻王がつぶやいた。

「え？」

はっきりと聞き取れずに振り返る。視線の先の峻王が、「したの、今年になって初めてだろ？」と言った。

言われてみれば確かに、抱き合ったのは今年に入って初めてだ。発情期の峻王はいつにもまして性欲が高まっているのだが、おそらくこちらの体力を慮（おもんぱか）って我慢してくれていたのだろう。

本当に大人になった――と思った直後。

「足りねえ……」

唸（うな）るような低音が耳殻を震わす。飢えた眼差しに首筋がぞくぞくした。

「ぜんっぜん足りねえ」

繰り返し訴えられ、ふっと口許を緩ませる。

（こういうところは、相変わらずだけどな）

だけど、嫌いじゃない。むしろ、うれしい。

何度も求めてもらえるのがうれしい。

「俺もだよ」

足りないのはおまえだけじゃないと告げた侑希に、峻王がうれしそうに笑い、噛みつくようにくちづけてきた。

2

　正月の松が取れる少し前――一月五日から大神組は通常営業となり、峻王も仕事始めのために朝早くに家を出た。

　やくざなのに「営業」というのもおかしな話だが、実のところ任侠組織といっても、内情は会社組織とそう変わらない。

　大神組は浅草一帯を縄張りとする任侠組織だ。神宮寺一族は代々、江戸末期から続く大神組の代紋を背負ってきた。

　町の顔役として、祭り事があれば取り仕切るし、揉め事が起これば秘密裏に対処する。

　浅草は、創業百年以上の歴史を持つ商店が軒を並べる古い町だ。老舗商店のオーナーたちと大神組は、何代にもわたる〝つきあい〟を継続してきた。彼らは、表沙汰にしたくないようなトラブルが起こった場合、ひそかに大神組にコンタクトを取ってくる。そうした依頼を受けて水面下で動き、内々に揉め事を収束させることも、地元に根を下ろす任侠組織の仕事のひとつだ。

　大昔は、そういった用心棒業務（ケツモチ）に対する謝礼金――俗に言うみかじめ料が主なシノギだったようだ。現在でも、みかじめ料は存在するが、暴力団排除条例施行の影響もあって、組の活動資金に占める割合は微々（びび）たるものになっている。

　伝説の博徒（ばくと）と呼ばれた祖父の代は、常盆（じょうぼん）のほか、大規模な花会（はなかい）も開場し、賭場（とば）の上がりも大きな収入源だったらしいが、それもいまとなっては遠い昔話だ。

　昔ながらのシノギで任侠組織を維持することの限界を覚（さと）り、時代に沿った運営に舵（かじ）を切ったのは父の代からだ。祖父が亡くなり、組長の座を引き継いだ父は、側近の岩切と経済に強い都築と共に組織の改変に着手していった。大手やくざ組織からの「系列に名を連ねろ」というプレッシャーを退け、傘下に下ることなく、独自の生き残りを図（はか）ったのだ。

　現在、大神組の主たる資金源は不動産事業の収益、および飲食店運営の上がり、それらを投資運用することによって得られる配当金だ。

　改革の第一歩として、父は浅草に所有していた土地の一部を担保に商業ビルを建てた。それらのビルをオフィスやテナントとして法人に貸与し、そこから発生する賃料を元手に投資で運用。これがうまく回って、かなりの利益を得ることができた。その金でさらに土地を購入し、ビルを建てる――を繰り返した結果、組が所有する不動産は順調に増えていった。増えすぎて手が回らず、組所有の不動産を管理するための会社を作ったくらいだ。

一方で、数年前から直営で飲食店を始め、年に数軒のペースで店舗を増やしているが、こちらも堅調だ。

それら表向きの経済活動を統括するのが「大神興産」で、父が代表取締役を任じているのを筆頭に、大神組の幹部が取締役を兼任している。

――というような内情を峻王が知ったのは、大学卒業後、二十二で大神組に入ってからだ。それまでは、実家の稼業がやくざであることはもちろんわかっていたが、具体的になにをしているのかは知らなかった。

いや、知ろうとしなかったというのが正しい。

ぶっちゃけ、興味がなかった。

普通に考えて、実の親がやくざの組長であることは、人格形成にかなり重要なファクターとなるはずだ。他人からは常に「やくざの息子」という目で見られ、いやでもその特殊性を意識せざるを得ない。

峻王自身、物心がついて以降に、そういった好奇の眼差しを感じなかったわけではないが、正直どうでもよかった。

やくざの子供であることなどより、もっと大きな特異性を、生まれながらにして持っていたからだ。

狼に変身する、人狼であること。

これに勝るイレギュラーも、そうはないだろう。

子供の頃は、人狼である自分を異形だとは思っていなかった。生まれつき〝そう〟だったし、ひとつ上の兄も、父も〝そう〟だったからだ。母は人間だったが、峻王の出産と引き換えに命を落としたので、そもそも記憶にない。

しかも幼少期の行動範囲は限られていた。外出は許されず、動き回れるのは屋敷の敷地内のみ。

身近にいる人間は、叔父で大神組若頭の岩切、かなり前に鬼籍に入った祖母（亡くなった母の母で、実質この祖母に自分と兄は育てられた）、大神組若頭補佐の都築、主治医の水川と、これもすでに亡くなっている水川の父親の五名だけ。しかも彼らは御三家の末裔とその家族なので、人狼を当たり前に存在するものとしてフラットに受けとめており、彼らのメンタルは、ごく一般的な人間とは異なる。御三家のうちのふたりがやくざであることも含めて、彼らもまた社会において異端であるのは間違いなかった。

そんな環境下にあって、実は普通の人間のほうが圧倒的大多数であり、自分たちがマイノリティ中のマイノリティであると認識したのは、父による〝教育〟が始まってからだ。

大神組組長で、神宮寺一族の長でもある父・月也は、息子の自分から見ても〝特別〟だった。

まず、その容姿。

血の繋がった父親を「神々しいまでに美しい」などと思うのが、普通の感覚じゃないことはわかっている。

しかし、父以上に妖艶かつ美貌の者を、男女問わず見たことがないのだから、そう思ってしまうのも仕方がない。

しかも、父の容姿は加齢によって損なわれることがなかった。

一番古い記憶のなかにいる父と、何年経っても、何十年経っても同じ。その不変は、人狼だから、という理由では説明がつかない。なぜなら自分も迅人も、加齢によってそれなりに容姿が変化し続けているからだ。

なのに父だけは、ある時点で時を止めたかのように変わらない。

艶やかな黒髪。臈長けた面。涼しげな目許。凛と透き通った声。たおやかな物腰。

現在、父は四十八だが、おそらく二十代後半に見えるのではないか。つまり、息子たちと同ジェネレーションの見た目をキープしているのだ。

（やっぱ化け物だよな）

物心ついて以降、もはや何度目かもわからないつぶやきを胸中で零す。

普段は物静かで、滅多に感情をあらわにしない父ではあるが、こと〝教育〟に関しては容赦がなかった。

本格的な〝教育〟が始まったのは、ひとつ違いの兄が四歳、峻王が三歳になった頃。

自分たちが特殊であるという自覚を促し、生まれ持った能力をセーブするコツと、変身をコントロールする術を身につけさせるための教育だ。

まだ子狼だった自分も兄も、純白の毛並みにルビー色の眼を持つ狼姿の父に、それは厳しくしつけられた。

遊びたい盛りだったが、一度始まれば、数日間みっちりと教育的指導が続く。集中していないと低い声で唸られ、背中からのし掛かられて、服従のポーズを強いられた。

血が出るほど鼻先に噛みつかれたり、骨が折れるんじゃないかと思うほど地面に強く押しつけられたりすることもあった。マウンティングの最中は、どんなに哀れっぽい声で鳴いても、途中で解放されることはなかった。

いまになれば、父があれだけスパルタだった理由もわかる。

自分たち人狼の場合、ちょっとした小さな油断や隙が死に直結するからだ。

本来の姿を人間に見せれば、かつて全滅に追い込まれた祖先のように狩られる。

生き残るためには、存在を覚られること自体がタブーだ。

ほんのわずかなミスが命取りであることを、まだもののの道理のわからない子供に教え込むためには、体に覚えさせるしかなかったのだろう。

（けど、あれはトラウマになったよな）

峻王は中学二年で百七十五を超え、小柄な父を追い越した。狼化した際も、自分のほうがはるかに大きい。二回りは違う。

それでも、いまだに父を前にすると緊張するのは、いわゆる幼少期の刷り込みというやつに違いない。もちろん、父が発するただならぬオーラのせいもあるが……。

「――専務」

運転手の呼びかけに、後部座席の峻王は物思いを破られた。

「そろそろ着きます」

そう言われて車窓に目を向けると、見慣れた町並みが視界に映り込む。浅草の町だ。

「どちらに車を回しましょうか？」

「正面でいい」

「かしこまりました」

スーツのジャケットの内ポケットからスマートフォンを取り出し、時間を確認する。一時十分前。約束の時刻には間に合いそうだ。

仕事始めである五日の午前中は、〝表〟の業務の主要取引先への挨拶回りで終わった。

いまのところ、峻王の表向きの肩書きは「大神興産専務取締役」で、社長、副社長に次ぐ事実上のナンバー3だ。とはいえ年齢的には、取引先の代表者や社長の息子か、下手をすれば孫の年なので、今日の挨拶回りも自分から先方に出向いた。

もうひとつの肩書きである「大神組若頭」は、裏社会でしか使わない。知っているのもその筋の人間だけだ。こちらの新年の挨拶は、元日、二日に親分衆が本郷の屋敷まで足を運んでくれて、あらかた済ませてあった。

ほどなく峻王が乗る黒塗りのセダンは、浅草寺の裏手に建つ、十階建てのビルの前に停車する。白い手袋を嵌めた運転手が、降車するなりさっと走ってきて、後部ドアを開けた。リアシートからアスファルトに降り立った峻王は、正面のタイル張りのファサードを見上げる。大神興産が所有する建物のひとつで、会社の主要部署が集約されている本社ビルだ。大神組の本部もここにある。

もともとは五階建ての低層建築だったが、三年前に、地上十階、地下二階構造のビルに建て替えられた。事業の拡大に伴い、従業員が増えて手狭になったためだ。

「三時に外出の予定があるから、車を正面に回しておいてくれ」

「わかりました」

セダンは地下駐車場に向かってスロープを下り、峻王は正面エントランスからロビーに足を踏み入れた。ロビー正面に設置された受付の女性スタッフが「専務、お帰りなさいませ」と声をかけてくる。それには軽く目礼で応えるにとどめ、エレベーターホールへと向かった。

待機していた空のケージにひとりで乗り込み、「10」のボタンを押す。するするとドアがスライドした。閉まるのを待って反転し、背後の壁に埋め込まれた鏡と向き合う。

オーダーメイドのスリーピースにハイブランドのネクタイを締め、高級腕時計を嵌めて、磨き抜かれた革靴を履き、髪を後ろに撫でつけた男。

何度見ても、自分じゃないみたいで違和感を覚える。まるで擬態だ。

そもそも、運転手付きの高級車なんて柄じゃない。車の運転は好きなので、できれば自分でステアリングを握りたいが、都築から禁止されている。いわく「それはあなたの仕事ではありません。予期せぬ渋滞や事故など、突発のアクシデントに慣れているプロに任せるべきだ。そのために運転手を雇っているのですから」だそうだ。峻王自身、運転手の仕事を奪うのは本意ではないので、どうしても運転したくなったときは、休日に恋人を横に乗せて愛車を走らせることで欲求を満たしている。

　本当は、どこへ行くのにも付き人兼ボディガードを帯同しろと言われているが、そっちは頑なに拒絶し続けていた。ただでさえ大仰な肩書きやら、その肩書きに相応しい身だしなみとやらで息苦しいのに、さらに四六時中誰かに見張られる生活なんて冗談じゃない。

（第一ボディガードとか必要ねーし）

　ポーンと最上階に到着した合図が鳴り、スライドドアが開いた。日本画が飾られたエレベーターホールを経由して、毛足の長い絨毯が敷き詰められた廊下を進み、突き当たりで足を止める。

　重厚な木製の二枚扉を前に、峻王はふーっと息を吐いた。自分でも神経は相当図太いほうだと思うし、実際滅多に緊張はしないが、それでも気が重い。

（わざわざ改まって社長室に呼び出すなんて、嫌な予感しかしねえ……）

　だからといってフケるわけにはいかなかった。高校時代は反抗期に発情期が重なって、周囲の意見に耳を貸さずに不登校になっていた時期もあったが、さすがにそんな年じゃない。許される立場でもなかった。

　腹をくくり、片手でコンコンとノックをする。

「――はい」

「俺だけど」

「いま開けます」

　ほどなくして二枚扉が開き、白いシャツにベージュのベストをつけた男が峻王を迎え入れた。

「お疲れ様です」

　労いの言葉と同時に向けてくる、レンズ越しの視線が怜悧で鋭い。母方の祖母が英国人らしく、瞳の色素が薄いせいか、その白皙からは感情が読み取りづらかった。もっともポーカーフェイスは、立場上〝あえて〟なのだと思うが。

　都築真澄。大神組若頭補佐兼、大神興産常務取締役。

　大神興産が今日の発展を遂げたのは、この男の手腕によるところが大きい。経済学部出身で投資に明るく、先見の明があった彼の功績なくして、ここまでの成功はなかった。

そうは言っても、それも父の決断ありきだ。組長の父が改革を決意しなければ、〝暴排〟という大きな潮流に呑み込まれてシノギを失い、消えていった数多の組織同様に、大神組も解体を余儀なくされていただろう。

「年始の挨拶回りはとどこおりなく？」

「ああ」

「それはよかった。月也さんがお待ちです」

会議用のテーブルが置かれた前室を横切り、都築が主室のドアを開ける。天井の高い二十畳ほどの洋室――ここが大神興産の社長室であり、かつ大神組の本丸だ。

やくざ組織の本丸といっても、神棚が祀られ、提灯が並び、虎皮の敷物が敷かれて日本刀が飾られているといった、一般人が思い描くようないかにもな様式美とは無縁だ。

アンティークのライティングデスク、ハイバックチェア、書棚、キャビネット、ソファなどがゆったりと配置された洋室で、壁の一面が窓になっている。窓からは浅草寺はもとより、浅草の町並みが一望できた。

要は、ビルのなかで一番眺望がいい部屋ということだ。

この部屋の主で大神興産代表取締役である神宮寺月也は、革張りのハイバックチェアに腰掛けている。自宅でくつろぐ際や、組長として義理掛けに出かけるときは和装であることが多いが、会社では基本スーツだ。

「時間どおりだな」

腹にずしっと響くような低音で告げたのは、ハイバックチェアの右斜め後ろに立つ百九十近い大男。

岩切仁。自分と兄の叔父にあたり、大神組若頭筆頭で、大神興産においては副社長の任に就く。こちらもほぼ黒に近いダークグレイの三つ揃いスーツを着ていた。黒子に徹するという意思表示か、ネクタイもグレイだ。

「話って？」

峻王の問いかけに、月也が「うむ」とうなずき立ち上がった。ソファに歩み寄り、横長の座面の真ん中あたりに腰を下ろす。叔父も移動して、ソファの背後に立った。都築はソファの肘掛けあたりにポジションを取る。

「かけろ」

父に促された峻王は、ソファと向かい合う形で置かれた二脚の肘掛け椅子のうち、右側を選んで座った。

父が心持ち、峻王のほうに体を向ける。杏仁（アーモンド）型の双眸と目が合った瞬間、覚えず背筋が伸びた。これは幼少期からの習性のようなものだ。

（さて、なにが飛び出す？）

黒曜石（こくようせき）の瞳をじっと見据えて父の言葉を待っていると、赤い唇が開く。

「話というのは、私の引退についてだ」

「引退？」

父の発言がすぐにはぴんと来ず、鸚鵡返（おうむがえ）しにした。

「月也さんが大神組の組長を退くということだ」

峻王の当惑を察したらしい叔父が補足してくる。

「退く？　え？」

それでもまだ実感が湧かず、峻王は戸惑いの眼差しで目の前の父を見直した。

大神組組長・神宮寺月也。

組長といえば父以外に考えられないし、それは、どの関係者にとってもそうだろう。

「私は退く」

あっさりと宣言した父に、「は!?」と釈然としない心情を声に出して腰を浮かせた。意味がわからない。

「ちょっと待ってくれ。なんでいま退かなきゃならないんだ？　まだ五十前だ。どこも衰えていないし、求心力だって充分だ。引退する必要なんかないだろ？」

前のめりで迫る峻王に、月也は顔色ひとつ変えずに一言だけ返した。

「噂になっている」

「噂？」

怪訝な顔で聞き返す。

「大神組のトップは化け物だと」

「バケモノ……」

「年を取らない化け物だとな」

――やっぱ化け物だよな。

つい先程、自分もそう思ったばかりだ。人狼だと知っている、身内の自分ですら違和感を抱くのだ。普通の人間の目には、もっと不自然な現象として映るに違いない。

「そろそろ限界だろう」

月也が静かにひとりごちた。そのつぶやきを受けて、都築が説明を始める。

「月也さんの容姿に関しては、長きにわたって私たちの懸案事項でした。過去の症例がないので見通しが立

たず、様子見をしていましたが、五十を前にして老化の兆候がいっこうに現れない。ごくたまに中年以降も若々しい外見を保つ人間もいるので、これまではそういうひとなのだ——で通してきましたが、さすがにここに来て、『大神組の組長は見た目がまるで変わらない』『あの若さはちょっと異常ではないか』という声がちらほら届き始めた。単に外見の若さだけではなく、月也さんが持つ常人離れしたオーラも込みの評判でしょうが……」

「神宮寺が抱える秘密を思えば、無用な注目を集めるのはできる限り避けたい。取り返しのつかない事態になる前に、表舞台から身を引くべきだという結論になった」

叔父が険しい表情でそう締めくくった。

一連の流れから、今日の呼び出しに至るまでに三人で協議を重ねてきたことがわかる。

いつまでも衰えない美貌は、父のカリスマ性を形作る大きなファクターだが、一方で異質さを際立たせてしまう。

(諸刃の剣ってやつか)

「月也さんは組長の座を退かれるのと同時に、大神興産の代表取締役も退任して相談役となり、以降は組員や社員の目に触れない形でかかわっていくことになります。——というわけで、峻王さんには、空席となる組長と代表取締役の任に就いていただきます」

都築の通達に、思わず「マジか……」と声が漏れる。

確かに、いずれは自分が組を継ぐのだろうと思っていた。そのための教育——「帝王学」らしきものも受けてきたし、若衆から入って、舎弟頭、若頭補佐、若頭と、順当に役職も上がってきていた。

いつかは……とは思っていたが、こんなにも早く順番が回ってくるとは思っていなかった。

大神組に入ってわかったことだが、組員たちの組長・月也への畏敬の念は絶大で、信仰に近いものがある。組長のために命を差し出すなどという任侠映画の世界が、大神組ではいまだにまかり通っているのだ。

業界においても神宮寺月也はカリスマで、他組織からも一目置かれている。父に惚れて兄弟杯を交わした親分衆も多く、そのおかげで大手の傘下に下ることなく、独立した組織——〝一本〟でここまでやってこられた。

それほど盤石な体制を、わざわざ弄る必要がない。

代替わりがあるとしても、十年後くらいだろうと勝手に思い込んでいた……。

「それだけではない」

まだ不意打ちの衝撃をうまく吸収し切れていないのに、叔父によって追い打ちをかけられる。

「おまえにはゆくゆく神宮寺一族の領袖となってもらう」

「……っ」

駄目押しを食らった峻王は小さく息を呑んだ。

人狼一族のリーダー――実はこれが一番重い……。

肩に一気に三つの重しを乗せられた気分で、眉間に縦皺を寄せて黙り込む。

「…………」

峻王の心情を配慮してか、都築がフォローの言葉を紡いだ。

「とはいえ、こちらに関しては表に立つ必要がないので、当分の間は引き続き月也さんに長老として一族をまとめていただくことになります」

猶予を与えられたからといって、気持ちが楽になるものでもなかった。

「どうだ？　峻王」

叔父の問いかけに、止めていた息を吐き、「……いますぐ答えを出す必要があるのか？」と確かめる。

叔父が「月也さん」と父を呼び、父が振り返った。視線のやりとりで何事かを確認し合ったのか、うなずいた叔父が次に都築を見る。ここでも視線での相互伝達が行われた。三人の意見をとりまとめる形で、代表者の叔父が「すぐにというわけではない」と答える。

ほっとした。

どうやら問答無用の決定事項というわけではなく、一応こちらにも選択権があるようだ。

自分に向けられる三人分の視線を感じながら、峻王は口を開いた。

「急な話でさすがに戸惑っている。……少し考えさせてくれ」


早晩こうなることはわかっていたはずだ。思っていたより早かったというだけで既定路線。今更ビビるなと言われればそれまで。

（んなこたわかってるよ……）

組員を掌握して他組織との連携を継続させる一方で、会社の舵取りをして安定した収益を上げ、社員の生活を守る。

その上で――父が後ろに控えているとはいえ――一族の命運も背負わなければならない。

（わかってるけど重いんだよ）

ずっしりと重い。

胸がざらざらして、みぞおちのあたりが小石をみっちり詰め込まれたみたいに重苦しい。午後からずっと胃がすっきりしなかった。そのせいで取引先での会議もいまいち不調のまま――。

（これがプレッシャーってやつなのか……）

生まれて初めて知る感覚に、峻王は車のなかでネクタイの結び目を手荒く緩めた。ふーっと息を吐き、シートに背中を預けた刹那、叔父の声が脳内にリフレインする。

――わかった。よく考えて結論を出してくれ。

峻王が社長室を辞す前の台詞だ。

――ただ、これだけは言っておく。私たちは〝間に合った〟と感じている。月也さんの引退におまえの仕上がりが間に合ったという意味だ。この七年間で、おまえは神宮寺の後継者に相応しく成長してくれた。前向きな返答を期待している。

ああは言っていたが、「前向き」以外の返答はアリなのか？

本来なら、神宮寺の跡目は長男の迅人が継ぐのが筋だ。

だが、迅人は〝つがい〟の賀門と出会い、駆け落ちをした。その駆け落ちを後押しした段階で、自分は必然的に覚悟を決めざるを得なかった。

結論として、迅人の代わりに跡目をとるしかない、と。

迅人は一年後に賀門と日本に戻ってきて双子の希月と峻仁を産んだ。幸いふたりともすくすくと育ってくれて、もうじき小学校を卒業するが、本格的な思春期の訪れを前に、まだ子育て完了とは言えないだろう。

もし仮に定石どおりに迅人が継ぐと仮定した場合、まずこれまでのような生活は営めなくなる。トップとしてのタスクに忙殺され、そのぶん家庭に割ける時間は激減するだろう。賀門は家事育児に協力的だが、ワンオペでどこまでうまく回せるのかは未知数。ＱＯＬ（クオリティ・オブ・ライフ）が下がることは、賀門にとっても、双子にとっても、迅人自身にとってもマイナス。彼らが幸せを感じられなければ、立花も感じられず、ひいては自分も感じられない。不幸せの連鎖になってしまう。

やっぱり迅人に稼業を背負わせるのはナシだ。

となれば、やはり自分が継ぐしかない。

実際、そのつもりで大神組に入ったし、会社の仕事もこなしてきた。どちらも特段、自分に向いていると思ったことはないが、それなりに結果は出してきた。叔父の「間に合った」発言から鑑みるに、あながち的外れな自己評価でもないのだろう。

準備はできていたはずだ。

なのにいざその時が来たら、予想外に衝撃を受けている自分を認めて――そのことに苛立つ。

（クソだせえ……）

感情ひとつコントロールできない自分に、イライラしているうちに本郷に着いた。

「どちらにお付けしますか？」

運転手の確認に「通用門にしてくれ」と答える。通用門からならば、母屋を経由することなく離れに行ける。今夜は、父や叔父と顔を合わせたくなかった。

そんな自分の矮小さにまた嫌気が差し、やさぐれた気分で送迎車から降りる。

通用門をくぐると、離れの窓から明かりが漏れているのが見えた。立花も今日が仕事始めだったが、先に帰ってきているようだ。

普段は、この窓から漏れるオレンジ色の明かりに絶大な癒やし効果があるのだが、今日に限ってはさほど効き目を感じられない。

立花と顔を合わせるまでに気持ちを立て直さなければと焦りつつ、通用門から離れまでのアプローチを辿った。玄関の前ですー、ふーっと深呼吸し、どうにか気を取り直してドアを開ける。

「……ただいま」

三和土で靴を脱いでいると、奥から立花が迎えに出てきた。

眼鏡をかけているのでぱっと見で気がつかれることは稀だが、よく見れば、とても整った顔立ちをしている。瓜実形の白い面に、バランスよく配置された端整な目鼻立ち。切れ長の双眸、さらさらの黒髪、くすみやシミひとつない白磁の肌。父ほどではないが、自分の恋人も充分に年齢不詳だ。

しかし、なによりも特筆すべきは、そのにおい。甘くて、たまらなくソソるにおいだ。

初めて体を繋げた瞬間から、自分はこのにおいに魅せられ、十年以上経ったいまでも囚われ続けている。

どうやらこのにおいは〝つがい〟限定らしく、それを知ったときは心の底からほっとした。誰にでも影響力があって無意識に誘惑しまくりだった日には、嫉妬心と独占欲の歯止めが利かず、仕事どころじゃなくなる。

ただでさえ、本当は一秒だって離れていたくないのに……。

「お帰り」

今夜も魅力的なにおいを振りまきながら、立花が耳に心地よい声でそう言って、峻王からブリーフケースを受け取った。

白いシャツにVネックセーター、ウール素材のボトムという日常着だ。教師という職業柄か、もともとそういう性格なのか、立花は自宅でもだらしのない格好はしない。

常にきちんとしていて、清潔感があってまっすぐで……。

恋人のにおいに包まれていると、ささくれ立っていた心が少し凪いできた。

(さすが、癒やし効果はんぱねえ)

「峻王？」

三和土に佇んでじっと見つめていたせいか、立花が不思議そうな顔をする。

「どうしたんだ？」

「いや……なんでもない」

部屋に足を上げ、並んで歩き出した。

「早かったんだな」

「今日は職員会議だけだったからな。明日も始業式だし、本格的に授業が始まるのは明後日からだ。おまえは初日から挨拶回り大変だったな」

「別に大したことねーよ。クライアントに『ことよろ』って言って回るだけだし」

立花が足を止めて、横目で睨んでくる。

「本当にそんなふうに言ってないだろうな？」

「……信用ねーな。これでも一応専務だぜ？」

「すまない、おまえならやりかねない気がして。夕ごはんは？」

「食う」

峻王が寝室のウォークインクロゼットの前でスーツを脱いでいるあいだに、立花は夕食の準備を始めた。今夜のメニューは生姜焼きのようだ。キッチンから、ジャーッという肉を焼く音が聞こえ、ややあってしょうゆと生姜の焦げる香ばしいにおいが漂ってきた。生姜焼きは好物だし、立花の作る料理は素朴だが美味しい。

なのに今日は、あまり箸が進まなかった。

「味、薄かった？」

ダイニングテーブルを挟んで真向かいに座る立花から尋ねられ、「あ？」と聞き返す。

「ごはん、進んでないみたいだから」

指摘されてごはん茶碗に視線を落とせば、まだ半分弱残っていた。

「いつも生姜焼きのときはおかわりするのに」

「ああ……ごめん。昼に食ったステーキが胃にもたれてるっぽい」

レンズの奥の切れ長の目が大きく見開かれる。

「どうした？」

「……胃がもたれるなんて言葉、おまえの口から初めて聞いた！」

「そんなに驚くことか？」

「驚くよ。肉は飲み物と公言して憚らなかったおまえが……あー、びっくりした」

大げさに天井を仰いでみせてから、立花が手許にカチッと箸を置いた。すっと背筋を伸ばして、表情を引き締める。

「なにがあった？」

突然、真顔で問いただされて面食らった。

「って、なんだよ、いきなり」

「誤魔化すな。なにかあったんだろう？　いつもと様子が違う」

まっすぐな眼差しで射抜かれて、反射的に目を逸らしてしまう。

（……鋭い）

そんなにわかりやすくアピールしたつもりはなかったが、伊達に十年以上、生活を共にしてはいないということか。

確かに、逆のパターンでも、自分は立花の異変に気がつくかもしれない。いや、ほんの些細な変化でも必ず気がつく。

それだけ、お互いの存在が自分の一部のようになっているのだ。

観念してふーっと息を吐き、立花と同じように箸を置いた。

「実はさ……」

昼に父、叔父、そして都築の三名に呼び出され、襲名を打診された件を話し始める。

カリスマである父がアーリーリタイアせざるを得ない理由。引き受けた場合、大神組と大神興産の代表の責を担うこと。神宮寺一族に関しては、まだしばらくは父が長老として率いるが、これもいつかは引き継ぐことになる——。

峻王が話しているあいだ、立花は時折うなずきはすれども、言葉を発することはなかった。生真面目な表情で傾聴していた恋人が、峻王が話し終わるのを待っていたかのように、「それで」と口火を切る。

「おまえはどう返事をしたんだ」

「少し考えさせてくれって」

「迷っているということか？」

直球で確認された峻王は、前髪に片手を突っ込んで地肌をガリガリと掻いた。

「迷ってるっていうか……」

数秒言い淀んだのちに、思い切って本心を詳らかにする。

「正直ビビってる」

「………」

それに対して立花はほんの一瞬、軽く瞠目したが、すぐにフラットな表情に戻った。

がっかりされるかもしれない。愛想を尽かされるかもしれない。

そんな懸念も脳裏を過ったが、自分を揺るぎなく見つめる澄んだ瞳に励まされ、言葉を紡いだ。

「いつかは跡目をとるんだってわかってたつもりだった。大神組に入ってからの時間は、そのための修業だと思っていたのに、いざ目の前にぽんと投げ出されたら、手を出すのを躊躇う自分がいてさ……」

自分でもまだ摑み切れていない心のうちを、躊躇いつつも口にする。言葉にすることで、心のなかに根を張るもやもやの正体を明らかにしたかった。

「俺は……ガキの頃から怖いものがなかった」

言葉を紡ぎながら、もやもやのなかに手を突っ込んで掘り下げていく。

「実家はやくざだし、人狼だしで、どこか普通の人間を見下していたところがあったと思う。特に中学・高校とか、怖いもの知らずで最高にイキってた。けど、あんたに会って」

「俺？」

「そう——つがいと出会って、護るものができた。それから双子が生まれて、護るものが増えた。そうしたらそれまで自分のなかになかった感情が生まれた。……恐怖心ってやつだ。ぜったいに失いたくないものができるとひとは弱くなるんだって……知った」

視線の先の立花がじわりと目を細めた。

「組長となれば、組の顔だ。もし俺が矢面に立つことで、あんたに危害が及んだらって考えると胸がざわざわする。組員にも社員にも、それぞれの生活がある。みんなの人生が俺の采配ひとつで詰むこともあるんだって思ったら、今日の午後いっぱいずっと胃が重苦しくて、集中力もゼロで使い物にならなかった。何年もかけて準備してきたのに、組を背負って立つ覚悟がまるでできてない自分を思い知らされて……情けなかったし、クソだせえって思うし、できれば否定したかった。でももう、認めるしかない」

立花に正直な気持ちを吐露するのは勇気が要ったが、ここまで来て逃げるのはナシだ。

そう自分に言い聞かせ、思い切って告白する。

「俺は怖ぇんだって」

「…………」

「こんな自分に、親父の代わりが務まるとは思えない。……自信がない」

情けない自分、弱い自分を曝け出した瞬間、胸がすっとした。だがそれも束の間、もやもやを吐き出してすっきりした場所に、今度は別の種類の不安がはびこってくる。

本当は、恋人の前ではいつだって揺るぎなく強い自分でいたい。

年下だからこそ、常に背伸びをして、恋人と釣り合うようにと自分を奮い立たせてきた。

(……なのにこのざまだ)

敗北感に打ちひしがれた峻王は、目の前の恋人におそるおそる問いかけた。

「がっかりしたか？」

「感無量だ」

立花が首を横に振り、神妙な面持ちでつぶやく。

「感無量？」

予想外の返答に、怪訝な声が出た。

「おまえの成長を実感して」

「成長？　逆だろ？」

「逆じゃない。護りたい者ができて、失いたくないものを得て、ひとの痛みを知って、おまえはいま、本当の意味で強くなろうとしているんだ。岩切さんが『間に合った』って言ってたのは、そういった意味も含んでいるんだと俺は思うよ」

「……本当の意味で？」

実感が湧かず、峻王は疑わしげに眉根を寄せる。

「確かに出会った頃のおまえは無敵だった。心も体も強靭(きょうじん)で、パワーに満ち溢れ、瑕疵(かし)もなくて、俺の目にも、怖いものなんてなにひとつないように映った。――でも俺は、いまのおまえのほうが好きだ」

「……侑希」

「弱さを知ったおまえのほうが好きだ」

迷いのない声で、そうきっぱり言い切ってから、立花がやさしく微笑んだ。

愛おしくてたまらないとでもいうような、慈愛に満ちた眼差しを向けられて、胸の奥が急激に熱を孕む。あやうく泣きそうになった峻王は、これ以上恋人にみっともないところは見せられないと、あわてて顎骨にぐっと力を入れた。

「神宮寺を継ぐも継がないも、最終的にはおまえの決断だ。それに関しては俺が口を挟む問題じゃないとわかっている。だがもし、決断にあたって俺の存在が引っかかっているのだとしたら、心配は無用だ。おまえの〝つがい〟になったときから覚悟はできている」

明言した立花が、椅子を引いて立ち上がる。峻王のほうに歩み寄り、背後に回り込んだかと思うと、背中からふわっと抱き締めてきた。

「おまえがどんな道を選ぼうと、俺はついていくし、ずっと一緒だ。俺たちはつがいだからな」

穏やかだが深みのある声が耳殻に染み入ってくる。

――ずっと一緒だ。

(そうか……これが欲しかったんだ)

誰のどんな言葉より、自分を勇気づける一言。

その包容力のままに自分を包み込む恋人の腕を摑んで、峻王はぎゅっと握り締めた。背中に恋人の体温を感じながら、噛み締めるようにつぶやく。

「……ありがとう」

襲名の打診をされたことを峻王から明かされた際、侑希の胸に去来（きょらい）したのは、ついにこのときがやってきたのか、という感慨だった。

いつかは、この日が来るのはわかっていた。そのために峻王は大学卒業を待って大神組に入り、岩切と都築という幹部直々に、帝王学を叩き込まれてきた。ここ数年の峻王は、生まれ持った高いポテンシャルに経験値が加わり、自信と貫禄（かんろく）をつけつつあるように見えた。

だからそんな峻王が、組長襲名に臆する心情を口にしたのは意外だった。

――こんな自分に、親父の代わりが務まるとは思えない。……自信がない。

だがよく考えてみれば、その気持ちもわからなくはない。

人狼のなかでも、神宮寺月也は特別な存在だ。息子である峻王は、誰よりも父の凄さを知っている。公私共に側（そば）で過ごした七年間で、ますます父の「代わりのきかない特別感」を実感したのではないか。

峻王は「がっかりしたか？」と訊（き）いてきたが、がっかりどころかうれしかった。

弱音を吐くほど、心を許してもらえているのだと実感できてうれしかったのだ。それと同時に、恋人の人間的な成長が我がことのようにうれしかった。

自分でも言っていたが、かつての峻王は無敵であったからこそ、傲慢（ごうまん）なところがあった。高校の教室でも、クラスメイトとは一切交わらず、一匹狼を貫き通した。峻王からしてみたら、普通の高校生は幼く感じただろうし、交流を持つには物足りなかったのだろう。

IQが高く、身体能力に優れ、無尽蔵（むじんぞう）の体力と人並み外れた美貌の持ち主。コンプレックスとは無縁の存在であるがゆえに、人並みの感情が理解できなかった。

その圧倒的強者が、恐れを知り、自分の弱さを認めた。

思わず「感無量」という言葉が零れたが、決して大げさではない。

この数年間、組や会社を介してたくさんの人間とかかわりを持ったのは無駄ではなかった。

不特定多数の他者と触れ合った経験から、ひとりひとりに人格があり、生活があり、悩みや夢があることを知ったはずだ。

だからこそ、彼らに対する責任感が芽生え、自分という存在が組員や社員におよぼす影響力をリアルに感じて怖くなったんだろう。

それは人間ならば持って当然の感情だ。恥じるべきことでも、自責の念を抱くべきことでもない。

一回り強く、大きくなるための葛藤（かっとう）であり、心の痛みだ。

峻王の懊悩（おうのう）に対して、つがいの自分が言えるのは、「おまえがどんな道を行こうとも、一緒に歩いていく」ということ。そう言って寄り添うことしか自分にはできない。

結局、話をした翌日——つまり一昨日、峻王は月也と岩切、そして都築とふたたび話し合いの時間を持ち、その場で「跡目をとる」と告げた。

それによって事態は一気に動き出し、早くも襲名式は峻王が三十歳の誕生日を迎える四月中旬に決まった……らしい。正確な日取りは今後詰めていくことになるそうだが、昨日帰宅した峻王からそこまで聞かされて、急展開に驚いたものだ。

大神組と大神興産、両方のトップが代わるわけだから、各方面に根回しも必要だし、スピーディに物事を進めるに越したことはないのだろうが、さすが岩切・都築の両翼（ツートップ）は仕事が速い。

（それにしてもいよいよなんだな）

おおまかでも日程が決まると、実感が湧いてくる。

自分には、月也を支えた両翼のような鉄壁のサポートは無理だ。

それでもせめて、重責から解き放たれた峻王がほっと肩の力を抜いてくつろげるような巣作りをして、陰ながら恋人を支えられたら……。

「……先生……立花先生！」

職員室の自席で物思いに耽っていた侑希は、尻上がりに大きくなる呼びかけで、現実に引き戻された。

「あっ……はいっ」

「内線、鳴ってますよ」

隣の席の女性教師が、オフィスフォンを指でさして教えてくれる。指摘どおり、内線ボタンが光って、ピルル、ピルルと呼び出し音が鳴っていた。

「すみません。ありがとうございます」

早口で謝辞を述べてから、急いで受話器を取る。

「立花です」

『立花くん？　近藤（こんどう）だけど』

「校長……」

内線電話は、理事長を別とすれば事実上の明光学園（めいこうがくえん）のトップである近藤からだった。

『きみ、いま時間はあるかね？』

ドキッと鼓動が跳ねる。

「はい、空き時間ですが」

『じゃあ、ボクの部屋に来て』

「わかりました」

受話器を置いて事務椅子を引いた。隣席の女性教師に「ちょっと校長室に行ってきます」と告げると、「はい」とうなずく顔には『お気の毒様です』と書いてある。

わざわざ校長室に呼び出される――ということは、なにか特別な用件があるということ。

慶事ならばいいが、そうではないケースのほうが大多数なのは、彼女も経験からわかっているのだ。

（呼び出されるようなトラブル……あったか？）

心当たりを探ってみたが、すぐには思いつかない。


職員室を出て、重い足取りで校長室へ向かいながら、同じように憂鬱（ゆううつ）な気分で近藤のもとへと向かった記憶が蘇（よみがえ）った。

あれはまだ近藤が学年主任だった頃だ。主任室に呼び出された侑希は、当時不登校だった神宮寺峻王の様子を、彼の自宅まで見に行けと命じられた。首に縄をつけて引きずり出してくるくらいの気合いで臨（のぞ）めと言われて、目の前が暗くなったのを覚えている。

明光学園始まって以来の問題児の実家がやくざだと知っていたから――。

（そうだった……あれがすべての始まりだったんだよな）

あの頃は死刑宣告に等しい命令に思えたが、いまとなっては懐かしい思い出だ。

郷愁を胸に校長室まで急ぎ、ドアの前で足を止める。眼鏡のポジションを直してから、片手を上げてドアをノックした。

「立花です」

「入りたまえ」

「失礼します」

ガチャッとドアを開けると、左手の応接スペースに校長の近藤と教頭の姿が見えた。スーツがはち切れそうな巨軀と、ガリガリの痩軀。見た目は対照的な、学園ツートップが揃っているのを認めて、鼓動がいっそう不穏に高まった。

「座りたまえ」

　教頭にソファを示され、「はい」と腰を下ろす。ふたつの肘掛け椅子にそれぞれ座った近藤と教頭に、侑希は緊張の面持ちで向かい合った。

「立花くん……実はね」

　ほどなく近藤が口火を切る。

「現在二年の学年主任をされている鈴木先生が、三月いっぱいで退職されることになったんだ」

「……そうでしたか」

　鈴木主任は半年前に心筋梗塞で倒れ、幸い手術で一命を取り留めた。その後リハビリを経て復職したものの、ここ半月ほどは休みがちだった。定年を待たずに退職を決めたということは、やはり体調が思わしくないのだろう。学年主任というポストにはストレスがつきまとうので、その決断もわからなくもなかった。

「そこで、四月からきみにそのポストを任せてはどうかという話が出ているんだ」

「えっ……」

　一瞬、耳を疑う。

「私に……学年主任を……ですか？」

　予想外のオファーに戸惑いが隠せず、つい訝しげな声が出てしまった。

　本来ならば、空席に納まるのは学年副主任のはずだが、副主任は鈴木先生より年上の女性で定年間近だ。彼女が主任になっても、遠からずふたたびポストが空いてしまう。だったら初めから若い人間に任せたほうがいいという話になったのかもしれない。

「きみの授業は評判がいいし、特進クラスの担任を任せて五年目だが、一昨年きみが受け持った卒業生は難関大学の合格率がかなり高かった。また、いま受け持っている二年生も全国模試の結果が安定していい。その点を理事長も評価されての登用だ」

「……ありがとうございます」

　難関大に合格したのは当時の生徒たちのがんばりだし、いまの特進の二年が模試でいい結果を出し続けているのも同様だ。

　それでも、授業の評判がいいと言われたのはうれしかった。より学びやすいカリキュラムを目指して、試行錯誤を繰り返してきた地道な努力が、認められたような気がしたからだ。

ほんの少しだけ頬を上気させていると、近藤が丸太のような腹を揺すって、「ところで」と言い出す。

「……例の件だが、今年もよろしく頼むよ」

前のめりになった近藤に、声をひそめて囁かれ、侑希はぴくっと肩を揺らした。

——例の件。

はっきりと口にはされなかったが、腹に一物ある声音から、寄付金のことだろうと推察する。

いまから十三年前、教師である侑希と、当時は生徒であった峻王が同じ住居で暮らすというイレギュラーに関して、明光学園と神宮寺の首脳陣の二者間で話し合いの場がもたれた。

そのときは「都築が話をつけた」とだけしか聞かされておらず、どのような内容で、どういった話のつけ方をしたのかまでは知らされていなかったのだが、のちのち、生徒の家に教師が住む〝不適切な関係〟を不問に付す見返りとして、神宮寺が少なくない額の寄付金を学園側に払うことで折り合いをつけたと知った。

峻王が卒業して十年以上が経過したいまも、それは続いている。

（そしておそらく、自分がここにいる限り続く……）

本来なら、十三年前に懲戒解雇になっていてもおかしくなかった。そしてそうなっていたら、別の学校で教職に就くのも難しかっただろう。

つまり、自分がいまも教師を続けていられるのは、神宮寺の寄付金のおかげなのだ。

今回の学年主任の件にしても、教師としての働きに対する純粋な評価ではない。学園側としては、自分が在籍している限り、寄付金が続くという下心込みの打診に違いない……。

導き出した結論に、シビアな現実を突きつけられた心境になり、全身からじわじわと熱が奪われていく。

「立花くん、じゃあ、学年主任の件は承諾ということでいいね？」

断られるなどとは毛の先ほども思っていないらしい近藤の決めつけに、侑希は冷たくなった手のひらを膝の上でぎゅっと握り締めた。

「すみません。少し……お時間をいただいていいですか」

「なっ……」

近藤が絶句し、教頭はこめかみに筋を立てて気色ばむ。

「立花くん、こんないい話、考えるまでもないじゃないか！」

「主任になれば待遇もよくなるし、権限だって増えるんだよ。一体なにが不満……」

「……すみません」

胸のうちを明かさずに深々と頭を下げた。気まずい沈黙が横たわり、やがて、「はー……」という聞こえよがしなため息が聞こえてくる。

「きみはずいぶんと明るく、積極的になったと思っていたが、慎重なところは変わっていないね」

当てこするような物言いをされ、侑希は顔を上げた。近藤の糸のような目が、ことさら不機嫌そうに細められている。過去の自分ならば、こんなふうに睨めつけられただけで震え上がっていたところだ。

「…………」

学園トップの高圧的な眼差しを黙って受けとめていると、ほどなくして近藤のほうからすっと目を逸らす。

「まあ、いい。気が済むまでじっくり考えたまえ」

投げやりな物言いに「ありがとうございます」と、もう一度頭を下げ、侑希はソファから立ち上がった。最後まで納得していない様子の、教頭の不満げな視線を背中に感じつつ、校長室を辞す。

先程来た廊下を引き返す侑希の目に、窓の外の景色が映り込んできた。

どんよりとした鈍色の空の下、生徒たちがグラウンドでサッカーをしている。文武両道を謳う明光学園には、スポーツコースと進学コースがある。それぞれのコースがまたいくつかのクラスに分類されるのだが、そのスポーツコースの生徒たちがサッカーのゲームをしているようだ。

「こっち、こっち！　パス寄越せ！」

「ディフェンス！　ちゃんとカバーしろ！」

「キーパー、気をつけろ！　打たれるぞ！」

サイドバックの警告の声もむなしく、パスを受けた生徒がシュートした。

「うわーっ」

しかしボールはゴールポストに当たって跳ね返る。横っ跳びしたゴールキーパーが地面をスライディングし、絶好機を外した生徒は頭を抱えて膝を突いた。

（……元気だな）

さすがはスポーツ特待生枠の生徒たちだ。

冬場に短パンで走り回る生徒たちを眺めるのも十七年目。

新卒からの数年間は、自分は教師に向いていないと思い込んでいた。同僚や生徒たちにも「融通の利かない数字オタク」と陰口を叩かれていたし、事実、生徒を導いていくような包容力にも指導力にも欠けていた。いつだって自信がなく、自己肯定力も著しく低かった。

だけど、峻王との出会いをきっかけに、そんな自分を変えたいと思い始めた。

峻王のつがいとして、隣に立つのに、恥ずかしくない人間になりたかったのだ。

目標ができてからは、できる限り生徒に正面から向き合うように努め、カリキュラムの精度をコツコツと高めてきた。授業やホームルーム、様々な学校行事を通して、自分に教えられることは、精一杯伝えてきたつもりだ。

十七年におよぶ教師生活で、いいことも悪いこともあったが、いまは教師という仕事に誇りを持っている。現在受け持っている特進クラスの生徒たちにも、明光学園にも愛着がある。

一方で、この春には峻王の組長襲名という一大イベントが控える。

大神組は規模こそそう大きくはないが、歴史のある老舗任侠組織だ。

代替わりというイベントが一部メディアの目を引き、クローズアップされる可能性もないとは言い切れない。

そうした流れから深掘りされ、もし自分と神宮寺家の関係が表沙汰になったら、学園や生徒たちに迷惑がかかる。

さらに言えば自分がここの教師である限り、神宮寺は多額の寄付金を払い続けなければならない。

頭ではわかっていたのに、誰も責めないので、つい甘えてきてしまったが……。

(それでいいのか?)

自問しながら、ぽつりとひとりごちた。

「……引き際、か……」

自分がつぶやいた言葉に、覚えず表情が曇る。

寒さをものともせずにゲームに熱中する生徒たちから視線を転じて、侑希は、職員室に続く廊下を重い足取りで歩き出した。

3

たぶん自分も峻王も、人生の岐路に立っているのだ。
それがほぼ同時に訪れたのは、偶然なのか、必然なのか……。

ここ数日間、カリキュラムの作成、授業の準備や授業、ホームルーム、保護者対応、学年ミーティング、職員会議など、やるべきタスクに集中しているとき以外のちょっとした空き時間に、侑希は物思いに囚われることが多くなっていた。

脳内会議のテーマは、峻王の襲名を機に明光学園を退職する——という選択についてだ。

学園を辞めて無職になったとしても、幸い住む場所はあるし、食うに困ることもないので、当面生きていくことはできるだろう。無職の居候（いそうろう）になったところで月也も峻王もなにも言わないだろうが、それでは自分の気が済まないので、金銭的負担をかけてしまうぶんは、家事労働で返していくという手もある。

問題は辞めてどうするかだが……。

他校に転職した場合、寄付金の件は片がつくが、神宮寺家とのかかわりが続く以上、根本的な解決には至らない。そしてもちろん、自分は峻王と離れるつもりはない。

となると、やはり教師という仕事自体を辞めるしかない。

教師ではない自分を想像してみたが、それ以外の自分を知らないせいか、うまくイメージできなかった。そもそも、この年齢からジョブチェンジが可能なのかという問題もある。

教師というのは、一般的な会社員とは異なる特殊な職業だ。よく潰しがきかないなどと言われる。しかも自分は新卒からずっと明光学園一筋で、ほかの環境を知らない。

教師の転職先として、比較的多いと思われるのは塾の講師などだが、ここでも神宮寺とのかかわりという壁が立ち塞がる。

（というか、それを言い出したら会社勤め全般がアウトだ）

峻王に相談したら、大神興産に入ればいいと言い出しそうだが、それは侑希が嫌だった。明らかなコネ入社だし、恋人が社長を務める会社の社員という立場も微妙だ。公私の区別がつかなくなりそうで……。

いっそのこと就職は諦めて家に入り、これからますます多忙になる峻王のサポートに徹していくという道もある。

その上で、時間給のバイトをするとか？

それが一番現実的なのかもしれない。

一応、結論は出たものの、ここでふたたび自問が始まってしまう。

（本当にそれでいいのか？）

心の問いかけに、即答できない自分がいる。〝いい〟とは言い切れなかった。

この問題に直面してわかったことがひとつある。

自分が教職に未練たらたらだということだ。

これまでは、仕事をしている自分、明光学園の教師である自分が当たり前だったから、自分にとって教師という職業がどういう意味を持つのか、突き詰めて考えてみたことがなかった。

しかし、こうなってみて気がついた。

教えることが好きだ。辞めたくない。せめていま担当している生徒たちが卒業するまでの一年三ヶ月……。

いや、駄目だ。なにかトラブルが起こってからでは遅い。急に辞めることになったら、生徒たちへの影響も大きい。辞めるなら区切りのいい三月末。新学期が始まる前だ。

ということは残り三ヶ月弱？　無理だ。急すぎて、心の整理がつかない。

やっぱり生徒たちの進路を見極め、卒業を見届けたい。

駄目だ。襲名式前に辞めるべきだ。感情論で判断を誤るな。

いまなら教員の補充も間に合う。決断しろ。

決断？　そんなに簡単に諦められるなら苦労はしない……。

コンッ。

物と物がぶつかるような固い音に、ぐるぐると空転する思考を断ち切られ、びくっと全身をおののかせる。

夕食のあとでソファに腰掛け、いつの間にかまた思索の迷宮にはまっていた侑希は、両目をぱちぱちと瞬かせた。

「あ………」

カフェテーブルにマグカップが置かれている。マグカップの取っ手を持つ大きな手を数秒見つめてから、その手の持ち主に視線を移動させた。こちらをじっと見つめる黒い瞳とぶつかる。

「……峻王」

「コーヒー、入ったぜ」

自分のマグカップを片手に持った峻王が、ソファの空きスペースに腰を下ろした。

「あ、ありがとう」

夕食後のコーヒーは峻王の担当だ。人間より鼻がきく峻王はコーヒー豆の鮮度に厳しく、温度や湿度をきちんと管理した豆をミルで挽いて、手ずからドリップする。そのせいか、ちょっとしたカフェより美味しいのだ。今日もいい香りが漂っている。

湯気が立ち上っているマグカップに手を伸ばしかけたところで、「なんかあったのか?」と訊かれた。

「………っ」

内心の動揺を覚られないよう、なるべく自然な動作でマグカップを口許に運ぶ。ひと口啜って「美味しい」と感想を述べてから、「なにが?」と聞き返した。

「あんた、ここ二、三日様子が変だからさ。……なんかあったんだろ?」

顔を覗き込むようにして尋ねられる。

(ばれてる)

背中がひやっとした。

だが考えてみれば、これだけ長く一緒に暮らしてきたのだから、ちょっとした表情の違いや口数の少なさから違和感を覚えるのももっともだ。

先だって、自分が峻王の異変に気がついたように。

あのときは、峻王が悩みを打ち明けてくれて、迷う背中を押すことができた。もちろん自分ができるのはそこまでで、最後は峻王の決断だ。

結果として峻王が組長襲名を引き受けたのは、組や会社の将来を考えればベストな選択だったと思う。

けれど、それが起因で自分が教師を辞めるかどうかを悩んでいると知ったら、峻王はすごく気に病むし、苦しむ。

下手をすれば、組長襲名をやめると言い出しかねない。

(それは駄目だ)

峻王の襲名は、自分の退職などという個人レベルの話とは次元が違う。

その選択には、組員と社員、および彼らの家族の生活がかかっているのだ。

(覚られてはいけない)

辞めるにしても、なにか別のもっともらしい理屈をひねり出して、本当の理由を覚られないようにしなければ——。

ひそかに思い決めた侑希は、「そうか?」としらを切った。峻王がじわりと眉をひそめる。

「なんとなくいつもと違う。このところずっと、心ここにあらずって感じがしていた」

学校では誰にも指摘されなかったので、峻王ならではの勘だろう。

侑希はわざとゆっくりマグカップを口に運び、コーヒーで喉を湿らせてから、「ああ、そうそう」と、たったいま思いついたような声を出した。

「ここ数日、今期のカリキュラムを考えていたんだ。昨年とはアプローチを変えようと思っているんだが、詰め切れていないところがいくつかあって」

そこまで一気に説明したのちに、「仕事はなるべく家に持ち帰らないようにしていたのに、気がつくとそのことを考えてしまっていて……心配かけたな。すまない」と謝る。

峻王はまだ納得していないようだ。腹を見透かすような鋭利な眼差しを向けてくる。

「本当かよ?」

「本当だ」

「隠し事はなしだぜ?」

念を押してくる恋人の、圧の強い視線に耐えつつ、侑希はきっぱりと言い切った。

「隠し事なんてない」


教師を辞めるべきか否か。

答えが出ないままに三日が過ぎた。

その三日間は、峻王に気取(けど)られないように注意を払いながら、隙をみて悩み続けていたが、四日目から事情が変わった。

侑希の受け持ちである、高二の特進クラスの生徒のひとりが無断欠席したのだ。

生徒の名前は北村淳(きたむらあつし)。

遅刻かもしれないので、念のために昼まで待って自宅に連絡を入れたところ、母親が出た。

母親いわく——今朝はいつもの時間に息子が二階の部屋から降りてこなかった。部屋まで行ってドア越しに声をかけたら、「学校に行きたくない」と言う。部屋は内側から鍵がかかっており、外側からも解錠できなくはないが、無理矢理開けて刺激してはいけないような気がして、そのままにしてある。ちょうど学校に連絡するか否かを悩んでいた。

「このところ、お母さんが淳くんの言動に異変を感じたことはありましたか？」

『考えてみたんですけど……心当たりがなくて』

「淳くんはひとりっ子でしたよね。立ち入ったことをお伺いしますが、ここ最近、ご家庭内でトラブルはありませんでしたか？」

『もともと大人しい子でしたが、高校に入ってから余計に口数が少なくなっていました。だからといって家族仲が悪いということはありません。必要最低限の会話はありましたし……思春期だから、母親である私には心のなかを打ち明けないのかなと思っていました』

「お父さんとはどうですか？」

『夫は現在海外に単身赴任しておりまして……ですが日本に戻ってきたときは普通に接しています』

「そうですか」

教師としての見地と親としての意見を交えて話し合いをした結果、しばらく様子を見ることになった。

思春期特有のホルモンバランスの乱れから、調子を崩す生徒は少なくなく、数日経つとけろっとして、なにごともなかったかのように通学してくるケースも多い。その場合、周囲が下手に騒ぎ立てないほうが復学がスムーズだ。

学年主任への報告も保留にした。体調が思わしくない鈴木主任に、現段階で負担をかけたくないという思いからだ。

ひとまず様子見と決めたが、このまま不登校に移行するフェーズに備え、北村について現時点でわかっているデータをまとめておいたほうがいいだろうと考えた侑希は、空き時間に数学準備室にこもり、ノートPCを立ち上げた。

父と母、本人の三人家族。父は商社マンで、現在単身赴任中。母はパートタイマーとして近隣の生花店で働いている。母親には三者面談で何度か会っているが、物静かで生真面目な印象を受けた。

北村は母親似かもしれない。かもしれないというのは、顔の半分を覆う髪で片目がほぼ隠れており、造作がわかりづらいからだ。身体測定のデータによれば、身長百六十五センチ、体重四十九キロ。どちらも高二男子の標準値以下となる。

特進クラスは総じて向学心に富んだ生徒が多いが（だからこそ特進にいるとも言える）、なかでも北村は努力型の秀才で、とりわけ理数系に強い。苦手なのは体育。いわゆる運動音痴の部類に入る。

授業態度は至って真面目で、内職など決してせず、ノートをきちんと取り、授業のあとも疑問点があれば質問に来ていた。ただし積極性に欠ける。教壇を片付けている侑希が気がつくまで黙って待っていることが多く、こちらから話しかけてもリアクションは薄かった。

『……となる。わかったかな？』

『…………』

『大丈夫か？　本当にわかった？』

『…………はい』

どうやらコミュニケーション全般が不得手（ふえて）なようだ。三十名いるクラスでも浮いているらしく、いつもぽつんとひとりでいることが多い。休み時間は自席でスマホを弄っているか、イヤホンでなにかを聴いているか。部活動もしておらず、校内に友達と呼べる相手もいない。それでも、今日まで無断欠席をしたことはなかった。

学業は優秀で、一年次から学年トップ3をキープしていたが、昨年十月の中間試験で一気に順位が下がり、十五位になった。特進から零れ落ちるほどの成績ではないが、いっぺんに十位以上順位が下がるのは、当然のことながら好ましい傾向ではない。

順位が出たあとで、侑希は北村を数学準備室に呼び出し、ふたりだけで話をした。

試験期間中、体調が悪かったのか。だるい、食欲がない、眠れないなどの不調はあるか。

しかし、北村は侑希が話しているあいだ、ずっと下を向いたまま顔を上げず、最後の最後に『……次がんばります』と、聞き取れないくらいの小声で言うにとどめた。痩せた体から、これ以上は構って欲しくないという拒絶オーラを発しているように、侑希には思えた。

『わかった。でももし今後、なにか先生に話したいことが出てきたら、このアドレスにメールをくれないか。

個人のアドレスだから、見るのは僕だけだし、内容はぜったいに他言しない。そこは信じて欲しい』

そう言ってアドレスを記したメモを渡した。北村は無言で受け取ったが、結局、メールが送られてくることはなかった。故意かどうかはわからなかったが、授業後の質問にも来なくなった。

その後、昨年暮れの期末試験において、北村の順位は元に戻るどころかさらに落ちた。

学年二十六位。

授業料免除をはじめとした、さまざまな特権が与えられる特進クラスに在籍するには、定期テストで学年三十位以内という条件が課せられている。二回連続で三十位を下回ると、特進クラスから一般的な進学クラスに格下げになる。学校法人とはいえ、私立は営利企業なので、シビアなのは致し方がない――というのが運営サイドの主張だ。

二十六位という順位はレッドゾーンだ。侑希は再度呼び出しをかけたが、終業式にあたるその日、北村が数学準備室に足を運ぶことはなかった。

精一杯がんばった結果であれば、一番ショックを受けているのは当人だ。まだすぐに格下げになるほどの順位ではないし、明日から冬休みだ。年明け、新学期になってから、もう一度話をしよう。

そう思って、頃合いを見計らっていた矢先の無断欠席――。

母親は心当たりがないと言っていたが、彼女が教師とはいえ他人である自分に包み隠さず、すべてを話しているかどうかはわからない。その実、両親の不仲や家庭内暴力という問題が隠されていて、それが息子に影を落としている可能性も否定できない。あるいはネットゲームにはまり、昼夜逆転してしまっている可能性もある。ゲーム依存から生活リズムが狂って通学できなくなるパターンは、内向的でインドア派の生徒に多く見られる傾向だ。

翌日も北村は登校しなかった。母親に連絡を入れると、昨日と同じように、自室に閉じこもっているとのこと。就寝前に、北村の部屋のドアの前におにぎりと惣菜を置いておいたところ、夜中に食べたらしく、朝にはなかったと言う。

ひとまず食事を取ってくれたようでほっとしたが、さらにその翌日も、朝のホームルームに北村の姿はなかった。ホームルーム終了後、すぐに北村の母親に電話をかける。

『……ご心配かけてすみません。今朝も部屋から出てこなくて……』

心なしか、母親の声にも疲れが滲んでいた。

欠席も三日目。改善の兆しがいっこうに見えない膠着状態に、侑希も焦燥を募らせる。

もし、順位ダウンが前兆だったのだとしたら、北村の不登校は、シグナルを見逃した自分の責任だ。

あの時点でもっと適切なケアをしていたら、こうはならなかったかもしれない。

居ても立ってもいられない心持ちで、北村の母親に尋ねた。

「あの、本日の夕方、ご自宅にお伺いしてもよろしいでしょうか？」

『大丈夫ですが、せっかく来ていただいても淳が先生に会うかどうかは……』

「それはお気になさらず。ドア越しでも話ができれば……話ができなくても様子を窺うだけでもけっこうですので」

母親の了承を得て、業務が終了した五時過ぎに、北村の家へと向かう。

北村の自宅は、明光学園の最寄り駅から地下鉄で三駅離れた住宅街にあった。

陽が落ちるのが早いせいか、すでに住宅街は夕闇に包まれ、外灯が点っている。

スマートフォンの地図アプリを頼りに、目的地に向かって歩きながら、かつて今日と同じように不登校の生徒の家を訪ねた日のことを思い出した。

あの日のことは、この先もずっと――おそらく命が尽きる瞬間まで忘れることはないだろう。

記憶にしっかりと刻み込まれて、十数年経っても色褪せない。

それほどまでに強烈で、衝撃的で、運命的な出来事。

あの日を境に、自分の人生は思いも寄らない方向へと急展開した。

（すべては、あれから始まったのだ……）

自分の〝初めて〟を根こそぎ奪い、生き方から、考え方から、体から、なにもかも変えてしまった男の顔が浮かぶ。

峻王。

この数日間、ゆっくりと会話をする時間を持てていなかった。自分も北村の件で心に余裕がなかったが、峻王も襲名関連で深夜帰宅が多い。下手をすると明け方近くに帰ってくる峻王とは、生活時間が完全にずれてしまっていた。

今夜も遅いのだろうか。ひさしぶりにちゃんと顔を見て話がしたい……。

恋人を想って胸を熱くしながら、右手のスマホに視線を落とすと、アプリの矢印アイコンが目的地に着いたことを示していた。

「……ここか」

コンクリートの塀に取りつけられた『北村』という表札を確認してつぶやく。

落ち着いた雰囲気の住宅街にしっくりと溶け込んだ、シンプルな造りの二階建ての一軒家だ。黒い鉄の門越しに、母親の趣味だとおぼしき寄せ植えが玄関前に並んでいるのが見える。エントランスから見上げた二階には、四角い窓が見えた。カーテンで閉ざされていたが、細い隙間から明かりが漏れている。あれが北村の部屋だろうか。

よしっと小さくつぶやき、侑希は表札の下のインターフォンを押した。

『はい』

「明光学園の立花です」

『……お待ちください』

ほどなくして北村の母親が玄関から出てくる。以前面談で会ったときより表情が暗い。当たり前だが、やはり息子のことが心配なんだろう。不登校から引きこもりになり、働かないまま中年になったなどという話は、インターネットにゴロゴロしている。

「こんばんは」

挨拶をした侑希に軽く会釈をして、門扉まで歩み寄ってきた。門を開けて「どうぞ」と招き入れてくれる。ふたりで玄関まで引き返し、三和土で靴を脱いだ。侑希は並べてあったスリッパに足を入れる。

「お邪魔します」

「わざわざ来ていただいてすみません」

「いえいえ。お母さんも、ご主人様が遠方にいらっしゃるので、おひとりで対処しなければならないのは大変だと思います」

「主人には電話で状況を報告していて、彼も心配しているんですが……。主人が淳の携帯にかけても出ないらしくて」

「……淳くんは二階ですか？」

「はい。ご案内します」

母親のあとについて階段を上がる。ふたつ並んだドアの、ひとつめのドアの前で足を止めた母親が、「こちらです」と言った。

「あの、私は下にいたほうがいいでしょうか？」

伺いを立てられた侑希は、少し考えてからうなずく。高校生男子は、母親に弱みを見せたくないものだ。母親がいると本音を言わない可能性がある。

「すみません。そうしていただけると助かります」

「わかりました」

階段を降りていくトントントンという足音が聞こえなくなるのを待って、侑希は北村の自室のドアに向き直った。

「担任の立花です。家まで押しかけてきてしまってすまない。少し話ができないかな？」

「………」

予想はついていたことだが、返事はない。すっと息を吸って吐いた。

「先生はいま、すごく後悔している。二学期の中間で北村の順位が下がったとき、準備室に来てもらっただろう？　一年の一学期からずっと三位以内をキープしていた北村が、一気に十位以上順位を下げたのには理由があったはずだ。あのとき、もっと食い下がって、その理由を訊くべきだった」

ドアの向こうから物音ひとつ聞こえない。シンと静まり返って、リアクションはない。

「特進の生徒のなかには、塾でずいぶん先まで学んでしまって、授業に身が入らない生徒もいるけれど、北村は違った。以前は授業のあとに質問に来ていただろう？　あのときノートを見せてもらって、おかしな表現かもしれないけれど感動したんだ。ノートの半分に授業の要点が的確にまとめてあり、もう半分には疑問点や北村自身の考察がびっしりと記してあった。自分の授業をここまで深く理解して、しっかり吸収してくれている生徒がいるんだって……そのことがすごくうれしかった」

相変わらず、ドアの向こうは静かだ。だがそれは逆に、北村が耳を澄ませて自分の話を聞いている証のように思えた。

「そんな北村が順位を落とし、質問にも来なくなった。ぜったいになにか理由があるはずなのに、北村の拒絶を感じて、それ以上踏み込めなかった。……先生も学生時代……いや、社会人になってからも、人間関係が不得手で、ずかずかと土足で踏み込んでくる他人が苦手だった。だから、北村の気持ちがすごくよくわかって、踏み込むことを躊躇ってしまった」

そうだ。学校で生きづらそうにしている北村が、昔の自分に重なって見えていた。

根暗で、自己肯定力が低く、コミュ障。トラブルに直面すると対処法がわからず、心を閉ざして自分の世界に引きこもる……。

本当は助けて欲しいのに、ひとを頼る術を知らず、声をあげられない。

（あの頃の自分と同じ……）

峻王との出会いがなければ、自分はおそらくあのままだっただろう。

峻王に執着されて、当時はそれが重くもあったけれど、結果的に自分は変わることができた。

おまえにはちゃんと存在価値があると言ってくれる〝誰か〟がひとりでもいれば、ひとは変わることができる。そのことを、峻王に教えてもらった。

だとしたら、自分は北村にとっての〝峻王〟になろう。

心のなかでそう決意した侑希は、無言を貫くドアの向こうに語りかけた。

「今日はもう帰るけど、また明日来るよ。北村がドアを開けてくれるまで、どんなにウザがられても毎日通う。もう後悔はしたくないから」

決意表明どおり、翌日の放課後から、連日の北村家詣でが始まった。

北村の母親とは初日に話し合い、彼女のパートが終わるのが五時なので、訪問は六時以降とする取り決めを交わした。

まず、北村の部屋のドアを軽くノックして、「立花です」と名乗る。ここで返事がないのは織り込み済みだ。

その後はドアに向かって、今日一日の出来事をかいつまんで話す。北村が復学したときに、なるべくすんなりクラスに溶け込めるようにするにはどうしたらいいかを考えた末のイントロだ。

さらに、周囲にうまく馴染（なじ）めずに孤独だった侑希自身の学生時代の話や、教師になって数年間の自信がなかった頃の話、いまとなっては笑い話でもある失敗談などを語って聞かせた。

　ドアの向こうからの反応は一切ないので、独演会のようなものだ。北村が本当に聞いてくれているのかもわからない。ウザいからとイヤホンをして、音楽を聴いたり動画を観たりゲームをしたりしている可能性も否めなかったが、それについては考えないようにした。

「じゃあ……今日はこれで」

　最後に締めの言葉を投げかけて、授業内容をまとめたプリントをファイルに入れ、ドアの前に立てかける。

　翌日行くとファイルがなくなっているので、受け取ってくれているのはわかった。

　それを心の励みに、平日の放課後は必ず北村家に立ち寄ることを自らに課して一週間。

　過去話はとうに尽きており、時事ネタや雑学ネタを取り入れたりもしていたが、なにしろ言葉のキャッチボールがないので話が広がらない。

「…………」

　頭のなかをどんなに浚（さら）っても次の話題を思いつかず、今日はもう引き上げたほうがよさそうだと判断した侑希は、いつものように「じゃあ……今日はこれで」と締めの言葉を口にした。ドアの定位置にファイルを立てかけ、北村の部屋に背を向ける。トントントンと階段を降り始めたとき、背後でガチャッと音がして、ぴくっと肩が揺れた。ばっと振り返った侑希の目に、薄く開いたドアが映り込む。わずか数センチの隙間から、誰かがこちらを窺っている気配がした。

（北村！）

　駆け寄りたいのを懸命に堪（こら）える。せっかく開いたドアを閉じられてしまわないように、そろそろと反転して、ゆっくりと引き返した。

「北村」

　警戒心の強い生徒を怯えさせないよう、静かな声で話しかける。

「少し話をさせてくれないか」

「…………」

　返事はなかったが、北村が黙って身を引いたのはわかった。ドアは開いたままだ。

「入っていいかな？」

　拒絶の言葉がなかったので、ドアノブに手をかけてそうっと押し、隙間から室内に滑り込む。

初めて入った北村の部屋は六畳ほどの洋室で、思ったよりきちんと片付いていた。部屋にこもりきりという状況から、もっと荒れているのではないかと想像していたのだ。

主な家具はベッド、机と椅子、本棚、キャビネット。ガラス張りのキャビネットにはフィギュアや模型が整然と飾られていた。本棚に差さっている本の背を流し見した感じ、プログラミングやIT、ゲームに関する本が多いような印象を受ける。北村が工学部志望であることは知っていたが、最終的にはプログラマーかSEを目指しているのかもしれない。

机の上にはディスプレイ一体型のデスクトップPCと外付けハードディスク、キーボード、マウスがセットされ、侑希が差し入れたファイルも重ねて置いてあった。ファイルからは、数枚のプリントがはみ出している。

(ちゃんと見てくれたんだ)

そこに一筋の希望を感じ取る。完全に心を閉ざしているわけではない。そうであったら、そもそもドアを開けたりしない。

当の北村は、ドアからじりじりと後ずさって、いまは窓際の机の前に立っていた。上下黒のスウェット素材のセットアップを着ているせいか、詰め襟の制服姿とあまり印象が変わらない。顔の半分が髪に覆われていて表情が読みづらいのも以前どおりだが、ただでさえ細いのに、記憶よりもさらに痩せた気がする。顔色も悪い。引きこもり生活が北村にマイナスの影響をおよぼしているのは明らかだ。

北村から少し離れた場所に立ち、彼と向かい合った侑希は、まずは「毎日しつこく来てしまってすまない」と謝った。

「でもどうしても、北村と直接話がしたかったんだ」

熱意を込めて訴えたが、北村は表情を変えず、口も開かない。

(ノーリアクションか)

少し迷った末に直球で行くことにした。これまで一方的ではあったが、ドア越しにさまざまな角度からアプローチし続けてきた。前振りはもう充分なはずだ。

そう思った侑希は、ずばり核心に迫った。

「どうして学校に来なくなったのか、理由を聞かせてくれないか」

「………………」

「北村がもしなにかトラブルを抱えているのなら、一緒に解決策を見つけることができるかもしれない」

無論そんなに簡単に答えがもらえるとは思っていないが、だからといって諦めることなど到底できず、能面のような無表情で立ち尽くす北村に重ねて懇願する。

「せめてヒントをくれないか」

「…………」

「先生は北村に戻ってきて欲しい。また一緒に勉強したいんだ。クラスのみんなだっておまえのことを待って……」

とたん、それまでは一枚フィルターがかかっているかのように焦点が曖昧だった北村の目がギラッと光った。

「……嘘だ」

唇が薄く開き、痰が絡んだようなしゃがれ声が零れる。

(しゃべった!)

初めて北村が言葉を発したことに侑希は興奮したが、それを押し隠して慎重に言葉を継いだ。

「なぜ嘘だと思うんだ?」

侑希の質問に、少し迷うような間を置いてから、北村はスウェットパンツのポケットに手を入れ、スマートフォンを取り出した。慣れた手つきで操作して、侑希の顔の前に突きつけてくる。

ディスプレイに表示されているのは、どうやらSNSのトーク画面のようだ。

【空気、来なくなってもう十日じゃん? マジ辞めるんじゃね?】

【気がつかんかったw 空気だからいなくてもわかんねw】

【空気だけにww】

【マジで不登校とかウケるww】

吹き出し形式の書き込みをざっと目で追う。アイコンの横の名前——わかりやすい匿名——がそれぞれ違うので、複数人が参加しているようだ。いわゆるトークグループというやつだろう。

そのグループで、特定の誰かを揶揄している?

「ここで話題になっている〝空気〟というのは……もしかして北村のことか?」

躊躇いがちに確かめると、北村が黙ってうなずき、侑希はみぞおちがずしっと重くなるのを感じた。

「このグループの参加者は?」

「クラスのほとんど。三分の二以上は見てるだけのロム専だけど」

「クラスというのは、特進のことか？」

念のための確認に、北村がもう一度うなずく。

「俺も強制的に入らされた。はじめはなんで俺なんか招待したんだろって思ったけど……見に行って、俺を笑いものにしてるのを見せつけるためだってわかった」

陰で笑いものにしているのを、当人にわざわざ見せつける。

（陰口ですらなく、厳然たるいじめだ……）

衝撃のせいか、頭痛がしてきた。ピリピリと痛みが走る脳裏に、三十名の生徒たちの顔が浮かぶ。おのおのの名前はもちろん、性格、癖、得意なこと、不得意な科目、趣味や交友関係——ほぼ頭に入っている。

一年から受け持ってきたのだから当たり前だ。

なのに、まったく気がついていなかった。

水面下で行われている巧妙で悪質ないじめに……。

（教師失格だ）

「……いつからだ？」

問いかける声が不自然に掠れているのが自分でもわかった。

「夏休み明けから……立て続けにジャージとか上履きがなくなって、探したらゴミ箱に捨てられてた。それからも、移動教室から戻ったらスクールバッグの中身を床にぶちまけられてたり、ロッカーのドアの裏にマジックで〝空気〟って書かれたり……」

辛い体験を淡々と語っていた北村が、じわじわと俯く。

「自分が空気なのはわかってた。存在感ゼロの陰キャだから、クラスの誰も俺のことなんか気にとめない。つるんで団体行動とかめんどいし、ターゲットになるまでは、逆にぼっちのが楽だって思ってた……けど」

こみ上げてくるなにかを堪えるように、一回深呼吸をした。

「……トークグループだって退会するかアカ消すかして、見なきゃいいのはわかってる。でも一度見ちゃったらもうダメなんだ。なに書かれてるのか気になって、我慢できずに見に行ったら【今日の体育バスケ腹筋死んだわｗ】【顔面にボール食らうとかギャグかよｗ】【わざとぶつけたヤツがよーゆーわｗ】とか書かれて て……やっぱアレわざとだったんだとか、さらに笑い者にされてるしとか、なんだかんだ言ってショックで……なのに懲りずにまた見に行って、毎回どん底に突き落とされる。自虐だってわかっててもやめられない。その繰り返しでなんにも手につかなくなって……試験の順位も落ちて……」

　順位が下がったのには、やはり理由があったのだ。

（あのとき気がついていれば……）

　北村がこれほどまでに追い詰められることはなかったのかもしれないのに。

　侑希は、爪が食い込むほど、両手の拳をきつく握り締めた。

　自己嫌悪の沼に首まで浸かりかけたが、後悔や反省はあとでもできると思い直す。自分を責めている場合か。いまは状況把握が先だ。

「さっき『強制的に入らされた』と言っていたが、誰に？」

　北村が、上目遣いにちらっと侑希を見る。迷っているのを感じて、一歩前に出た。

「北村、頼む。教えてくれ。誰なんだ」

「……ダブルE」

　初めて耳にした言葉に、「ダブルE？」と聞き返す。北村が、そんなことも知らないのかという表情をした。

「遠藤と円城寺」

「あのふたりが？」

　遠藤昴と円城寺昌也。特進クラスにおいては目立って成績がいいわけではないが、共に今風のルックスをしていて人気がある。

　明朗快活で言動に華があり、俗に言うスクールカーストの上位にいるふたりだ。学園祭などのイベントを彼らが中心になって引っ張ってくれたこともあり、担任としては頼もしいクラスのリーダーというイメージを持っていたのだが。

（あのふたりがいじめの首謀者？）

　明るいキャラクターと陰湿ないじめが結びつかないが、北村が嘘をつく理由もない。

　教え子たちの二面性を知って、心がシンシンと冷えていくのを感じていると、北村が自分から口を開いた。

「……冬休みはダブルEの書き込みが止まって、トークグループも過疎ってた。だから、そろそろ俺を叩くのも飽きたんじゃないかって期待した。でも、新学期になったらまたディスりが始まった。冬休みは単にあいつらが海外に行ってたからだって知って、心が折れて……。特進は三年になっても同じメンツだし、これがずっと続くのかと思ったら、もう絶望しかなかった……」

「それで学校を休むように？」

「朝、これから学校だって思うと過呼吸っぽくなって心臓がドキドキして苦しくて……部屋から出られなくなった」

暗い声で、ぽつり、ぽつりとつぶやく。

精神的に限界だったのだろう。これ以上のストレスから自分を守るために、防衛本能が働いたのかもしれない。

陰で自分を笑っていると知りながら、クラスメイトと顔を合わせなければならないストレスは相当なものだ。脳がストップをかけるのもわかる。むしろここまでよく耐えた。

北村の学力ならば、多少のブランクがあっても挽回できる。ここまで無遅刻無欠席だったため、出席日数も問題ない。無理をさせて傷口を広げるよりは、本人が自主的に登校するようになるまで待つべきだ。

北村が休養を取って傷を癒やしているあいだに、いじめの元凶を取り除いて、戻ってきた北村が安心して学べるように環境を整えておくのが、担任である自分の役目だ。

そう心に決めた侑希は、さらに一歩距離を詰めて、北村の手を取った。びくっとおののく手をぎゅっと握る。若干(じゃっかん)引き気味の北村の目をまっすぐ見つめ、「話してくれてありがとう」と礼を言った。

「口にするのも辛かったと思う。……受け持ちの生徒が苦しんでいることにも気がつかない、不甲斐(ふがい)ない担任で申し訳ない」

詫びて、深々と頭を下げる。本当に申し訳なくてこの場に土下座したいくらいだ。

「……先生も話してくれたから」

やがて頭上から落ちてきた声に、ぱっと顔を振り上げる。北村と目が合った。

「北村……」

「本当は生徒に知られたくないだろうなって話もいろいろしてくれて。話聞いてて、昔の先生と俺、似てるなって思った。ひとの輪にうまく入れなかったり、会話のタイミングが摑めなかったり……」

「ああ……不器用なところが似ているな」

「でも、いまちゃんと先生になってるじゃん。生徒にも好かれてるし……だから、ちょっとほっとした」

北村の言いたいことがわかった侑希は、握っている手に力を込める。

「そうだ。先生が変われたんだから、北村だって変われる。北村の最大の強みは継続して努力する力だ。先生はそこそこ長く生きているが、経験上、どんな能力よりもこれが大切だと実感している。この力を手放さずにたゆまぬ努力を続ければ、はっきり言って無敵だ」

北村が「チートってこと？」とつぶやいてから、照れたように小さく笑った。二年近く担任として接し、授業も受け持っているが、笑顔は初めて見る。

もちろん、まだ全快にはほど遠いだろうが、心に溜めていたものを吐き出したことで、少し気持ちが楽になったのではないだろうか。

そうであったらいいと願いつつ、侑希は握っていた手を離した。

「今日聞かせてくれた件については、いったん先生に預からせて欲しい。近いうちに必ず解決して、北村が復学しやすいように環境を整えることを約束する。その代わりに北村も約束してくれないか。もうトークグループは見ないって」

このケースの厄介なところは、登校せずに部屋に引きこもっていても、インターネットを介して〝悪意〟と簡単にアクセスできてしまうことだ。せっかく吐き出して、いっとき楽になっても、トークグループを覗けば、またぞろ毒素が溜まってメンタルを病む。

「…………」

中毒性があるSNS断ちの難しさを誰よりわかっているからだろう。すぐには返事をしない北村に、侑希は真剣な面持ちで言い募った。

「気になってしまうのはわかるが、見れば遠藤と円城寺の思うつぼだ。北村に対して悪意を持っている相手をみすみす喜ばせるのは癪だろう？」

「…………」

やっと北村が首を縦に振ってくれて、ほっと息を吐く。直後に「そうだ」と、スーツの内ポケットからスマホを取り出した。

「携帯番号を教えてくれないか」

北村の了承を得て、ワイヤレス送受信で連絡先を交換し合う。

「北村が自分から学校に行きたいと思うようになるまで、無理をして登校する必要はない。お母さんにはこのあと、先生から事情を説明しておく。自宅待機の期間に、もしなにかトラブルが起こったら、メールでも電話でもどちらでもいいから、まずは先生に連絡して欲しい。先生のほうからも一日一回は連絡を入れるから」

「わかりました」

北村が、いつも教室でそうだったように敬語で応じた。

翌日の放課後、侑希は遠藤昴と円城寺昌也を数学準備室に呼び出した。

数学準備室は、名目上、数学担当の教師が共同で使用することになっている。侑希は職員室より落ち着くので、自由時間をここで過ごすことが多いが、その際にほかの数学教師と鉢合わせする頻度は高くなかった。特に放課後は貸し切り状態にできる。ふたりを準備室に呼び出した理由も、第三者に見られる可能性が低いからだ。

ふたりはどうやら担任に呼び出された段階で、どういった用件か、おおよその見当がついていたようだ。まったく身に覚えがなかったならば、なんで呼び出されたのだろうと不思議に思い、それが顔に出るはず。だが、いま侑希の前に並んで立つふたりの生徒――向かって右が遠藤、左が円城寺――は、訝しげというよりはばつが悪そうだった。部屋に入ってきたときから、ふたり共に落ち着きがなく、ずっとそわそわしている。

北村が学校に来なくなって、すでに十日以上が経過している。十日ともなれば単なる病欠でない可能性が高く、仮に不登校ならば、担任として放置しておける案件ではない。水面下で北村に接触し、なんらかのやりとりがあって、結果として自分たちに辿り着いたのではないか。

そう推測しているとおぼしきふたつの顔が、こちらの腹を探るような視線を向けてくる。事務椅子に座った侑希もまた、受け持ちの生徒の挙動をじっくりと観察したのちに、おもむろに口を開いた。

「なんで呼び出されたか……わかるか？」

「…………」

低い声で問いかけると、横目でちらっ、ちらっとお互いの顔色を窺い合う。牽制し合っているようだ。

「北村の不登校についてはもちろん知っているな」

核心に触れた瞬間、制服の肩が同時にぴくっと揺れた。

「遠藤？」

「あ……はい。……知っています」

遠藤が歯切れ悪く肯定する。スタイルがよくて顔の造りが華やかなのは、母親が国外にルーツを持つからで、遠藤自身はクオーターだ。クラスで真っ先に最新ウェラブルを身につける新しもの好きで、ファッションやトレンドにも敏感。三代続く医者の家系で父親は開業医。

普段はテンション高めのムードメーカーだが、今日ばかりは居心地悪そうに、もじもじしている。

「北村は二学期の頭頃から、何者かに私物を隠されたり、捨てられたりといった物理的ないじめ行為を受ける一方で、きみたちからトークグループに入るように強いられたと言っている。このグループは特進クラスのほとんどが参加しているもので、匿名の十名ほどによって、日常的に北村を揶揄する書き込みがなされていた」

説明しながら、侑希は自分のスマートフォンを操作して、北村から送ってもらった画像をふたりに見せた。


匿名のアカウントが〝空気〟を笑いものにしている一連のトークを切り取ったスクリーンショットだ。

証拠画像を突きつけられたふたりが息を呑む。

「この〝空気〟というのは北村のことだな？　円城寺」

いきなり矛先(ほこさき)を向けられた円城寺が、上擦(うわず)った声で、「お、俺っ……わかりません」と答えた。

百八十センチを超える大柄で短髪。冬でも肌が小麦色なのは、地黒なのか、スノボ焼けか。スポーツ万能。特進で唯一ラグビー部のレギュラーを張っているが、体を縮こまらせているせいか、いつもより小さく見えた。

「きみたちは北村が見ているのをわかった上で、彼を誹謗中傷(ひぼうちゅうしょう)した。そうだな？」

「ほ、ほんとに俺、知らない……」

「では遠藤、きみが答えなさい」

「…………」

遠藤は答えなかった。眉根を寄せて、ぎゅっと口許を引き結んでいる。侑希は事務椅子から立ち上がり、受け持ちの生徒ふたりを厳しい眼差しで見据えた。

「ときには直接的な暴力よりも、心ない言葉のほうが深い傷を与えることがある。たとえきみたちが悪ふざけのつもりだったとしても、笑いものにされた相手は深刻なダメージを負うんだ。心の傷は目に見えないぶん、体の傷より治癒が難しく、一生のトラウマになることだってある」

言葉を重ねるにつれて、遠藤と円城寺は俯きがちになっていく。

「きみたちは特進の生徒だ。明光学園のなかでも、とりわけ学力に秀でているとされ、進学コースを代表する生徒のはずだ。ならば、きちんと想像力を働かせて、しっかり考えて欲しい。自分たちの軽率な言動によって、ひとりの学友の人生を台無しにしてしまうかもしれない可能性を。ひとひとりの人生はとても重い。もし北村がこのまま不登校になってしまったら、きみたちは彼の人生を狂わせた罪を、その重みを、生涯にわたって背負っていくことになるんだぞ?」

侑希の追求に黙って俯いていたふたりのうち、遠藤が顔を振り上げた。整った顔は、かつて見たこともないほどに引き攣り、歪んでいる。

「……すみませんでした」

引き絞るような声で、遠藤が謝罪した。

「まさかこんな……大事になると思わなくて……っ」

すると円城寺も「すみませんっ」と頭を下げる。

「北村がいつまでもクラスに馴染まないから、みんなちょっとイラついてて……だから俺らでからかってやろうって……」

「軽いイジリのつもりでした。本当にすみません!」

「……先生に謝っても仕方がないだろう」

半泣きで謝る遠藤と円城寺を、侑希は複雑な心持ちで眺めた。

このふたりがいじめの首謀者だと知ったときは、日頃接している明るいキャラクターとのギャップに驚き、彼らの二面性に背筋が寒くなった。日常にひそむ闇の深淵を覗き見た気持ちになり、心がざらついて、昨夜はなかなか寝つけなかった。

しかし、いま目の前で半べそを掻いているのは、ナリばかりは一人前だが、中身はまだまだ未熟な子供だ。デジタルネイティブであるがゆえに、その脅威に鈍感な子供……。

安堵も手伝って脱力し、「……訊いてもいいか」とつぶやく。

「北村からきみたちの名前を聞いたとき、すぐには信じられなかった。先生には遠藤と円城寺が集団ハラスメントを先導するようなタイプには思えなかったからだ。一体なにがきっかけだったんだ？」

「きっかけっていうか……その……順位が」

遠藤がもごもごと口ごもった。

「順位？」

「ランク外になって……」

そういえば二年の一学期の期末試験で、遠藤が三十位から零れたことがあった。特進の生徒がランク外に落ちた場合は、三者面談が義務づけられている。担任と生徒、保護者の三者で、今後の対応策を話し合うためだ。

あのときは遠藤の父親が来た。明光学園の卒業生で、有名私大医学部卒の父親は、三者面談のあいだじゅう憮然としていた。いつもはおちゃらけキャラの遠藤が、威圧的な父親の前では借りてきた猫のように大人しかったのを覚えている。

『対応策など必要ありません。ランク外になるようなことは二度とない。そうだろう、昴？』

父親の頭ごなしの決めつけに、遠藤は消え入りそうな声で『……はい』と答えていた。そして実際、次の試験にあたる二学期の中間では、二十七位まで上げた。

（なるほど）

北村に対するいじめが始まったのは二学期に入ってから——時期としては合致する。

親からのプレッシャーにストレスを溜めた遠藤は、成績上位者で、かつクラスで孤立しがちな北村をターゲットに定めて憂さ晴らしを始めた。円城寺も仲のいい遠藤のいじめに便乗。その後、三十位以内に返り咲いたのちも、引き続きストレス発散のためにいじめを継続してしまった……ということか。

無論、だからといって、いじめ行為が許されるわけではないが。

「ふたりとも深く反省しているようだし、この件は学園上層部および保護者には報告しないつもりだ」

遠藤と円城寺が、あからさまにほっとしたのがわかった。

「ただし、それにはふたつの条件がある。ひとつはいま先生の前で、特進クラスのトークグループから退会すること」

「……はい」

指示に素直に応じた遠藤が、制服のポケットからスマホを取り出し、画面をタッチし始める。

「退会しました」

侑希は遠藤のスマホを手に取り、退会を確認した。

続いて円城寺の退会も確認。

いじめの首謀者がトークグループからいなくなれば、彼らに煽動されていた特進クラスの生徒たちも、おのずと自分を取り戻すはずだ。もともと三分の二は誹謗中傷に参加していなかった。いじめに対して内心では異論があった生徒も少なからずいたはずだが、声をあげることで今度は自分がターゲットになるのが怖くて、口をつぐんでいたのだろう。

そう考えた侑希は、今回の件は自分の胸にとどめ、公にしないことを決めた。

「もうひとつは北村についてだ。彼に謝罪するのは当然のこととして、これまでの償いの意味も込めて彼の復学をサポートすること。もし、北村に対する再度のハラスメントの兆候がわずかでも垣間見えたら、今度はただちに学園上層部と保護者に報告することになる。その旨を深く心に刻んでくれ」

あえて厳しい声音で釘を刺すと、神妙な面持ちのふたりは「はい」と声を合わせた。


遠藤と円城寺が数学準備室を退室していったあと、侑希は早速北村の携帯に連絡を入れた。スリーコールで繋がる。

「もしもし、北村か？」

『……先生？』

やや緊張したような声が届いた。クラス担任と個人の携帯で繋がっていることに、違和感を覚えているのかもしれない。

「いまトークをチェックできるか？」

『……はい。ＰＣにも入れてるからそっちで見ます。ちょっと待っててください』

しばらくして、携帯から興奮気味の声が聞こえてきた。

『クラスのトークグループからダブルＥが退会してる！』

「さっき遠藤と円城寺に先生の目の前で退会させたんだ。ふたりは北村に対するいじめ行為を認めた。そもそもは遠藤が一学期の期末で特進圏外に落ちたことをきっかけにストレス発散のために始め、円城寺は悪ノリして便乗していたようだ。常に成績上位にいる北村へのやっかみもあったんだろう。いまは本人たちも深く反省している」

『………』

「もともとクラス全員がトークグループに積極的に参加していたわけではないし、煽動者がいなくなれば、冬休み中がそうであったように、自然とハラスメントは消滅するはずだ。遠藤と円城寺には、北村に謝罪することと、クラスに戻ってきた際にサポートすることを約束させた。今回は公にしないが、もしまた北村を傷つけるような兆候が見られたら、次はただちに学校上層部と保護者に報告すると釘を刺してある。――対応としてはこれで問題ないだろうか？」

『……問題ないです』

北村の承諾を得て、少しだけ肩の荷が下りた気分になる。

「というわけで、もう大丈夫だ。もちろんそうは言っても、なにごともなかったようにすぐ元どおりというわけにはいかないのもわかる。気持ちを整理する時間も必要だろう。焦る必要はない。クラスに戻るのは北村のペースでいいから」

プレッシャーを与えないよう注意深く言葉をかけると、北村が『……はい』と相槌を打ってから、『あの』と続けた。

「なんだ？」

『いろいろ……ありがとうございました。迅速に対応してもらえて助かりました』

感謝の言葉に虚を衝かれた気分で「いや……」と口ごもる。

『もっと早く……ひとりでうじうじ悩んで引きこもってないで、先生に相談すればよかった』

「先生こそ、言われなくても気がつくべきだったし、もっと生徒たちが相談しやすい雰囲気やシステムを作らなければいけないと思った。しっかり反省して、今回の教訓を今後に生かしていくつもりだ。これからも、一日一回の定期連絡は入れていくから、様子を聞かせて欲しい」

『はい。よろしくお願いします』

通話を終えて終了ボタンをタップするのと同時に、「ふーっ」とため息が零れた。スマートフォンを机の上に置き、事務椅子にどさっと腰を下ろして、背もたれに体重を預ける。眼鏡を外した侑希は、ノーズパッドが当たっていた場所を指で押さえた。

（……疲れた）

北村の不登校が始まってから十二日。

いじめには一応片が付いたが、まだ不登校問題に決着がついたわけではない。しばらくは北村の復学へのフォローアップが必要だし、ふたたび登校してきた彼をクラスメイトが自然な形で迎え入れ、それが当たり前の日常になって初めて〝元どおり〟だ。

煽動者の側面があるとわかった遠藤と円城寺にも、今後は注視していかなければならない。

まだまだ楽観はできないとはいえ――。

眼鏡をかけ直した侑希は、「ひとまず……」とひとりごちた。

今夜はひさしぶりに緊張から解放されて、ぐっすり眠れそうだ。ここ最近は、眠りが浅くて嫌な夢ばかり見ていた。

ずっと禁酒していたが、晩酌を解禁してもいいかもしれない。

（つまみを二、三品作って、手頃なスパークリングワインを開けて……）

ゆったりとした恋人とのくつろぎの時間を想像して口許がほころぶ。

峻王は一昨日から一泊で金沢（かなざわ）出張に出ていたが、夜には帰ってくるはずだ。

このところ侑希自身も、通常業務と北村の件のダブルワークに対応することでいっぱいいっぱいだったが、峻王も泊まりがけで地方に挨拶回りに出かけることが多く、ふたりでゆっくり過ごす時間はほとんどないに等しかった。

襲名式の事前準備で多忙な恋人に心配をかけたくなかったのと、教師の守秘義務に抵触する可能性を懸念して、北村の件を峻王に話さないまま今日まで来てしまった。

そうでなくても組長襲名が決まってからの峻王は、土日も出張で家を空け、地方出張がなくても帰宅時間が日を跨（また）ぐことが多い。その時間帯だと侑希はすでにベッドに入っており、スーツを着替えるために寝室に入ってきた峻王と言葉を交わしたとしても、一言、二言で終わってしまうことがほとんどだったのだ。

振り返りの流れで、そういえば最後にしたのはいつだった？　と考える。

（新年の三日にバスルームでした『姫はじめ』は覚えているけれど……）

つらつらと記憶を辿ってみて、すぐには思い出せないほどのブランクがあることにショックを受けた。

「え？　え？」

衝撃のあまりに声を発し、椅子からずり落ちかけていた体を元に戻して、肘掛け部分をぎゅっと握る。

（ちょっと待て。こんなにあいだが空いたこと、いままであったか？）

「……いや、ない」

とりわけ冬場は繁殖期で、峻王は発情モードだ。

例年なら、乾く間もなく抱き合っているシーズン――。

いくらお互いに忙しくて物理的なすれ違いが多かったとしても、こんなに求められないのっておかしくないか？

これまでは、どんなに多忙でも隙間を縫うように時間を作り、抱き合ってきた。峻王も求めてきたし、自分も応えてきた。たとえ本番行為に至らずとも、口でするとか、手で扱き合うとか、状況に応じていろいろやりようはあるわけで……。

セックスレスという、これまでは自分たちとは無縁だと思っていた単語が、突如思考回路の真ん中にぽんっと躍り出てきて、びっくりするくらい心臓が大きく跳ねる。それを機に、ドッ、ドッ、ドッと駆け足の鼓動が止まらなくなった。首筋にじわっと汗が滲む。

（……飽きられた？）

あり得ないことではない。

いくら〝つがい〟とはいえ、一緒に暮らし始めて十三年だ。

普通の人間同士の場合、約三年間で、お互いへの性的欲求は落ち着くとも聞く。峻王は獣人だから特別なのだと思ってきたけれど。

十三年。

改めて、その年月を思えば、さすがの峻王も飽きが来てもおかしくない。

次の誕生日で三十になる峻王は、いままさに男盛りを迎えようとしている。反して自分は、この先衰えていくばかりのただの人間だ。加齢が容姿に表れない月也とは違う。どんなにがんばっても、時間の法則には抗えない。

（求められなくなっても……仕方がない。……仕方が

ないんだ）

そう言い聞かせて、なんとか自分を説得しようとしたが叶わなかった。

（いやだ……いやだ。やっぱりいやだ！）

ものわかりのいいふりをしたい自分に、残酷な現実を受け入れたくない自分が抗う。

本当はここ数年間、心の奥底で、いつかはこういうときが来るんじゃないかとずっと不安だった。

その日が来るのが怖かった。

だがついに、その不安が現実のものとなってしまった……？

もはやじっとしていられず、椅子を蹴って立ち上がる。乱れる鼓動とざわつく心情を持て余して、数学準備室のなかを行ったり来たりしていた侑希は、ふと立ち止まった。

（待てよ？　なにか……もっと大きなことを忘れている気がする）

とっちらかった頭のなかを懸命に探っていると、いつかの峻王とのやりとりがリフレインしてきた。

――隠し事はなしだぜ？

――隠し事なんてない。

「隠し事……あっ」

思わず大きな声を出す。

「そうだった。退職の件……！」

あわてて、卓上カレンダーを引っ摑んだ。目先のトラブルの対応であたふたしているうちに、気がつけばもう一月も後半だ。

教師を辞めるのなら、後任の補充を考えて、一日も早く辞意を伝えなければならない。それを、北村の件にかかりきりで先送りにしてしまっていた。

自分と峻王の今後を左右する、すごく重大な決断なのに。

「ああ……馬鹿」

天を仰ぎ、呻（うめ）くようにおのれを罵（ののし）る。

まだ完全決着にはほど遠い不登校問題。

教師を続けるか否かの選択。

峻王とのセックスレス……。

たくさんの問題が一度に降りかかってきてキャパシティオーバーになった侑希は、ぐったりと書棚にもたれかかった。

――おまえがどんな道を選ぼうと、俺はついていくし、ずっと一緒だ。俺たちはつがいだからな。

その言葉で立花に背中を押してもらった翌日、峻王は父と叔父、都築の三者と再度の話し合いの場を持ち、「跡目をとる」と告げた。

父は例のごとく涼やかな面差しで「そうか」とだけ言い、叔父は感慨深げに「よく決意してくれた」と何度もうなずいた。

「そうと決まれば早速、襲名式に向けて動き出さないとなりませんね」

感傷的な物言いはせず、すぐさま実務に頭を切り替えた都築は、いかにも彼らしかった。

そしてその言葉どおり、翌日には早くも襲名式の仮日程が決まった。

峻王が三十歳の誕生日を迎える週の週末にあたる日曜日。こののち各所との調整を経て、問題がなければ、この日取りで本決まりになるようだ。

聞かされたときは、仮とはいえ、昨日の今日でもう決めるのかと驚いたが、襲名式にかかわる準備やもろもろの調整を鑑みれば、早いに越したことはないのだろう。

日程の目処もついたことで、事態は一気に動き出した。

まずは大神興産の社内ＬＡＮにて、代表取締役社長交代の人事が発表された。それとほぼ時を同じくして、大神組組長交代の一報が組員および関係各所にもたらされた。

あの神宮寺月也が組長を退き、次男が跡を継ぐ――という知らせは、瞬く間に業界内を駆け巡ったようだ。

電撃発表は、関連組織などで驚きをもって受けとめられたが、とりわけ衝撃を受けたのは、身内である大神組の組員たちだった。

月也を崇拝する組員たちにとっては、まさに寝耳に水の発表だ。見た目も若々しく、少くとも外からは健康上の不安は感じられず、その統率力に些かの陰りもなし。大神組自体も安定している。マイナスの要因は見当たらず、向こう十年は現体制が揺るがないとみなが思い込んでいただけに、動揺も大きかったようだ。

さすがに、峻王に直接文句を言ってくる者はいなかったが、若頭筆頭である叔父や、若頭補佐の都築のもとには、「なぜ代替わりするのか」という問い合わせや、「納得できない」という異義が殺到したらしい。

【いずれは代替わりもあると思っていたが、いかんせん性急にすぎる。月也さんは健康にも問題がなく、まだまだ現役でやれるはず】

【峻王さんの資質は認めるが、いまこの段階で組織のトップに据えるには経験値が足りないんじゃないか。時期尚早の感が拭えない】

【せめてあと数年は月也さんが組長を続け、そのあいだに順を追って世代交代していくのが適切と思われる】

世代交代を「新しい潮流」とポジティブに捉える意見もゼロではなかったが、八割方が否定的だ。

また、月也と兄弟分にあたる関連組織の組長や幹部連中からも物言いがついた。

【新組長が三十歳とはいくらなんでも若すぎる。現段階でリーダーとしての資質も未知数。本当に組をまとめられるのか。世襲によるトップ交代は時流からも外れている。現体制ならば、若頭筆頭が跡目をとるのが筋ではないのか】

実のところ、極端な実力主義のやくざ社会において、世襲は稀だ。本来跡目は、血の繋がりがあるからといってとれるものではない。父も祖父から大神組を受け継いだが、それはあくまで父の実力によるものだった。

彼らからしてみれば、兄弟杯を交わしたのはあくまでも神宮寺月也であり、その息子だからといって三十やそこらの若造に兄貴面されてたまるかというのが本音だろう。同業者からの風当たりの強さには、なによりも面子を重んじる極道の本質がかかわってくる。

そして彼らが、年齢的にも、長年父の片腕であった実績からも、ナンバー2の叔父を次期組長にと考えるのも道理だ。

峻王自身、そうしてくれればどんなにいいかと思ったこともあったが、叔父にまったくその気がないので、そっちの線は諦めざるを得なかった。御三家筆頭である叔父には、神宮寺一族を護り支えることが自らの使命であるという強い信念があり、あくまで自分は支える側の人間であるというスタンスは、父の引退に際しても揺るがなかった。

さらには世代交代の報は、地元浅草の顔役たち、大神組と古いつきあいの老舗店の主人たちをも動揺させたようだ。

【自分たちの息子ほどの年齢の若者にケツモチは任せられない。祭り事だってちゃんと仕切れるのかどうか怪しいものだ】

一方、表の顔である大神興産。

専務としての峻王を見てきた社員は比較的冷静だったが、取引先からは新社長就任を不安視する声が相次いだ。

【そんなに若いトップで経営は大丈夫なのか】

【急に代表が替わるなんて、なにかのっぴきならない事情があるんじゃないかと勘ぐりたくなる】

【店子としても不安感は拭えない】

「こういった〝声〟があることを包み隠さずお伝えしたほうが、共に対応策を練ることができますし、峻王さん自身も却って腹が据わるのではないかと思いまして」

専務室のデスクで、峻王がプリントアウトに目を通し終えるのを見計らったように、頭上からクールな声が落ちてきた。

視線を上げた先――デスクの前に立つ都築の顔には、この程度の反発は端から想定内と書いてある。

もちろん峻王とて、ある程度は覚悟していた。が、正直ここまでとは予想外だった。

それほどまでに、父――月也が絶対的なカリスマである証左と言えるだろう。

「特に兄弟分にあたる組長たちの反発が大きいですね。まあ、どこの組も月也さんに男惚れして兄弟杯を交わしている。思い入れがあるぶん、突然の通告に、切り捨てられたような気分になっているのでしょう。彼らは義理人情を重んじますから。これを機に兄弟関係を断つと言っている組長もいるようです」

（大揺れだな……）

神宮寺月也という杭が抜けることで、長年盤石だった結束がバラバラになる寸前だ。

いずこの大手系列団体にも属さず、一本独鈷を貫く大神組にとって、それは自滅への道だ。

「今後の対応策ですが、各所に、月也さんが心臓に病を抱えていると公表します」

自分へのネガティブコメントが並ぶプリントアウトを睨みつけていると、都築が言葉を継ぐ。

「あ？」

峻王は顔を上げた。父が心臓病を患っているなんて、もちろん初耳だ。

「どういうことだ？」

「ご心配なく。月也さんは至ってご壮健です。そこは主治医の水川も太鼓判を押している。ですがこの際、嘘も方便ということです。この時期に引退する理由を公にしなければ、周囲は納得しない。そして本当の理由を明かすわけにはいきません」

都築の言うとおりだ。父が年を取らない——少なくとも外見上は——のが理由だとは、ぜったいに公表することはできない。

「その上で、峻王さんがトップに立った暁には、以前と変わらず仁さんと私がサポートしていくことを改めて強調します」

「………」

確かに、トップが替わっても上層部に変動はなく、引き続き岩切・都築という強力な側近が両脇を固める体制でいくと周知させることは肝要だ。それによって、安堵する者もいるだろう。ある程度は、疑心暗鬼の声を抑え込むことができるかもしれない。

だが、根本的な解決にはならない。

関係者の不安の元凶は、自分の若さ、それに伴う未熟さだ。

反してみなが崇拝する父は、見た目の若々しさとは裏腹に、いい意味で老獪だ。したたかで、一筋縄ではいかない剛の者。

老舗任侠組織と人狼の一族を率いてきた凄みは、実子である自分が誰よりわかっている。

だからこそ、跡目を打診されて悩んだ。

迷って、めずらしく自信を喪失し、立花に弱音を吐いたりもした。

こんな自分に、父の代わりなんてとても無理だとも思った。だが——。

——確かに出会った頃のおまえは無敵だった。心も体も強靭で、パワーに満ち溢れ、瑕疵もなくて、俺の目にも、怖いものなんてなにひとつないように映った。

でも俺は、いまのおまえのほうが好きだ。

つがいである立花にそう言ってもらって、弱い自分を受け入れてもらえて、救われた。

その役割を求められているならば、それによって組と会社を存続させることができるのならば、受けて立とうと腹をくくった。

そして、やると決めたからには自分なりの「新しい大神組」「新たな大神興産」の在り方を模索していこうと考えていた。

（けど、そんな甘いもんじゃねえってことか）

若いというだけで全否定されるというのは、一番キツい。

年齢だけは自分でどうすることもできないからだ。足掻いたところでどうしたって動かせないものがあることを、立花と出会って思い知らされた……。

口のなかが苦くなるのを感じていると、「峻王さん」と呼ばれた。三度顔を上げて、レンズの奥の色素の薄い双眸と目が合う。

「まさかと思いますが、この程度でへこたれたりしていませんよね？」

痛いところを突かれて、ちっと舌打ちをした。

「……んなわけねーだろ」

怒気を孕んだ低音で凄む。

「ならばよろしいですが」

都築がしれっと受け流し、メタルフレームのブリッジを中指でカチッと持ち上げた。

「あらかじめ申し上げておきますが、一番の至重は組長でも社長でもなく、一族の長の任です。神宮寺一族の長として、身内の生死にかかわる決断を下さなければならなくなったとき、あなたは本当の意味でリーダーとしての器かどうかを試されることとなる」

都築の言わんとしていることは、なんとなくわかった。

自分と立花。迅人と賀門。

自分も迅人も、つがいのために一族を裏切って、父と身内を捨てようとした。

どちらのときも、息子たちの裏切りに直面した父が、怒りや失望をあらわにすることはなかった。

平素と変わらず、冷静沈着に対処していた――ように見えた。

だが表面上〝そう見えた〟からといって、心のなかまで〝そうだった〟とは限らない。

「この先も当分の間は月也さんが長老でいてくださいますが、それを猶予期間中と考え、峻王さんには来るべき日に備えて、重責に耐え得る精神力を養っていただきたい」

そう要求した都築が、峻王をまっすぐ見下ろして、覚悟を促すような声音で継いだ。

「明日からしばらく正念場が続きますが、月也さんに追いつくための第一関門だと思って乗り切ってください」


「明朝は何時にお迎えに上がりましょうか？」

「七時五十分の便だから、六時にここに車を回しておいてくれ」

「かしこまりました」

車を降りたところで、明日の時間についてやりとりをしたあと、峻王がビジネスキャリーのハンドルを摑むと、運転手が「お手伝いいたしましょうか？」と訊いてくる。

「いや、いいよ。お疲れ。また明日な」

一礼する運転手に片手を上げた峻王は、キャリーを引いて通用門に向かった。十日前に下ろしたばかりのバッグだが、すっかりハンドルが手に馴染んでいるのを感じる。

それもそのはず。

この十日間、東京を拠点にして、札幌（さっぽろ）、仙台（せんだい）、大阪、名古屋（なごや）、広島、金沢と、全国各地を相棒のこいつと移動したのだ。今日はいったん東京に戻れたが、明日はまた四国に飛ぶ。

――明日からしばらく正念場が続きますが、月也さんに追いつくための第一関門だと思って乗り切ってください。

あのときの都築の言葉は誇張でもブラフでもなかった。

しかも全国行脚（あんぎゃ）の隙間を埋めるように、都内および関東近県の有力者や顔役への挨拶回りの予定がみっしり組まれている。相手都合のスケジュールなので、土曜だろうが日曜だろうがお構いなしに突っ込まれる。全盛期のアイドルもかくやといった鬼の日程だ。

人狼としてのパワーがマックスになる冬季だし、そうでなくても体力には自信があったが、さすがにここまでパッパッにスケジュールを詰め込まれるとキツい。しかし、自分よりずいぶん年齢が上の父や叔父、都築がハードな日程をこなしているのに、最年少の立場でクレームを入れるわけにもいかなかった。

四月の襲名式には、月也の兄弟分にあたる関連組織の組長、および幹部に、漏れなく出席してもらうのが大前提となる。

襲名式に出席するということは、峻王を新組長として認め、改めて兄弟杯を交わし、繋がりを結び直すことと同義。そうなれば、組同士の友好関係は継続される。

　だが現時点で、約半数が出席に難色を示している。彼らがこれをきっかけに大神組と縁を切って大手組織と手を組む、もしくは傘下に下るようなことがあれば、勢力分布図が変わり、一気に劣勢に追い込まれる可能性もあった。

　かねてより西日本最大のやくざ組織・東刀会が、関東進出の足がかりとして、大神組のシマである浅草一帯を欲しがっているのは周知の事実だ。一時期は、系列に名を連ねろとしつこく言い寄ってきていた。父が袖にし続けたことに苛立ち、東刀会の三次団体にあたる高岡組を使って、迅人を拉致監禁した過去もある。結果として、この事件が高岡組の組長であった賀門と迅人をつがいとして結びつけたわけだが――それはさておき。

　東刀会は建前上は薬物の取り扱いを禁止にしているが、裏では売買を黙認し、むしろ太い資金源にしている。東刀会が仕切るようになれば、浅草の地も薬物に汚染されるリスクがある。

　大神組としては、浅草の町のためにも、東刀会の侵食はなんとしても阻止したい。そうは言っても、敵は強大だ。これまで、東刀会の横やりを水際でかろうじて躱しつつ、大神組がシマを護ってこられたのは、全国に散らばる非東刀会系の関連組織との連帯あってのこと。つまりそれほど、兄弟分との友好関係は重要だった。

　物理的距離が近い関東一円の組長たちとは、年に数度は義理掛けで顔を合わせる機会があり（今年も正月に会ったばかりだ）、ある程度人となりをわかってもらえているが、問題はまだ一面識もない地方在住の親分衆だ。

　父や叔父と共に彼らの膝元に出向き、組長や幹部連中と直接話をして、襲名式出席に前向きになってもらえるよう、交渉の糸口を探る必要がある。

　そのための全国行脚であり、都築いわく「世代交代を円滑に進めるための事前工作」だ。

　必然性は理解しているし、自分が出向かなければ話にならないのもわかっている。実際に、膝を詰めて話をしたことで、好感触を得られたケースもあった。

とはいえ基本は、完全アウェーだ。相手が惚れ込んで杯を交わしたのは神宮寺月也であり、その息子ではない。

　そもそも自分は相手の顔色を窺ったり、腹を探り合ったり、折衝（せっしょう）したりといった政治的な駆け引きが得意じゃない。

　海千山千（うみせんやません）のジジイどもに、父と比べて値踏みされ、あからさまに侮（あなど）った目で見下されるのも業腹だ。初めて会ったおっさんに立場上、下手に出なけりゃならないのもストレスなら、黙って頭を下げなきゃならないのもムカつく。それが連日連夜、二桁になるまで続けば、自他共に図太いと認めるメンタルだって削られる。

　初対面の相手に不遜な態度を取られても、腹のなかで舌を出し、にっこり受け流せるくらい鉄面皮（てつめんぴ）でなけりゃ、やくざ渡世（とせい）を泳いでいけないのはわかっている。わかっちゃいるが……。

（……向いてねーんだよ！）

「くそ……っ」

　体内に溜まった毒を発散するために通用門の柱をガッと蹴りつけてから、峻王はふーっと息を吐いた。

（落ち着け）

パンパンと両手で顔を叩く。帰宅早々殺伐（さつばつ）としたオーラを撒き散らして、立花を心配させたくなかった。

　せっかく十日ぶりにまともな時間に帰れたのだ。このところ、自分があちこち飛び回っているせいで、食卓を一緒に囲むことはおろか、まともに話すらできていなかった。東京にいるときでさえ二時、三時に帰れれば御の字で、当然ながら立花はすでにベッドに入っている。気を遣って起きてこようとする恋人を「いいから寝てろよ」と制して、ソファで侘（わび）しくひとり酒。そのままそこで寝落ちなんて無様（ぶざま）な夜もあった。

　本音を言えば短い時間でも抱き合いたかったが、立花も翌朝から仕事があることを考えると、無理はさせられない。自分と違って立花は、冬場でもパワーが増したりしない。それどころか気温が下がると動きが鈍る。さらに人間は、年を追うごとにスタミナが落ちて疲れやすくなっていくものらしい。睡眠不足が積もれば寿命が縮まる。そのことを知ってからは、なるべく自分を律して、恋人の体を労（いたわ）るようになった。

　この先もできるだけ長く一緒にいたいからだ。

ただでさえ十歳の年齢差があるのだから、立花には人一倍長生きしてもらわないと困る。

とは言うものの、禁欲は簡単じゃない。一緒に暮らしているし、同じベッドで眠る仲だ。おまけに恋人は、絶えず甘くてたまらないにおいを（無意識に）撒き散らして誘惑してくる。とりわけ繁殖期に我慢するのは、苦行僧並みの忍耐力が必要だ。例年この時期は、わかっていても自制が利かず、毎日のように抱いて、疲労困憊（こんぱい）させてしまっていた。

そういった意味では、物理的に離れていることが多い現状は、立花の体力温存を思えばよかったのかもしれない。

「俺には苦行だけどな……」

唇を歪めてひとりごちた峻王は、もう一度深呼吸してから、ビジネスキャリーを引いて通用門をくぐった。

が、すぐに足が止まる。

「ん？」

離れの窓に明かりがない。

「まだ帰ってないのか？」

今日の午前中に、【六時着の新幹線だから、戻りはたぶん七時過ぎになる】とトークアプリでメッセージを入れたときは、【了解。その時間ならたぶん先に帰っている】というレスがあった。予告したとおり、現在七時十五分だ。特に遅くなるという連絡もなかったので、立花はもう帰宅していると思い込んでいたのだが。

胸騒ぎがして、足早に玄関に近づいた。ドアノブを回し、鍵がかかっているのを確かめてからキーチェーンを取り出す。解錠してドアを開けると、三和土に立花の通勤用の革靴が見えた。

（やっぱ帰ってんのか？）

首を捻りながら靴を脱ぎ、ひんやりした室内に足を上げる。どうやら暖房もついていないようだ。薄闇に沈むリビングダイニングには、中途半端に閉じたカーテンの隙間から、外灯の光が差し込んでいた。

そのぼんやりした光に照らされて、ソファに人型のシルエットが浮かび上がっている。宙を見つめる横顔はうつろで、深い思索の森に迷い込んでいるかのようだ。

「先生？」

呼びかけたが反応がないので、壁際の照明のスイッチに触れた。

いきなりパッと室内が明るくなったことに驚いたように、立花がソファの座面からびくんっと腰を浮かす。

「えっ……あ……あっ？」

狼狽えた声を出して振り返り、壁際に立つ峻王を見て、両目をパチパチさせた。

「た……峻王？」

ずり落ちた眼鏡を指で持ち上げ、「い、いつ？」と訊いてくる。いつ帰ってきたのかを尋ねているのだろうと察して「いまさっき」と答えた。

「てか、あんた、電気も暖房もつけないでどうしたんだよ？」

「あ……うん」

まだしゃっきりしない表情で生返事をした立花が、「いま何時？」と重ねて尋ねてくる。

「七時十七分」

腕時計を見て答えると、「七時!?」と大声を出した。

「いつの間に……」

呆然（ぼうぜん）とつぶやく恋人は、まだスーツを着ている。ステンカラーコートとマフラーとショルダーバッグが、雑な感じにソファの座面に放置されているのを見て、峻王は顔をしかめた。

いつもの立花なら、帰ったらただちにスーツを脱いで日常着に着替えるし、コートやマフラーはきちんとクローゼットに仕舞（しま）う。

視界に映る様子から推測するに、どうやらそういったルーティンすら放棄して、ソファで放心していたようだ。

「なんかあったのか？」

自然とその問いかけが口をついた。

電気も暖房もつけずに、薄暗い部屋で長時間――七時を回っていると聞いてあれだけ驚いたのだから三十分以上はああしていたに違いない――ぼーっとしていたなんて明らかにおかしい。

ぜったいなにかあったと確信を抱いた峻王の問いに、立花は気まずい表情をした。首を横に振ってぼそぼそとつぶやく。

「別に……なんでもない」

（……はあ？　なんだそれ？）

わかりやすくしらばっくれられて、イラッときた。

それで納得すると思っているのだったら、十年以上一緒に暮らしている自分を舐めているとしか思えない。

（なんでもないわけないだろうが）

よくよく考えてみれば、このところずっと立花はおかしかった。すれ違いが多く、一緒にいる時間が少なかったので確信を持ったのはいまさっきだが、どことなく上の空というか、心ここにあらずというか――とにかくいつもと様子が違った。

最初におかしいと感じたのは二週間ほど前だ。口数が減って、物思いに耽ることが多くなった。
二、三日様子を見て、「なんかあったのか？」と訊いた。
そのときは確か、「なんとなくいつもと違う」という自分の追求に、立花は「今期のカリキュラムを考えていた」と答えたはずだ。

はぐらかされているような気がしたが、それ以上問い詰めても吐きそうになかったので、「隠し事はなしだぜ？」と念を押した。それに対して立花は「隠し事なんてない」ときっぱり言い切った。

だから、その言葉を信じた。

なのに、いままた自分になにかを隠している。本当のことを話そうとしない。

（なんでだよ？　なんで隠すんだ？）

外で発散してきたはずの毒がまたぞろ、間欠泉（かんけつせん）よろしく心の奥底からシューシューと噴き出し始めたのを感じる。

噴出した黒い感情で自家中毒を起こした胸が、ひりひり、ざらざらする。

なんで打ち明けてくれないんだ。

悩みや苦しみも分かち合うのが、つがいじゃないのか。

そんなに俺は頼りないのか。

あんたにとって、信頼するに足りない存在なのか。

もどかしさと苛立ちにぎりっと奥歯を擂り合わせ、峻王はつかつかとソファに歩み寄った。スーツにコートを羽織ったまま、立花の前に仁王立ちになり、まっすぐ見下ろす。はっと身じろいだ立花が、一瞬絡み合った視線をすっと逸らして目を伏せた。

「……本当のことを言ってくれ」

俯く恋人のつむじに、低く懇願する。立花がぴくっと肩を揺らし、おずおずと顔を上げた。レンズの奥の瞳が所在なく揺れている。

「本当の……こと？」

「……俺、前に言ったよな。隠し事はなしだって」

「隠し事って？」

心当たりがないような物言いをされて、苛立ちがいや増した。

（まだしらばっくれる気か？）

「言えよ。なにか隠してるだろ？」

ぐっと顔を近づけると、立花が逃げるように身を引いた。

「か、隠し事なんてしてない……」

この期に及んでまだ否定する恋人に、カッとなって声を荒らげる。

「嘘をつくな！」

華奢な体がびくっと震えた。強ばった白い貌に、つきりと胸が痛む。

違う。責めたいんじゃない。怯えさせたいんでもない。そうじゃない。そうじゃなくて……。

「……俺ってそんなに頼りないか？」

立花が虚を衝かれたように、ゆるゆると瞠目した。

「たか……お？」

両手を伸ばして細い肩を荒っぽく摑む。見開いた目を昏い眼差しで射貫き、喉の奥から苦しい声を絞り出した。

「なんで……頼ってくれねーんだよ」

（ずっと感じていた……）

立花のなかにある保護者意識。

十三年一緒に暮らしていても、埋められない年の差。足掻いても、もがいても、十歳の年齢差だけはどうしたって詰められない。

若造。若輩者。青二才。半人前。

若いというだけで、見くびられ、見下される――。

（くそっ……どいつもこいつもふざけんな！）

「峻王……なにかあったのか？」

視界に映り込んだ立花の顔がみるみる曇り、心配そうに問いかけてくる。

「もしそうなら話してくれ。俺でよければ相談にの……」

案の定保護者モードになった恋人に逆上のツボを押され、「ガキ扱いするなっ！」と叫んだ。

立花が「っ」と息を呑む。

「なあ、俺はいつまであんたの生徒なんだよ？　いつまで子供扱いなんだ？」

「そんな……子供扱いなんて、そんなことしてな……」

否定しようとする立花に、峻王は「してるだろ！」と強い口調で被せた。

「頼るに値しないって思ってるじゃねーか！」

「そんなこと思ってない！」

峻王の激情に煽られたのか、立花も負けじと大きな声を出す。

「だったら言えよ！」

峻王も売り言葉に買い言葉で怒鳴り返した。

「いまここで！　俺の前で！　隠してるもの全部洗いざらい吐き出せよ！」

「そ……それは……」

口ごもった立花が、ぎゅっと唇を引き結んで黙り込む。眉根を寄せた苦悩の表情を見下ろして、峻王は「はっ」と乾いた笑いを零した。

「やっぱ言えねーじゃん……」

陰りを帯びた低音でつぶやき、ゆらりと方向転換して立ち去ろうとした峻王の腕を、「待ってくれ！」と立花が掴む。引き留めておきながら、峻王が振り返ると、その手をぱっと離した。

真意を探ろうとして、じっと目を見つめると、じわじわと顔を背ける。

（……なんなんだよ？）

駆け引きじみた態度に、苛立ちがマックスまで膨れ上がった。

（どーせなんにも言わないくせに引き留めて。さっきから目も合わさねえし。マジふざけんな！）

激情に駆られた峻王は、立花の腕を衝動的に掴んでぐいっと強く引く。

「た……かお？」

荒々しくソファから立ち上がらせ、そのまま引っ立てるようにして歩き出した。乱暴に引っ張られた立花が「いたっ」と抗議の声をあげる。

「……痛いっ……痛いって！」

クレームはスルーして、寝室まで最短距離で到達し、ドアを乱暴に開けた。さらに室内を大股で進み、ベッドの側面で足を止める。

「うぷっ」

突然立ち止まった峻王の背中に、立花がぶつかった。よろめく立花の二の腕を掴んで、ベッドに仰向けに押し倒す。

「うわあっ……」

両方の手首をベッドリネンに押しつけると、自らもベッドに乗り上げ、下半身の自由も奪った。いきなり組み敷かれた立花が、レンズの奥の目をゆるゆると瞠る。

「な……どうし……」

自分の唐突なアクションに驚き、戸惑っている恋人を上から見下ろしながら、かなり古い記憶が蘇ってきた。

——あんたのごもっともな説教聞くのもかったりぃし、手っ取り早く体で話し合おうぜ。

あれは——そうだ。初めて立花を抱いたとき。

不登校だった自分に会いにやってきた担任の教師を、同じように強引にベッドに組み敷いた。

名前も知らない同性の数学教師に、なぜ急に欲情したかといえば、彼からたまらなくソソる甘いにおいがしたからだ。そのときはまだ、そのにおいこそが〝つがい〟の証だとは知らなかった。

「………」

片手を手首から離してシルバーフレームの眼鏡に触れる。すっと抜き取ると、白くて小さな貌が現れた。

なにかにつけ保護者モードを発動する恋人に苛立っていたし、隠し事をされて傷ついてもいた。それでも、綺麗だと感じる。

初めて素顔を見たときも確かそう思った。

——眼鏡取ったら、綺麗な顔してんのな。


切れ長の双眸は近視のせいで焦点が甘く、黒目が濡れたように潤んでいる。

肌理が細かくて透き通った白い肌も、触り心地が極上だ。さらさらの黒髪がシーツに乱れ散る様は妖艶と言ってもいい。

恋人のなかには沁み入るような清廉さとにおい立つような色香が同居しており、そのギャップが自分をたまらなくさせるのだ。

こんなふうにじっくり顔を見るのはひさしぶりで、つい細部まで熱心に観察しているうちに、視線の先の白い肌がだんだんと赤みを帯びてきた。胸が上下して、唇が薄く開き、吐息が漏れる。クラッとするような甘いにおいが纏わりついてきた。

(……甘え)

咽せ返るようなフェロモンに頭がクラクラする。ただでさえ、繁殖のために性欲が高まる発情期だ。そんな時期に、今年は物理的なすれ違いもあって、我慢に我慢を重ねてきた。

もう二週間以上抱いていない。ここまでブランクが空いたのは、立花とつがいになってから初めて。もはや飢餓感もマックス。飢えで喉がカラカラの状態だ。

そんな飢え切った体に、ふるいつきたくなるようなフェロモンを浴びせかけられて、平静でいられるほど枯れちゃいない。

　甘いにおいに引き寄せられるみたいに顔を近づけ、発生源である唇にむしゃぶりついた。

「ンンッ……」

　不意打ちを食らった立花が唇を閉じる前に、強引に割り開いて舌を潜り込ませる。

「ふ……んっ……」

　久方ぶりの熱く濡れた口腔内に興奮を隠せず、粘膜を辿り、歯列をなぞり、舌の裏の筋を舐め上げた。はじめは身を固くしていた立花も、くちづけが深まっていくに従って少しずつ緊張を緩め、おずおずと舌を絡ませ、愛撫に応え始める。

　クチュッ、ヌチュッ、と濡れた音が鼓膜に響いた。いつしか夢中で舌を絡め合い、唇を吸い合い、唾液を啜り合う。口のなかに収まりきらないふたり分の唾液が、唇の端から溢れ、顎や喉を濡らした。

（ああ……これだ）

　絡み合った部分からひとつに溶け合う感覚。

　自分が求めていたものはこれだ。

　ずっと、ずっと欲しかった。地方のホテルでの夜、立花を想ってひとり自分を慰めた。マスターベーションなんて中学生以来だった。

「……ん、ん……」

　立花が苦しそうな息を鼻腔から漏らす。キスに熱中するあまりに、酸素不足になってしまったようだ。密着している体も、当初の強ばりは完全に解けて、やわらかくなっている。体温もかなり上昇しているようで、衣類越しに熱が伝わってくる。

　対する峻王自身も、体温の急激な上昇を感じていた。とりわけ下腹部に熱の渦が発生しつつある。生まれたての台風みたいな渦が秒速で膨脹して、気がつくと、その熱の塊に押し上げられるように勃起していた。

　キスだけで勃つなんて十代みたいだが、それだけ飢えていたということなのだろう。そして一度反応してしまったものは、なかったことにはできない。あっという間に痛いくらいに固くなった充溢を、立花の太股にごりっと擦りつけた。

「あっ……」

　口接が解かれ、狼狽えたような声が漏れる。恋人の体から立ち上る甘いにおいが、いっそう濃くなった。

濃厚なフェロモンがねっとりと全身に絡みつき、欲望の先端がじわっと濡れて、さらに膨れ上がる。もはや下着のなかに収めておくのが難しいほどだ。

（……欲しい）

欲しい。入れたい。ギチギチに勃起したものを突っ込んで、狭くてキツいあそこをめちゃくちゃに掻き混ぜたい！

獰猛で切迫した渇望に背中を押された峻王は、上体を起こした。膝立ちになって、ステンカラーコートとスーツのジャケットをいっぺんに脱いで背後に投げる。続いてベストを脱ぎ去り、首許のネクタイを緩めた。シャツ一枚になると、ぐったりと横たわる立花の肩に手をかけ、ごろんと転がす。俯せにした恋人からジャケットを剝ぎ取ったあと、自分の首から引き抜いたネクタイで、背中で交差させた立花の両手首を縛り上げた。刹那、立花が首を捻って後ろを見る。その顔には驚きと戸惑いが浮かんでいた。

「ど、どうして？」

どうしてネクタイで縛ったりするのか。

もっともな問いかけに、峻王は答えなかった。どうしてかなんて、自分でもはっきりわからなかったからだ。

こんなことをしなくても、恋人は逃げない。頭ではわかっている。キスには応えてくれたし、性的興奮の証である甘いにおいも発している。

それでも万が一、もしも抗われたら——拒絶されたなら、今日の自分はどうなってしまうかわからない。

いま、自分は極限状態にある。初めて発情期を迎えた十六歳以降、ここまで自らに禁欲を強いたことはなかった。いまの自分は過去に例のない未知の領域にいるのだ。

精神的にも不安定で、いつ獣性が優位になり、理性を凌駕してしまうかわからない。

抑制の鎖をぶち切って暴走し、大切なひとをヤり潰してしまうかもしれない。

このネクタイは、恋人を壊してしまわないための戒めだ。理性を繋ぎ止めるための楔だ。

自分にそう言い聞かせ、無言で恋人の体をひっくり返した。すると仰向けになった立花と目が合い、切れ長の双眸に睨まれる。

「峻王……ネクタイを解いてくれ」

「…………」

「逃げたりしないから……わかっているだろう？」

聞き分けのない生徒を説き伏せるような言い様に、ちりっと首筋に電流が走った。

（だから、その教師目線がムカつくんだよ）

「峻王」

呼びかけを無視して、恋人のベルトのバックルに手をかける。ベルトを外し、トラウザーズのフックも外してファスナーを下ろした。ウェストが緩んだトラウザーズを一気に下ろし、足首から抜き取る。

これで立花は上半身はシャツとネクタイ、下半身は下着一枚と靴下という格好になった。さらにきっちりと締められていたネクタイを解き、引き抜いて床に投げる。次に下着に手をかけると、立花は取られまいとして、脚を閉じて抗った。

懸命な抗いを歯牙にもかけず、力尽くで下着を剝ぎ取る。

「……や、めっ」

抗議の悲鳴を意に介さず、すかさず両膝を摑み、左右に大きく割り開いて固定した。薄い下生えから、ぶるんっとペニスが勃ち上がる。

六分勃ちといったところだ。

キスだけで勃ったのが自分ひとりではないと知って、唇を横に引く。一方、恥ずかしい状態を無理矢理暴かれた立花は、羞恥に顔を染めた。

「キスもひさしぶりだったもんな」

「………」

横を向いて唇を引き結んだ恋人の、ほっそりと形のいい性器をためつすがめつ視姦する。やがて、見られることで感じたかのように、ペニスがビクビクと震え出した。小刻みなバイブレーションに誘われて口を開き、おもむろに屹立を含む。

「た、かおっ」

非難めいた声で名を呼ばれたが、怯むことなく大胆に含んでいき、約八割方を口のなかに収めた。フェラチオをするのもひさしぶりだ。

ネクタイで縛るなどという無体を働いておきながら矛盾していると自分でも思うが、恋人にはできるだけ気持ちよくなって欲しかった。

ペニスの根元に手を添えて、舌を動かし始める。ざりざりと舌を這わせ、ときに軸に吸いつき、ときに皮を甘嚙みした。

「………っ」

頭上で息を呑む気配。

円を描くように亀頭を舐め回し、陰嚢を口に含み、双玉をねぶる。同時に指の腹で裏筋を少しきつめに擦り上げた。

「ああっ」

我慢も限界とばかりに、ついに立花が堪え切れない嬌声をあげる。だからといって、ここで手を緩める気はさらさらなかった。

恋人の弱いところは知り尽くしている。自分の快感のツボより詳しいくらいだ。

カリの下のくびれを舌先で擦り、シャフト全体に唇で圧をかけると、恋人の腰が浮き上がって淫蕩に揺れた。口のなかにぬるっとした体液が広がる。不思議なことに、カウパーすらも甘く感じた。

「はっ……あっ……あ」

意識が飛びそうなのか、立花の手が伸びてきて、手探りで峻王の髪を摑んでくる。ただひとつの寄る辺のようにきつく握り締めながら、「も、うっ」と呻いた。

「イッ……いっ……ちゃ……うぅ」

切羽詰まった掠れ声に煽られ、いっそう出し入れを激しくする。ジュブジュブと激しい水音が立ち、摑んでいる膝がぶるぶると震えた。

「いくっ……あ……あ……イクぅっ」

仰向き、喉を大きく反らして立花が達する。

「……っ……ッ……」

勢いよく放出された白濁を喉奥で受け止め、ためらうことなく嚥下した。

峻王の髪を強く摑んでいた指が急速に力を失い、立花がくったりと脱力する。しどけなく開いた唇から、忙しない呼吸が漏れ、胸が大きく上下した。目には涙の膜が張っている。

絶頂の余韻に浸っている恋人に覆い被さった峻王は、自分の唇の端に飛び散っていた恋人のザーメンを指で拭い取り、ぺろりと舐めた。

「量も多くて濃い。自分でしてなかったんだな」

「……自分で？」

立花がぼんやりと復唱する。

「オナッてなかったんだなって」

白い顔がカッと赤くなった。

「す、するわけがないだろうっ」

ムキになって言い募る——その表情がこちらを煽っている自覚はないのだろう。

「へえ……先生は俺がいなくても平気なんだ？」

昏い声でつぶやき、「え？」と聞き返す恋人の両脚を片手でひとつにまとめて、高々と持ち上げた。

「峻王？　……なっ……やめろっ」

オムツ替えのときの赤ん坊のような格好を強いられた立花が、狼狽えた声で制止する。それには構わずに、むき出しになった尻に顔を近づける。

「……ひっ」

立花が悲鳴をあげた。峻王が尻たぶを指で開き、あらわになった孔を舌で舐めたからだ。

「あっ……やっ……やだっ……やっ」

激しい羞恥に駆られているのが、惑乱した声から伝わってくる。

「……はっ……離せっ……離せって！」

なんとか辱めを阻止しようと、立花は体を左右に振ったり、捻ったりして暴れたが、峻王の拘束から逃れることはできなかった。

「暴れるなって。ひさしぶりなんだから、濡らさないと入らねーだろ」

低い声で言って聞かせると、唇を噛み締め、濡れた目で睨みつけてくる。それでも一応大人しくなったのは、自分が先にひとりで達して、口のなかに出してしまった負い目からかもしれない。

それをいいことに、怒りのオーラは無視して、舌で窄（すぼ）まりをこじ開けた。ちゃんと濡らさないと、本気で流血沙汰になってしまう。

「っ……くぅ……う……」

尖らせた舌先を出し入れするたびに、尻がびくびくと揺れた。そのうちに、達したばかりのペニスがじわじわと勃ち上がり始める。

もう遠慮はいらない。たっぷり湿らせた孔に指を差し入れ、抜き差しした。比較的浅い場所にある前立腺を刺激すると、「あんっ」と甘く喘いで、欲望が完全に上を向く。腹にくっついたペニスの先端から、ほどなく透明な体液がじわっとしみ出した。さっきまで怒りを宿していた顔も、すっかり快感に蕩けている。

自分の愛撫に感じている表情。

それを見たらもう我慢できなくなり、指を抜いて、片手でトラウザーズの前をくつろげた。下着を下にずらした瞬間、出番を待ちかねていたものが跳ね馬よろしく飛び出してくる。二、三度扱いただけで、それは猛々しいほどにそそり立った。

ひとつにまとめていた脚をいったん下ろし、改めて左右の足首を摑んで大きく開く。恋人の体をふたつ折りにして、舌と指でほぐした孔に自身をあてがった。

「入れるぞ」

覚悟を促すように囁いてから、ぐぐっと押し込む。

「……っ……」

立花が背中をしならせ、衝撃を逃すためか、口をぱくぱくさせた。

(……狭え)

ブランクのせいか、いつにも増して狭く感じる。

立花もキツいだろうが、それでも「やめろ」とは言わない。ソコも自分を拒んでいない。

そう確信して、少しずつ腰を入れた。ずっ、ずっと押し込むと、苦しそうに眉をひそめながらも受け入れる。早く入りたいと逸る気持ちを抑えつけ、じりじりと押し進めて、ついに根元まで入った。尻たぶと腰骨がぶつかるパンッという音が響く。

「……ふー……」

止めていた息を、ふたり同時に吐いた。一月の下旬で、暖房もつけていないのに、ふたりともうっすら汗を掻いている。

根元まで自分を埋め込んだ状態で、峻王はひさしぶりの恋人の熱と締めつけを味わった。

(……やっぱ最高)

立花は男にしては細身だし、性格も謙虚で、マチズモ的な要素はひとつもないが、その実男前だと思う。

そうでなければ、こんなふうに自分のなかを開放して、他人を受け入れることなどできない。

今日も、自分の苛立ちや焦燥、葛藤ごと、こうして受け入れてくれた。

包容力に満ちた大人の〝つがい〟に、いつだって自分は甘えてばかりだ。縮まらない十の年の差に苛立つことも多いけれど。

(でもいつかきっと……)

頼ってくれる日が来る。

自分が支える日が来る――そう信じて。

とりあえずいまは、熱くて甘い体を味わおう。めくるめく快感の海にふたりでダイブしよう。

そう思った峻王は、抜け出るギリギリのところまで腰を引き、同じだけの距離をずずっと押し込んだ。

「あうっ」

立花が背中を反らす。シャツの布越しにも、勃ち上がった乳首の形がはっきりとわかった。ピストンで弱いところを小刻みに突きながら、シャツの上から突起をざりざりと舐める。唾液がしみ込んだ布が乳首にぴったり張りつく様が、なんともエロティックだ。

濡れた布を押し上げている突起にカリッと歯を立てると、立花が髪を振り乱して「あっ……あ――っ」と嬌声を放つ。

媚肉がうねり、恋人が感じているのがさざ波のように伝わってきて、峻王の快感も増した。

「あぅんっ、んっ、んん」

完勃起した立花のペニスから愛液が溢れ、だらだらと軸を伝う。よく見れば、白いものも混じっている。もともと感度は抜群で、男を骨抜きにする魔性属性ではあるが、ブランクのせいか、いつもよりさらに感じやすくなっているようだ。

「は……あ……あ」

濡れた吐息を漏らして、腰をうねうねと蠢かす。貪婪に絡みつく粘膜にきゅうきゅうと引き絞られ、峻王は「くっ」と奥歯を噛み締めた。もっていかれるギリギリで、爆発寸前の雄をずるっと引き抜く。

「……アッ」

体内を埋め尽くし、暴れ回っていたものが突然消失した喪失感に、立花が抗議の声をあげた。

「な……なに？」

途方に暮れた表情で峻王を見る。快感に耽溺していたところで、急にお預けを食らったのだ。当惑して当然だ。

「続きをして欲しいか？」

問いを投げかけると、立花がこくこくとうなずく。

「なにが欲しいのか口で言えたらご褒美をやるよ」

今度は意味がわからないというように、首を横に振った。

「あんたが欲しいのはコレだろ？」

確認しながら、峻王は勃起した自分の性器に手を添えた。シャフトを握った手を上下にスライドさせて扱き上げる。張り詰めたイチモツがくんっと反り返った。その様子を食い入るように見つめていた立花が、ごくっと喉を鳴らす。

「コレはなんだ？」

立花がせわしく瞬きをした。瞳が濡れて光っている。

「た、峻王の……」

「俺のなんだ？」

詰問に口を開き、幾度か開閉を繰り返したが、結局なんの言葉も発しなかった。

「欲しいんだろ？　だったらちゃんと言え」

どうやら言わないと、本当にこのまま放置されると理解したようだ。瞳がさらにじわっと潤む。いまにも泣き出しそうな顔が、不憫で、かわいくて、ゾクゾクする。ますますいじめたくなって、「言わねーとこのままだぞ」と煽った。

「…………」

眉根を寄せて、何度も唇を舐めていた立花が、意を決したように唇を開く。消え入りそうな声で囁いた。

「た、峻王の…………」

「聞こえねえ」

意地悪く突き放す。目の前の顔はもう本気で泣きそうだ。可哀想なのにエロい。罪悪感と興奮を抑えつけて、「もっと大きな声で言え」と促す。

「峻王のお……」

「お？」

カーッと顔を紅潮させて、立花がついに言った。

「……おちんちん」

「…………っ」

まさかそう来るとは思わず、絶句する。「性器」か、言っても「ペニス」だろうと高をくくっていた。

（さすが天然……）

虚を衝かれて固まっていると、上目遣いの立花が「ちゃんと言ったぞ？」と主張する。

「わかった。……じゃあ、そのおちんちんでどうされたい？」

眉を八の字にした、まだ先があったのかという表情。

……マジかよ。かわいすぎだろ？

「い……入れて」

「頭から言えよ」

「峻王のおちんちん入れてっ」

生真面目な恋人の口から発せられたそのパワーワードは、想像の何十倍もの破壊力を持っていた。

「……くそっ」

低く唸って恋人の腰を抱え直し、斜め上から、いまの一撃でなおのこと奮い立った屹立をずぶりと突き入れる。

「ひ、んっ」

立花が啼いた。

「……どうだ？」

「も……もっと……」

「もっと？」

「ご褒美もっと……峻王のおちんちん欲し……っ」

甘い声でねだられて理性が焼き切れる。あり得ないほど硬く反り返った雄蕊を、ずっ、ずっと深く埋めていく。

「あっ……んっ……あんっ」

根元まで挿入し切ってから、ゆっくりと顔を近づけて唇を重ねた。唇を割って舌を差し込むと、すぐに立花の舌が絡みついてくる。

「んっ……ふっ」

口接を解くのとほぼ同時に、ふたたびずるっと引き抜き、ねじ込むように一気に貫いた。

「あっ――ッ」

嬌声が響きわたり、きゅうっと襞が収斂する。

「……まだだ。……まだイクなよ？　もうちょっとあんたの甘い体、味わわせろ」

言い聞かせるように耳許に囁いてから、峻王は動き始めた。痙攣する粘膜を肉棒でこじ開け、こりっと盛り上がった性感帯を抉る。抜き差しに応えるように、肉襞がうねうねとさもしく絡みついてきて、そそけ立つような快感が走った。

「んっ……ンんっ……」

ぱちん、ぱちんと尻に当たる陰嚢に、立花が白蛇のごとく体をくねらせた。白い肌が薄紅色に染まり、半開きの唇からちろちろとピンクの舌が覗き、すさまじく色っぽい。

「いいか？」

「んっ……気持ち、いっ」

「俺も……いい。どうなってんだ、あんた……最高だよ」

「あ……たか……お……もっと……硬いので突いてっ」

無意識なのだろう。白い喉を反らして、とんでもない言葉で煽ってくる年上の恋人の体を押さえつけ、無言で腰を打ちつける。もはや軽口を叩く余裕はなかった。額から汗がぽたぽたと滴り落ち、立花のシャツを濡らす。

唇を引き結んで無心に腰を動かした。高速ピストンで打ちつけられた立花の表情がどんどん恍惚となり、開いた唇から荒い息が「はっ、はっ」と絶え間なく漏れる。吐息のスパンが短くなっていく。イク前兆だ。

「も……もう、いく……っ……大きいの、来るっ……いっちゃ……うぅ……たかおっ」

「いいぜ、イッても」

　許しを得た立花が震えながら絶頂を迎え、ひときわ強い締めつけに引き絞られて、峻王も爆ぜた。一度の射精では終わらず、二度、三度と立花のなかを濡らす。

「あ……あ……」

　叩きつけるような放埒に、立花がびくびくと痙攣した。

「ふ……は……あ……」

　くったりと弛緩した恋人の上に、峻王も身を重ねる。気持ちよかった。マジで最高だ。それでも——。

「……まだだ」

　恋人の耳に唇を押しつけて囁く。

「こんなんじゃ全然満足できねえ」

　達してなお飢えを訴える峻王に、立花がぶるっと胴震いした。


　ピピッ、ピピピッ、ピピピピッ……。

　スマートフォンのアラームで目覚めたとき、傍らにすでに峻王の姿はなかった。手探りでスマホを摑み取り、アラームを止める。ついでにこれも手探りで眼鏡を摑んでかけた。ホーム画面のデジタル表示は六時三十一分。まだぼんやりと霞がかかっている頭をふるっと振って、周囲を見回す。持て余すくらいの大きなベッドに自分ひとり。

「もう出かけたのか……？」

　自分が熟睡していたから、声をかけずに出かけたのかもしれない。

　そういえば、以前まとめて峻王から一ヶ月の日程を伝えられた際、金沢の次が四国だった。確か二泊の予定だった気がする。帰ってきたと思ったら、翌朝にはもう次の地へ飛ぶ——休む間もないハードスケジュールで体は大丈夫なのかと心配になるが、昨夜の絶倫ぶりを振り返るに、案ずるには及ばないのかもしれない。

（……すごかった……）

　ひさしぶりに、足腰が立たないほど激しく抱かれた。しかも一度では終わらず、何度も挑まれて、最後のほうは意識が飛んで記憶がない。

まるで頭から狼に貪り食われた気分だ……。

峻王に飽きられてしまったんじゃないかと、死ぬほど落ち込んでいたのは、つい半日前。

いくつもの問題が重なり、キャパシティオーバーになった脳がフリーズして、電気も暖房もつけ忘れて三十分ほど放心してしまい、峻王の帰宅に気づくことができなかった。

昨夜の峻王は帰ってきた瞬間から荒れていて、頭の巡りが鈍い自分と、ことごとく嚙み合わなかった。隠し事をしていると責められたが、本当のことは言えない。なんとか宥めよう、落ち着かせようとすればするほど火に油を注いでしまい、気がついたらベッドに押し倒されてネクタイで縛られていた。

ネクタイで縛られたのは、人生初のセックス以来だ。途中で外してくれたけれど。

(縛らなくても逃げたりなんかしないのに)

結局、なぜああまで荒れていたのか、理由は聞けずじまいだったが……。

——なあ、俺はいつまであんたの生徒なんだよ？　いつまで子供扱いなんだ？

ふと、憤りを滲ませつつも、どこか縋るような余裕のない声音が蘇り、つきっと胸が痛む。

(俺様な峻王があんなふうに思っていたなんて……)

やっぱりコミュニケーション不足だ。四国から帰ってきたら、ゆっくり話を聞こう。自分も話せる範囲で事情を説明しよう。

そう決めて羽毛布団を剝ぎ、ベッドから起き上がろうとした侑希は、腰に走った鈍い痛みに「うっ」と息を吞んだ。

「……っ……」

ぱふんと後頭部を枕に戻し、天井を睨んで三十秒ほどフリーズ。頃合いを見てもう一度、止めていた息を吐きながら、そろそろと上体を起こしてみる。なんとかいけそうだ。腰を庇(かば)いつつ、ゆっくりとベッドから降りた。歩き出すと、酷使した——いや、されたのか——関節がギシギシ軋む。腰は痛むし足はふらつくしで、体はあちこち悲鳴を上げていたが心は軽かった。

覚束(おぼつか)ない足取りで浴室に辿り着き、寝間着を脱いでシャワーの温度を調整する。

片手でシャワーヘッドを摑み、もう片方の手を後ろに回して、まだヒリヒリと熱を持っている後孔に指を入れた。

「……ふっ……う」

限界まで指を差し入れ、奥に溜まっている恋人の精液を掻き出す。どろっと粘度の高い体液が内股を伝い落ち、掻き出しても掻き出しても、ぬるぬるした感触が消えなかった。

いつもはなんとなく後ろめたくて気の重い作業だし、「どれだけ中出ししたんだ」と軽くイラッとしたりもするのだが、今日は峻王がまだ自分を欲しがってくれている証拠みたいに思えてうれしかった。

シャワーで精液を完全に流して、体と頭を洗う。昨夜風呂に入らずに寝落ちしてしまったので、全身を洗ってさっぱりした。熱いシャワーで体があたたまり、腰と関節も緩んだ。

これなら今日一日は保つ気がする。

昨日は夕食を抜いてしまったので、今朝はしっかりと朝食を食べて出勤した。

いつもより若干遅めではあったが、八時少し前に職員室に到着。恒例の学年ミーティングのあと、八時二十分の予鈴を合図に職員室を出て、特進クラスに向かった。ホームルーム開始の二十五分ジャストに、教室の前方のドアを開けて教壇に立つ。

ここ最近の習い性で北村の席をチェックしたが、そこには誰も座っていなかった。

「…………」

顔に出さずにひっそりと落胆する。昨日の今日で即復帰できるほど簡単なことではないとわかっていたつもりで、心の片隅で期待していた自分に気がつき、反省した。焦りは禁物だ。

(昼休みに連絡してみよう。ただしプレッシャーを与えないように……軽い雑談にとどめる)

ちなみに、いじめの主導者のダブルEはふたりとも登校していた。昨日は神妙な面持ちで悄然(しょうぜん)としていたが、今日は悪びれることもなく、まっすぐ侑希のほうを見ている。このふたりが不登校になる可能性もゼロではないと考えていたので、これには少し安心した。

しっかりと反省して、自分のストレスを他人に転嫁(てんか)した〝弱い自分〟と決別して欲しい。

北村を傷つけた行為をなかったことにはできないが、誰にでも平等にやり直しのチャンスは与えられるべきだ。

二十九人の生徒たちに必要事項を伝え、十五分のホームルームを終えて職員室に戻る。

本日、侑希が担当する数ⅡＢの授業は、二時限目からだ。

二時限目が始まる九時四十分まで授業の準備をしていようと、自席に腰を下ろしてノートＰＣを開いた瞬間、机上の電話が鳴る。受話器に手を伸ばし、点滅する内線ボタンを押した。

「はい、立花で……」

『ボクだ』

校長の近藤の声だった。

『いますぐ校長室に来てくれ』

有無を言わせぬ命令口調に、「あ、はい、わかりました」と応じ、受話器を置いて立ち上がる。

もともと押しが強い人物ではあるが、こちらの状況も確かめず、問答無用ですぐ来いと命じるのはいささか強引だ。電話の声も苛立っているようだった。それだけ緊急の用件ということか？

（一体なんだ？）

廊下を急ぎながら心当たりを探っていて、そういえば、学年主任の打診を保留にしたままだったことを思い出す。

もっと切迫した問題に気を取られ、それどころではなかったというのが正直なところだが、待たされている立場の校長が苛立つのももっともだ。

おそらく、呼び出しの用件は痺れを切らしての催促。となれば、さすがに返事をしなければならないだろう。

教師自体を辞めるかどうかを迷っている現状で、学年主任など到底引き受けられるわけがない。

それに関しては断りを入れるとして、辞職するのであれば、本来なら先方からのオファーを断るのと同時に辞意も伝えるのが筋だ。

なのに、まだ決めかねている。踏ん切りがつかない。

北村の不登校という問題が起きたことで、いよいよ彼がクラスに戻るまでは見守りたいという欲が出てきてしまった。

しかし北村の復学を待っての辞職となれば、それこそ北村次第となり、自分で辞める時期を決められなくなってしまう……。

ひとまず現時点で近藤に、なにをどんなふうに、どこまで伝えるべきか――答えが出る前に目的の部屋に着いてしまった。『校長室』と刻印された金色のプレートを見つめて十秒ほど迷ったが、『いますぐ』と電話口でせき立てられたのを思い出し、ドアをノックする。

「立花です」

「入りたまえ」

　ガチャリとドアを開けると、前回呼び出されたときと同様に、応接スペースに校長の近藤と教頭の姿が見えた。近藤はソファ、教頭はふたつ並んだ肘掛け椅子の片方に、ローテーブルを挟んで、それぞれが向き合う形で腰掛けている。

　この前と違うのは、ふたりの顔つきが険しいことだ。射るような視線が突き刺さり、侑希は立ち尽くした。

「あの……」

「立花くん」

　先に口を開いたのは教頭だった。剣呑な表情のまま、棘(とげ)のある声を発する。

「きみ、インターネットで騒ぎになっているぞ」

「インターネット……ですか？」

　まるで身に覚えがなく、面食らって鸚鵡返し(おうむがえ)にする侑希に、近藤が「これはきみじゃないのかね？」と問いかけてきた。

　近藤が〝これ〟と手で示しているのは、彼の前に置かれたノートPCだ。

　嫌な予感がした。

　強ばった表情でソファに歩み寄り、「失礼します」と断って、近藤の横の空きスペースに腰を下ろす。近藤が向けてきた画面を覗き込むと、掲示板のスレッドらしきものが目に入った。特徴的なフォーマットから、日本人なら誰でも知っている電子掲示板サイトであることがわかる。匿名サイトであるがゆえに悪意の温床となりやすく、噂の域を出ない書き捨てや悪質なデマ、フェイクニュースの転載が多いことでも有名な掲示板だ。侑希はわざわざ見に行ったりしないが、一般常識として存在は知っていた。

　サイトはニュース、世界情勢、政治、趣味、芸能などにカテゴライズされ、そのカテゴリー内でもさらに細分化されているが、どうやら目の前の掲示板は、教育関連の話題が集まるスレッドのようだ。

「これが……？」

「ここを見たまえ」

　近藤に指で示された書き込みを一瞥して、「あっ」と声を出す。【名門高校の教師とやくざの黒い繋がりを暴く】と書かれていたからだ。

【文武両道を謳うM学園は、文京区でも一番の歴史を誇る名門校である。超有名進学校の教師が、裏でやくざと繋がっている証拠写真がこれだ！】

そこに貼られているのは、スーツの上にステンカラーコートを着てマフラーを巻き、ショルダーバッグを斜めがけにした男が、塀で囲まれた屋敷に入っていくシーンを捉えた写真だった。写真の端まで続く長い塀から、その屋敷が広大な敷地面積を持つことが窺い知れる。背後から撮られた写真らしく、男は後ろ姿だ。

顔ははっきり映っていないし、全体に薄暗いので、この写真を見て男の素性を特定できる者は少ないだろう。だが侑希は一目で、ステンカラーコートの人物が自分であること、塀で囲まれた広大な屋敷が神宮寺の本邸であることを認知した。

「……………っ」

認識してからやや遅れてドクンっと心臓が跳ね、全身の産毛がざっと逆立つ。パニックになりかける自分を懸命に堪えて、上擦った声で尋ねた。

「こ、この書き込みをどうして知ったのですか？」

投稿の日付は昨夜、時刻は深夜二時過ぎとなっている。そんな時間に、近藤と教頭が匿名掲示板をチェックするとは思えない。

「つい先程、私あてに電話がかかってきて、『明光学園に立花という数学教師がいるだろう』と。『いる』と答えたら、『匿名掲示板の学校スレッドを見ろ』と言って、こちらが返事をする前に切られた」

苦虫を噛み潰したような表情で、教頭が説明した。

「その電話は代表番号にかかってきたのですか」

「そうだ」

「学園の関係者ですか？　それとも教育関係の人間？」

「名乗らなかったんだから、そんなことはわからんよ！」

教頭が苦々しく吐き捨てた。

「わかったのは男であることくらいだ。滑舌（かつぜつ）が悪くてくぐもった声だったし……」

「くぐもった声……」

ハンカチ越しか、マスク越しか、いずれにせよ、なんらかのフィルターをかけて声を誤魔化していたのだろう。電話をかけてきたのは、投稿した本人なのか、偶然この書き込みを見た第三者なのか。自分を名指ししてきたところを見ると、投稿した本人である確率が高いが。

「とにかくね。こういうのは困るんだよ」

それまで不機嫌な顔で黙っていた近藤が口を開いた。

「学園は、きみと神宮寺家の浅からぬかかわりを承知の上で不問に付している。それはわかっているね？」

「……はい」

もちろん、わかっている。不問に付す見返りが、多額の寄付金であることも。

「つまり、きみと神宮寺家のかかわりが表沙汰になるのは困るんだ。……我々は匿名電話がかかってきたからきみだとわかったが、ネット上でこの写真を見てきみだと気がつく人間はまずいないだろう。顔が写っているわけではないしね。実際、現時点でこの書き込みに対する反応は薄い」

さすがに学園トップまで上り詰めるだけあって、近藤は世故に長けていた。

問題の書き込みは火種ではあるがまだ小さく、炎上に至るまでには、ＳＮＳでの拡散、メディアへの転載など、さらなる数ステップを要すると理解しているのだ。

「だが、わざわざ匿名電話で知らせてきた者がいる。その人物と投稿者が同一人物であると現時点で断定はできないが、少なくとも投稿者は、きみや神宮寺家、明光学園を貶めようと企んでいる者である可能性が高い。この先、その人物に決定的な証拠を握られ、インターネットで拡散されたら、いくら私たちだってきみを庇いきれない」

そうなった場合は、トカゲの尻尾切りよろしく自分が詰め腹を切らされ、明光学園が神宮寺から寄付金を受け取っていたという事実は揉み消されるのだろうと、侑希は察した。

「我が校としてはできるだけそうしたくはないんだ。わかるね？」

近藤が狡猾そうな目つきで、じっと見つめてくる。

「……わかります」

「迂闊にこういった写真を撮られたり、醜聞を嗅ぎつけられたりしないよう、重々身辺には気を配って欲しい。頼むよ？」

「はい」

侑希は神妙な面持ちで頭を下げた。

「お騒がせして誠に申し訳ございません」

「わかったならいい。話は以上だ。業務に戻りなさい」

　指示に従ってソファから立ち上がり、近藤と教頭に向かって一礼する。

「——失礼します」

　校長室を辞してドアを閉めるのと同時に、左胸を手のひらで押さえた。鼓動が異常に速い。心臓を押さえつける手も小刻みに震えている。

「ついに……」

　掠れた声が零れた。

（恐れていたことが現実になってしまった……）

5

校長室の前で胸を押さえてしばらくじっとしていたことが功を奏してか、動悸が少し収まってきたので、侑希は廊下を歩き出した。どこか静かな場所で混乱した思考を整理したい。そう思ったら自然と、足が数学準備室に向かっていた。

幸い、数学準備室に人はいなかった。自分のデスクに腰を下ろして、ふーっと息を吐く。心拍数は下がりつつあるとはいえ、まだ胸がざわざわしている。

もう一度深呼吸してから、スーツのポケットからスマートフォンを取り出した。検索して匿名掲示板にアクセスし、先程見たばかりの学校関連のスレッドを開く。スクロールしていくと、例の投稿が見つかった。投稿された写真を改めてじっくり観察する。

写っているのは神宮寺の屋敷の通用門だ。ステンカラーコートから覗くスーツのトラウザーズはグレイで、マフラーは紺地のチェック柄。いつもは臙脂色のマフラーなのだが、昨日の朝の冷え込みがきつかったので、厚手のチェック柄を選んだ。

つまり、この写真は昨日の帰宅時に撮られたものということだ。待ち伏せをされていたか、もしくはどこかの地点から尾行されていたのかもしれないが、昨日の帰路はずっと考え事をしていて、いま振り返ってもどうやって帰ってきたのかを思い出せないくらいなので、まったく気がつかなかった。

（一体誰が、なんの目的で？）

自分が神宮寺の屋敷で暮らしていることを知っているのは、身内以外では、明光学園のトップ3である理事長、近藤、教頭の三名。だが、彼らがわざわざリークして、貴重な収入源を潰す理由がない。昨今の少子化で、名門と言えども経営は楽ではないはずだし、さっきのふたりの様子が芝居だったとも思えなかった。

一方の身内に至っては、当然ながらリークする理由がない。御三家の岩切と都築は、本心では峻王のつがいが自分であることを快く思っていないかもしれないが、長老の月也の決定に背くとは思えない。彼らにとって、月也の決断はぜったいだからだ。

また、なんらかの経緯でマスコミが嗅ぎつけたのだとしても、そういった場合彼らは匿名掲示板にポストなどせず、自分たちのメディアで発表するはずだ。

（では誰が？）

眉間に皺を寄せて考えていて、ぴんと閃いた。タイミング的に、峻王の襲名を快く思わない勢力の仕業というのは考えられないだろうか。峻王の襲名を阻止するためのネタ探しで屋敷を張っていたところに自分が帰宅。とりあえず写真を撮り、そののち素性を調べて、明光学園の教師であることを知った――とか？

だったらなぜ峻王を強請らず、学校に矛先を向けたのか……そのあたりはわからないが、可能性としてはゼロじゃない。

侑希は、手のなかのスマホをいったんホーム画面に切り替え、通話アプリを立ち上げた。四国にいる峻王の携帯番号をタップしかけて、寸前で思いとどまる。昨夜の不安定な様子を思い出したからだ。明らかに、いつもの峻王じゃなかった。

傲岸不遜な俺様が、自信を失って、揺れているように見えた。

おそらくいまは、峻王の人生において、二度目の試練の時なのだ。

一度目は十六歳。唯一の味方である親兄弟や身内を敵に回してまで、繁殖の掟に逆らう自分との関係を一族に認めさせた。

そして二度目のいまは、三十歳という節目を目前にして、父という大きな壁を乗り越えようとしている。

ずいぶんと前だが、まだ迅人と賀門が出奔していた頃。このままだと跡継ぎがいなくなり、神宮寺の血が絶えることを危惧した自分は、散々思い悩んだ挙げ句、峻王に女性とのあいだに子供を作るべきじゃないかと提言したことがある。

峻王は激怒した。あんなに激高した峻王は、後にも先にも記憶にない。

――ふざけんな！　なにが女だ。あんた、俺があんた以外の女抱いても平気なのかよ!?

――嫌……だ。そんなの……嫌だ。

いま思い出しても史上最悪の黒歴史だ。

本当にそんなことをされたら立ち直れないくらいにヘコむくせに、中途半端な自己犠牲心に酔って、峻王の気持ちを試すような真似をした自分が恥ずかしくて死にたくなる。

そんな卑怯な自分に対して峻王は、「俺は神宮寺の家が俺の代で途絶えても構わない」と言ってくれた。

——あんたを泣かしてまで存続させる価値なんかねえよ。あんたがプレッシャー感じるってえなら、別にふたりで家を出てもいい。

——いいか？　あんた以上に大事なものはない。あんたが捨てろって言うなら何もかも捨てる。親だって身内だって関係ねえ。

——先生がこの世で一番大事なんだ。

——俺には、あんただけだ。

　そこまで言ってもらえる価値が自分にあるのか、いまだに自信がないが、それはともかくとして、峻王の言葉に嘘がないのは本当だ。

　ずけずけと本音を言うし、おべっかも使わない代わりに、峻王は言葉を飾ったり、嘘をついたりしない。ある意味、イノセントなのだ。

　少なくともこれまで、峻王のプライオリティの一番は、〝つがい〟である自分だった。

　これは自分にそれだけの魅力があるというような驕(おご)った意味合いではなく、獣人である峻王にとって、つがいの存在がそれだけ大きいということ。

　大げさに言えば、峻王はつがいの自分さえいれば満足で、それだけで生きていけてしまう。

　普通の人間が求める成功や名声、報酬には興味がなく、上昇志向や自己顕示欲(じこけんじよく)、承認欲求とも無縁。勝てて当然なせいもあるが、勝敗にも執着しない。興味を持ち、積極的にかかわろうとするのは、つがいと身内だけだ。

　ともすれば閉じた世界で完結して生きていけてしまう峻王が、自主的な行動ではないとはいえ、外の世界に踏み出そうとしている。

　責任という名の十字架を担(かつ)ぎ、たくさんの人間の生活を背負って立とうとしている。

　すごいことだし、かなり大きな進歩だ。

　持って生まれた器量、頭脳、胆力、カリスマ性は、神宮寺月也に勝らずとも劣らない。贔屓目(ひいきめ)ではなく、この先経験を積んでいけば、父を凌ぐ領袖(りょうしゅう)になる可能性を秘めていると思う。

　いまはそのために必要なもの——ポテンシャルは充分ながらこれまでの峻王になかったもの——を手にすることができるか否かの瀬戸際なのだ。だからこそ、かつてないほどにセンシティブになっている。

　ただでさえ精神的安定を欠く峻王をこれ以上惑わせて、足を引っ張ることだけはしたくない。

となると、やはり唯一の解決策は教師を辞めること。自分が教師でさえなければ、神宮寺とのかかわりを他者から責められることもない。

無職ならば、スキャンダルとして成り立たず、学園や生徒たちに迷惑をかけることもない。

(そうだ……やっぱりそれしかないんだ)

スマートフォンを握り締めておのれに言い聞かせていると、突然着信音が鳴った。びくっとして、危うくスマホを取り落としかける。

一瞬、峻王かと思ったが、持ち直したスマホのホーム画面に表示されていたのは、北村(きたむら)からのメール着信を知らせるポップアップウィンドウだった。

(北村!)

あわてて着信メールを開く。

【北村です。今日も学校を休んでしまってすみません。登校するつもりで駅までは行ったんですけど、人混みで気分が悪くなってしまって……。しばらくホームのベンチで休んで様子見していたのですが、どうしても電車に乗り込むことができなくて、結局引き返してきました。いま家です。先生がいろいろ骨を折ってくださったのに……すみません。喜んでいた母親もがっかりさせてしまった。自分が嫌になります……】

自責の念と苦悩が滲(にじ)む文面に、胸を突かれた。

いまこの瞬間も、北村はいじめの後遺症に苦しんでいる。いじめ行為がなくなったからといって、傷はすぐには癒えない。後遺症に苦しむ当事者は、みんながやっている普通のことができない自分を責め、無力感に苛(さいな)まれ続ける。

ここで自分が辞めたら、誰が傷ついた北村をサポートするのか。

後任者に念入りに引き継ぎをして、手厚いフォローアップを要請しても――もちろん担任として全力を尽くしてくれるとは思うが――うまくいくとは限らない。

このまま不登校から引きこもりになり、やがて鬱(うつ)病(びょう)を患(わずら)い、自死に至るという最悪の展開も、考えたくはないが、ぜったいにないとは言い切れない。

(それだけは、なにがなんでも阻止しなければ)

自分には担任として、北村の復帰をきちんと見届ける責任がある。

つい先程辞職の意思を固めたばかりなのに、北村のメールを読んだあとでは真逆の考えに傾いている。

自分が極端から極端に、振り子のように揺れているのを感じた。

　本当はなにがあっても揺るぎなく、どっしりと構えていなければならないのに、ブレブレで地に足が着いていない。

　教師としての未熟さを痛感しつつも、ひとまず、スマホの画面を指でタップした。おそらく直接話をする気分ではないだろうと思い、返信メールを打つ。

【メールありがとう。いま気分はどうですか？　少し落ち着きましたか。登校については焦る必要はありません。北村のペースでいいんだ。思い詰めず、自分を追い込まず、気長に考えていこう。お母さんには先生から電話をしておきます】

　メールを送信したあとで北村の母親に電話を入れ、北村からメールをもらったこと、彼が自分を責めてしまっていることを話した。

「親として心配するのは当然ですし、一緒に暮らしているお母さんが、そういったお気持ちを顔や態度に出さないのは難しいかもしれません。けれどいま息子さんはとてもナーバスになっているので、なるべく〝普通〟に接していただけると有り難いです。大丈夫です。必ず復学できますから、ここは焦らず、気長に見守っていきましょう」

　侑希の要請に母親も『わかりました。そうします』と応じてくれた。

　通話を切り、スマホをスーツのポケットに戻して、ネクタイのノットをわずかに緩める。

　気長に見守るしかないのはわかっているが、果たしてその時間は自分に残されているのか。

　考えても答えは出なかった。


　その日、定時後三十分の居残りで残業を切り上げた侑希は、ステンカラーコートを羽織り、マフラーを巻いて、ショルダーバッグを斜めがけにした。

「立花先生、お帰りですか？」

　帰り支度をする侑希に気がついた、隣の席の女性教師が尋ねてくる。普段は最低二時間は残業していくので、意外に思ったようだ。

　昨夜のセックスで酷使した体がキツいとは言えずに、

「ちょっと体調が優れなくて……」と曖昧な物言いでお茶を濁す。

「そうですか。風邪とインフルエンザ、流行ってますからお大事に。お疲れ様です」

「お疲れ様です。お先に失礼します」

まだまだ残業モードの周囲に声をかけ、軽く頭を下げて職員室を出た。ほぼ半日立っていたせいか、三時頃から痛み始めた腰を庇いつつ、重い足取りで教職員用の玄関ホールへと向かう。

授業と授業のあいだの空き時間に、匿名掲示板をちょくちょくチェックしていたが、いまのところ例の投稿以降に、新たな書き込みは投下されていなかった。件の投稿に対するレスポンスも数えるほど。それも全部、どうでもいい冷やかしだ。

自分の顔がはっきり写っていないのと、学校とやくざ組織の名称が明らかにされていないせいか、スレッドの住民の食いつきはいまひとつのようだ。日常的に投下されるガセネタやフェイクに慣れ、感覚が麻痺しているのかもしれなかった。

そうはいっても安堵するのは早い。投稿者が切り札として、もっと顔写りが鮮明な写真を持っており、反応が薄いことに業を煮やして再度ポストされる危険性もある。よりセンセーショナルに、自分の名前や大神組の名称を書き込まれる可能性だってある。

敵の正体も狙いもわからないので、次の展開の予測がつかなかった。

この先、どうなるんだ。一体なにが狙いなんだ。ターゲットは自分？　峻王？　大神組？　明光学園？

そもそも誰なんだ……。

業務中はやらなければならないことを優先して、頭の片隅に追いやっていた疑念と改めて向かい合うと、たちまち疑問符が増殖していく。しかもどんなに考えても答えは出ず、気分が重苦しくなるばかりだ。

（一応、都築さんに報告したほうがいいのか？）

月也と岩切は峻王の四国行きに同行しているが、留守を任された都築は東京に残っているはずだ。

峻王には言わないで欲しいと口止めした上で、こういうことがあったと伝えるべきだろうか。現段階でターゲットが大神組である可能性も否定できないのだから、知らせたほうがいい気がする。

けれど、もし都築の口から峻王に伝わってしまったら……。

（まずい。……それはまずい……）

悶々と思い悩みながら玄関ホールで革靴に履き替え、

教職員と来客専用のエントランスを通過して、冷たい外気のなかに足を踏み出す。

　右手に広がる校庭から、部活に励む生徒たちの声が聞こえてきた。だが彼らの姿自体は、そびえ立つコンクリートの壁に阻まれて見えない。二十メートルは続く壁の前に、職員および来客用の駐車スペースが並んでいた。暮れなずむ駐車場には、区画を示す白線と、数台の車のシルエットがぼんやり浮かび上がっている。

　五段ほどの短い階段を降りた侑希は、正面の通用門を目指して歩き出した。ほどなくして、パーキング中の一台の車の陰から、不意にふたつの人影が現れる。

「………っ」

　外灯の光で黒く塗り潰されたふたつのシルエットは、迷いのない足取りでまっすぐ近づいてくると、行く手を阻むように侑希の前で止まった。ここまで近寄れば、ふたりが明光学園の制服を着て、スクールバッグを肩にかけていること、さらにその容姿も判別がつく。共によく見知った顔だ。

「遠藤……と円城寺？」

　昨日数学準備室で自分たちの愚かな行為を反省し、殊勝なそぶりを見せていた生徒たちは、いまはその顔に薄笑いを浮かべている。

「待ちくたびれたっつーの」

　遠藤が発した台詞で、待ち伏せされていたのだと気がついた侑希は、つと眉をひそめた。普段と違うやけに馴れ馴れしい物言いに違和感を覚えたが、できるだけ落ち着いた声で「どうしたんだ？」と問いかける。

「なにか話があって待っていたのか？」

　円城寺がニヤニヤ笑いを深めた。

「先生さー、なんか今日ずっとジメってたけど、教頭に呼び出しくらって怒られた？」

「学校クビになっちゃうとか？」

　遠藤は外国人を思わせるジェスチャーで肩をすくめ、「でもしょーがないよね」とつぶやく。

「やくざと繋がってるし」

「黒い交際ってやつぅ？」

　掛け合いのようなやりとりのあとで、大口を開けてゲラゲラと笑い出したふたりに、侑希は想像もしなかった犯人の正体を見た。

「あの投稿はおまえたちだったのか」

　落胆と失望が滲んだ声を出すと、遠藤が悪びれることなく「そ。俺ら」とあっさり認める。

「昨日はとても深く反省しているように見えたが……」

「まあ、あの場はさ、建前上ああしとかないと、オヤ呼び出されるとめんどくせーし」

「…………」

半泣きの謝罪は演技だったようだ。そんなこととは、ゆめゆめ思わなかったおのれの甘さに臍を噛む。

「けど、もうそんな必要もない。あんたの弱みは摑んだから」

遠藤が明るい色の目を狡猾そうに細めた。

「昨日の放課後、俺のあとをつけたのか？」

「まーね。えっらそうに説教された上にトークグループ退会させられて超ムカついたし、このまま卒業まで頭上がんないとかジョーダンじゃねーっつーの」

「弱み握られたら、こっちも握り返すしかないっしょ」

円城寺の口調はあくまでも軽い。まるでゲームかなにかの話をしているノリだ。

「んで、学校から帰ってくあんたをつけてったら、めっちゃ雰囲気あるデカい家に入ってくじゃん。どーせシケたアパート住みだと思ってたから、驚いて写真撮ってからマップアプリで検索したら『神宮寺』って家だってわかった。さらに深掘りしてってたら、まさかのやくざの組長に辿り着いてマジかよ⁉　って」

話しているうちにそのときの興奮が蘇ってきたのか、遠藤の声が尻上がりに高くなった。

「それな！　堅物数学教師がヤーさんの屋敷に住んでるとかギャップ激しすぎっしょ！」

円城寺のテンションも上がる。

教え子たちが盛り上がるのとは裏腹に、侑希の気持ちはじわじわと沈んだ。

「それで、撮った写真を学校関係者が集う匿名掲示板にポストしたのか」

「もっとバズるかと思ってたけど、イマドキあの程度のエサじゃ食いつかねーのな」

円城寺が不満そうに口を尖らせ、遠藤は「だから表現がぬるすぎるって言っただろ？」と相棒に文句を言う。

「はあ？　おまえが直前でビビったんじゃん」

「おまえだって実名出すのはやべえって言っただろ！」

仲違いを始めたふたりに割り込むように、侑希は

「学校に電話をかけたのもおまえたちだな？」と確認した。

「あー。それ俺」

遠藤が挙手する。

「掲示板がいまいちバズんねーし、校長とか教頭が気がつくまで待ってんのもたりーし。直接見ろって言ったほうが早ぇって話になって」

計画では、掲示板の投稿が騒ぎになり、すぐに学園の上層部の耳に入る予定だったが、思っていたより炎上しなかったので、痺れを切らして電話をした――という流れのようだ。

「あれ見たら、ふつークビでしょ」

「な？」

顔を見合わせたふたりが、「ウェーイ！」と歓声を上げると、それぞれが親指を立てた。

どうやら、今日一日自分を観察した結果、物憂げな表情や精彩を欠いた言動から、クビになったと思い込んでいるらしい。

（自分たちの計画が成功して、鼻高々といったところか……）

だが一応、本人から解雇の確認を取ろうと思い、待ち伏せしていたようだ。確かに通常ならば、進退を問われるケースに違いない。

「おまえたちの高い鼻をへし折って悪いが、クビにはなっていない」

生真面目な表情で告げると、教え子たちがぽかんと口を開けた。数秒間、呆気にとられた顔をしていたが、やがて同時に「えーっ」と不満を表明する。

「意味わかんねーっ」

「教師がやくざの家に住んでてオッケーなのかよ!?」

「そんなんアリ!?」

もっともな言い分だったが、あえてブーイングには取り合わずに、逆に質問した。

「おまえたちの要求は俺の辞職なのか？」

「……邪魔なんだよ」

ニキビひとつないつるっとした顔にありありと不快感を浮かべ、遠藤が吐き捨てる。

「俺らは三十位以内をキープして合格率を上げる。その代わり、あんたら教師は俺らの世界に首を突っ込まない。それが暗黙のルールだろ？　あんた、それを破ったんだ。責任取って辞めろよ」

自分勝手な主張に、侑希は言いようのない疲労感を覚えた。

「目障り（めざわ）なんだよ。とっとと辞めろ」

低い声で恫喝（どうかつ）してくる教え子の顔を見据えて、きっぱりと言い切る。

「辞めない」

「辞めない？」

遠藤が片方の眉を不服そうに跳ね上げた。

「ここで屈したら、おまえたちの言い分を認めたことになる。俺に言わせれば、おまえたちのほうがルール違反だ。本来ならば全員が平等であるはずの教室にカーストを持ち込み、ひとりの生徒を意図的に貶（おとし）めて排除した」

「なに偉そうなこと言ってんの？　なんで上から目線なんだよ？　教師なんて俺らが払った金で生活してんだろ？」

「つまり、俺らが雇い主ってことじゃん」

円城寺が嘯（うそぶ）いた。

「論旨をすり替えるのはやめなさい」

厳しい声音でふたりを叱る。

「授業料を払っているのはおまえたちじゃない。保護者だ。仮に自分で払っていたとしても、おまえたちが北村にしたハラスメントは正当化できない。自尊心を攻撃して支配する――典型的なパワハラであり、いじめだ」

「はっ……北村！」

遠藤が鼻先で笑った。

「〝空気〟のくせに先公にチクりやがって」

「ったく、根性ねーよなー。ちょっとハブられたくらいで不登校とか、ほんと根性なし。おかげで大事（おおごと）になって、こっちはいい迷惑だっつーの」

北村にあれだけの精神的苦痛を与え、追い詰めておいて、その言い草はなんだ。

なにが迷惑だと怒鳴りつけたい衝動を、侑希はぐっと堪（こら）えた。声を荒らげたら負けだ、平常心だと胸中で唱（とな）える。

「とにかく」

なんとか心を落ち着かせて言葉を継いだ。

「この件については、一度保護者の方を交えて話し合う必要がある。おまえたちの処遇はその面談次第だが、個人的な見解としてはスクールカウンセラーのカウンセリングを受けたほうがいいと考えている。ご両親にもそうお伝えするつもりだ」

とたん、遠藤が形相を変える。前屈みの姿勢でずいっと詰め寄ってきて、斜め下から上目遣いに睨めつけてきた。

「オヤに言うとか、ふざけんな。あの写真、校内でバラ撒かれていいのかよ？」

円城寺も制服のズボンのポケットに両手を突っ込み、距離を詰めてくる。

「黒い交際が明るみに出たら、あんたを慕ってる真面目ちゃんたちもショック受けるんじゃね？」

「あとな、あんたのオキニの北村の生殺与奪握ってんの、俺らだから」

「そうそう。生かすも殺すも俺ら次第。崖っぷちのあいつを後ろから指でつついたらどーなるのかなぁ？」

交互に脅しをかけて揺さぶってきたが、侑希は表情を変えなかった。

わずかでも怯んだ様子を見せたら、ここぞとばかりに攻め込まれると思ったからだ。それなりに長い教師生活で、生徒に舐められたら終わりだと、身にしみてわかっている。

「……ちっ」

眉ひとつ動かさない侑希に舌打ちをした遠藤が、円城寺に意味ありげな目配せを送った。それを受けて円城寺がうなずく。

直後、円城寺が遠藤の前に回り込んだかと思うと、出し抜けに右手を振り上げた。その手を遠藤の顔目がけて振り下ろす。ラグビー部のレギュラーを張る円城寺の平手は破壊力抜群だった。バシッという破裂音が響き、遠藤が吹っ飛ぶ。

「なっ……」

思いも寄らない展開に不意を衝かれ、数秒間フリーズしていた侑希は、コンクリートに倒れ込んだ遠藤の上に円城寺が馬乗りになるのを見て、あわててふたりに駆け寄った。

「なにをしているんだ！　やめなさい！」

円城寺の背中にしがみついた瞬間、遠藤が「うわーっ」と大声を出す。それが合図だったかのように、円城寺が侑希の手を振り払って立ち上がった。

「うわああ……」

腫れ上がった頬を手で押さえて、遠藤は叫び続けている。

「遠藤！　大丈夫か⁉」

怪我の具合を案じた侑希が、叫ぶ遠藤の顔を覗き込んだときだった。

「どうした!?」

背後から届いた声に、ぱっと振り返る。玄関エントランスのガラス扉を押し開けて、同僚の社会科教諭が飛び出してくるのが見えた。

おそらく玄関ホールで靴を履き替えていたときに遠藤の叫び声を耳にしたのだろう彼が、階段を駆け降りてくる。そのまま駆け寄ってきて、コンクリートに尻(しり)餅(もち)をつく遠藤とその上に覆い被さっている侑希——という変則的な組み合わせの前で立ち尽くした。

「立花先生……これは?」

困惑した表情で問いかけてくる、同僚の問いに侑希が答えるより先に、遠藤が口を開く。

「先生に暴力を振るわれました」

「僕も見ました」

遠藤の告発を、殴った当人である円城寺がすかさずアシストした。

「話をしているうちに言い争いになって……先生がいきなり遠藤を殴ったんです」

「私は遠藤を殴っていません」

改めてそう申し立てる侑希に、正面の教頭がため息混じりにつぶやいた。

「……そんなことはわかっているよ」

教頭と並んでソファに座る近藤も、渋い表情で「長いつきあいだ。きみが暴力をふるうような教師ではないことは、みんな知っている」と言う。言葉ではフォローしてくれたものの、その顔には、面倒なことをしてくれたという苦い心情がありありと浮かんでいた。

「…………」

校長室の応接セットに重苦しい沈黙が横たわる。侑希がいま腰掛けている肘掛け椅子と、並びの椅子には、つい先程まで、遠藤の父親と円城寺の父親が座っていた。

——先生に暴力を振るわれました。

——僕も見ました。

——話をしているうちに言い争いになって……先生がいきなり遠藤を殴ったんです。

遠藤の主張を、現場に居合わせた円城寺も擁護(ようご)して、侑希は窮地(きゅうち)に陥(おちい)った。

自分はやっていないと身の潔白を主張する侑希と、〝立花加害者説〟を唱える教え子たちとは、真っ向から対立した。

同僚の社会科の教師は、『私が遠藤の叫び声を聞いて外に飛び出したときには、地面に遠藤が尻餅をついており、その上に立花先生が覆い被さっていました。円城寺は少し離れたところに立っていました』と証言した。

これは彼の目に映った事象としては正しいが、彼は〝終わったあと〟に現れたので、正確には目撃者とは言えない。

当事者三名以外の目撃者はおらず、二対一で主張が食い違っている。侑希の主張は多数決原理において相対的な少数。完全に不利だった。だからといって、やってもいない罪を被るわけにはいかない。

互いに主張を譲らず、膠着状態に陥ったので、遠藤と円城寺の保護者が呼び出された。

その間、患部を冷やしても顔の腫れが引かなかった遠藤は、連絡を受けて迎えに来た母親と病院へ向かい、精神的なダメージを受けた（と主張した）円城寺も、同じく迎えに来た母親と自宅に戻っていった。

残った父親たちは、仕事中に呼び出されたことに対する腹立ちも手伝ってか、加害者と糾弾された侑希と学園2トップの近藤、教頭を責め立てた。

『教師が生徒を殴るとは、一体どういうことですか！』

憤懣やるかたないといった顔つきで声を荒らげたのは、遠藤の父親だ。文京区内で開業医をしており、明光学園の卒業生でもある。

『教育現場で暴力沙汰だなんて信じられない。この学園のガバナンスはどうなっているんだ』

腕組みをして、憮然と吐き捨てたのは円城寺の父親。施工会社を経営しているらしいが、第二ボタンまで開かれたシャツの胸元から、ゴルフ焼けとおぼしき浅黒い肌と金の鎖が覗いている。

『私が在校していた頃は、こういった不祥事は起こり得なかった。こんなふうにキレる教師に特進クラスを任せるなんて、上層部はどういうつもりなんですか？』

『というか、まずは謝罪じゃないの？』

ふたりの父親が、ソファに座る校長、教頭、侑希に、苛立った声を浴びせかけた。

『いえ、あの……立花先生は非常に優秀なベテランで、生徒からの信頼も篤くてですね……』

言い訳を始めた教頭を、『そんな教師が暴力ふるうか？』と遠藤父が遮り、侑希を睨みつける。

しかしどんなに睨まれても、やっていないことは認められない。

『私は暴力をふるっておりません』

侑希は神妙な面持ちで嫌疑を否定した。

『やってないってどういうことだ？　あんたはうちの息子が嘘をついているとでもいうのか？』

『そうだよ。それならうちの息子も口裏を合わせていることになるぞ』

父親たちがまなじりを吊り上げて、口々に抗議する。

『百歩譲って、もしあんたがやってないなら、息子を殴ったのは誰なんだ？』

遠藤父に問い詰められ、侑希は少し迷ったが、『円城寺くんです』と真実を告げた。円城寺父が顔色を変える。

『昌也が殴っただって？　ふたりは親友なんだぞ』

『そうだ。だいたいなんで彼がうちの昴にそんな真似をするんだ』

『……わかりません』

本当は自分に暴行の罪を着せて、辞職に追いやるための狂言であることはわかっている。

だが、わからないと言うしかなかった。狂言であると言えば、当然、なぜふたりがそんなことをしたのかという話になる。

そうなったら、これまでの経緯をすべて明らかにしなければならない。

――オヤに言うとか、ふざけんな。

――あの写真、校内でバラ撒かれていいのかよ？

――あとな、あんたのオキニの北村の生殺与奪握ってんの、俺らだから。

――そうそう。生かすも殺すも俺ら次第。崖っぷちのあいつを後ろから指でつついたらどーなるのかなぁ？

遠藤と円城寺の「自分たちが北村の命運を握っている」という言い分は、虚仮威しではない。

教師と生徒のあいだには深い溝があり、特に生徒側から見えない一線を引かれているというのは、教職に就いていて実感することだ。

彼らにとって教師は仲間ではない。外側から注意深く見守り、必要に応じて適宜フォローは入れるにせよ、クラス内の人間関係は、基本生徒の自主性に任せるしかないのだ。

もう一度、いじめのターゲットにされたら、今度こそ北村は立ち直れないほどに傷つく。

脅しに屈するのは業腹だが、北村の命運を握られている以上、彼らの罪をここで明らかにすることはできなかった。

『わからない？　その場にいたんだから経緯は見てたでしょう？』

遠藤父が苛立った声を出す。その問いかけに、侑希は極力淡々とした声音で状況説明を試みた。

『本当に、なんの脈絡もなく、いきなり殴ったんです。その後、円城寺くんが遠藤くんに馬乗りになろうとしたので、あいだに割って入りました。すると遠藤くんが叫び声をあげて、その声を聞きつけた社会科の井出(いで)先生が駆け寄っていらした。以上が、私が見たすべてです』

『おい！』

ガタッと立ち上がった円城寺父が、侑希を指さして『嘘をつくな！』と怒鳴りつける。

『自分の罪を生徒になすりつけるとか、とんでもない教師だな！』

教頭があわてて立ち上がり、エキサイトする保護者を『まあまあ』と宥(なだ)めた。

『落ち着いてください』

『円城寺さん、我々は大人です。話し合いで解決しましょう。どうかお座りになってください』

近藤にも諫(いさ)められ、円城寺父が不承不承といった顔つきでどすっと腰を落とす。ちらっと高級腕時計に目を走らせた遠藤父が『とにかくね』と切り出した。

『うちの息子が偽証していると言うのなら、その証拠を出してください』

『証拠はありません』

『だったら……！』

『しかしながら、息子さんたちが正しいという証拠もありませんよね？　ふたりは親友同士なので、口裏を合わせる可能性も高い』

侑希の切り返しに、遠藤父がぐっと詰まる。眉間に皺を寄せた円城寺父が、フラストレーションの発露(はつろ)のように、肘掛け椅子のアームを指でトントンと叩いた。

その後も話し合いは平行線が続き——仕事を中座してきた父親たちにタイムリミットが訪れたのと、遠藤の怪我が軽傷であったという報告メールが付き添いの母親から届いたのを機に、いったんお開きとなった。

それが五分ほど前だ。

「立花くん、重々身辺に気を配って欲しいと頼んだばかりだよね？」

教頭が立腹を隠さずに、刺々しい声を出す。

「……申し訳ございません」

それに関しては、ひたすら謝るしかなかった。嵌められたとはいえ、教え子ふたりの暴走を事前に止められなかったのは自分の力不足だ。

北村に対するいじめ行為が判明した時点で、遠藤と円城寺の二面性に気がついていたのに、どこかでまだ信じたい気持ちが勝っていた。いや、裏の顔こそが本性だと信じたくなかったのだ。

信じたくなくて、現実から目を逸らした。

自分は生徒たちの、なにを見ていたんだろう。

理解しているつもりで、なにもわかっていなかった。

（……教師失格だ）

「まったく、釘を刺した直後にこれかね」

教頭がブツブツと文句を垂れたとき、コンコンコンとノック音が響いた。近藤と教頭が顔を見合わせる。意味ありげな視線を交わし合い、うなずき合ったあとで、教頭がドアに向かって「どうぞ」と入室を促した。

「失礼します」

聞き覚えのある声に続いて、ガチャリとドアが開く。三つ揃いのスーツを隙なく身につけ、日本人離れした端整な面立ちにシルバーフレームの眼鏡を装着した男の登場に、侑希は思わず腰を浮かした。

「都築さん⁉」

男の肩書きは大神組若頭補佐だが、ぱっと見で浮かぶのは、エリート官僚か、弁護士や会計士などの士業だ。

（な、なんでここに？）

インテリ然とした物腰の男を呆然と見つめていると、都築が近藤と教頭に軽く頭を下げる。

「ご連絡をありがとうございました」

「……連絡？」

応接セットに歩み寄ってきた都築が、侑希の怪訝そうなつぶやきに答えをくれた。

「ご両名には、立花先生の周辺でトラブルが起こった場合はご一報をいただけるよう、お願いしてあったのです」

「えっ……」

　驚いて近藤と教頭を振り返ると、共に気まずい表情を浮かべている。やがて教頭がこほんと咳払いをした。

「まあそういうことなので、今朝きみと話をしたあと、匿名掲示板の件を都築氏にメールで知らせておいたんだ」

「せっかく迅速な対応をしていただいたのに、私がこの時間まで所用で動けず、遅くなってしまいました。すみません」

「いえいえとんでもない」

「こちらこそご足労いただいて」

　どことなく媚びがひそんだ近藤と教頭の声を耳に、侑希は遅ればせながら事情を呑み込んだ。

（そうだったのか）

　おそらくその〝取り決め〟は、自分が神宮寺の屋敷で暮らし始めた頃からあったのだろう。

　部外者の都築には、学校での自分の様子を窺い知ることはできない。従って学園内に協力者が必要だった。そこで白羽の矢が立ったのが、当時は学年主任であった近藤と、同じく学年副主任であった教頭だった。都築はなんらかのインセンティブ――盆暮れの挨拶にかこつけた金品かもしれない――と引き換えに、自分をそれとなく見張り、なにかあったら情報を流すよう両名に頼んだ……。

（そこまでしなくても、神宮寺一族の不利益になるようなことをするわけがないし、秘密を口外したりしないのに）

　思わず恨みがましい目つきで、都築を見てしまう。だが都築は、侑希の含むところのある視線をクールに受け流した。

　ショックはショックだったが、一方で、彼の立場上仕方がないことであるのもわかっている。

　都築だって自分を信頼していないわけではないのではないか。初期の頃ならいざ知らず、十年以上のつきあいを経た現在、今更裏切ることはないと思っているはずだ。

　だが三者三様の御三家において、わけても都築に求められているのは、情に流されないシビアな客観性だ。安に居て危を思う。

　ふたりの密告者は、いわば掛け捨ての保険のようなものなのかもしれなかった。

「掲示板の件に続いて、受け持ちの生徒とのあいだにもトラブルがあったとか？」

侑希の内心の葛藤を知ってか知らずか、都築が教頭に水を向ける。

「そ、そうなんです」

いつもは尊大な教頭がしきりと瞬きをする様子に、現役のやくざへの気後れが垣間見えた。

「メールにも書きましたが、特進クラスの遠藤という生徒が、立花先生に暴力をふるわれたと主張しまして。しかし立花先生は自分はやっていないと。保護者も呼んで話し合いの場を持ったのですが、結局、双方の言い分が相容れないまま時間切れとなりました」

「わかりました。その件については、私が立花先生から直接お話を伺います。今日は朝からいろいろあって先生方もお疲れでしょうから、土日を挟んで、週明けにもう一度話し合うということでいかがですか？」

都築の確認に、教頭と近藤はどこかほっとした表情を浮かべる。

「けっこうです。遠藤もこの週末で腫れが引いて、週明けには精神的にも落ち着いて登校してくるでしょうから、月曜日に改めて話を聞くことにしましょう。立花くんもそれでいいね？」

教頭の言うとおり、クールダウンするためにも、インターバルは必要かもしれない。

冷静になった遠藤と円城寺が、自分たちの直情径行な言動を悔いることを期待して――望みは薄いとは思うが――侑希も「はい」とうなずいた。

「立花くん、では月曜日に」

厄介払いができて晴れ晴れとした顔つきの近藤に、「お先に失礼します」と頭を下げる。

「都築さん、本日はお疲れ様でした」

「お邪魔しました。――先生、では参りましょう」

都築に促され、身支度をして校長室を辞した。少し前を歩く男のぴんと伸びた背筋を追って廊下を歩き出す。窓の外はすっかり陽が落ち、校内にも人の気配をほとんど感じられない。

（……疲れた）

校長室を出た瞬間にどっと疲労感が押し寄せてきて、いまは足を動かすのも、口を開くのも億劫だった。

都築がなにも言わないのをいいことに、会話する努力を放棄する。無言のまま玄関ホールで靴を履き替え、教職員用のエントランスを通過して、来客用の駐車スペースに駐めてあったシルバーボディのハイブリッド車まで辿り着いた。都築がスーツのポケットから取り出したリモコンキーで車のロックを解除して、「どうぞ乗ってください」と促す。

侑希が助手席、都築が運転席に乗り込み、それぞれシートベルトを装着した。駐車場を出た車が、通用門を抜けて公道を走り出してから、やっと重い口を開く。

「都築さん……ご迷惑をおかけしてすみませんでした」

さっき都築は「この時間まで所用で動けなかった」と言っていた。実のところ、月也と岩切、峻王が不在のいま、都築はひとりで会社と組の留守を預かっている。そんなときに問題を起こしてしまって、本当に申し訳なかった。

「お忙しいのに迎えにまで来ていただいて……」

後ろめたい心情でつぶやくと、都築はステアリングを握りながら「峻王さんが不在でよかったです」と言った。

「あの人は、あなたのこととなると正気を失いますからね」

「……峻王には知られたくないんです。大事な時ですから」

「そうですね。同感です。いまが正念場ですから」

同意を得られてほっとする。どうやら峻王には言わずにいてくれるようだ。

「先生、一体なにがあったんです？　写真を撮られて投稿されたのと、生徒とのトラブルは関連があるんですか？」

都築にはすでに、おおよそのところを知られてしまっている。今更隠しても仕方がない。

そう思った侑希は、ここに至るまでの経緯を説明した。

受け持ちの生徒である北村の不登校から始まった、遠藤と円城寺との諍い。自分たちの裏の顔を知った担任を疎み、排除したいと考えたふたりに、神宮寺の屋敷に入るところを写真に撮られてしまったこと。

その写真を学校関係者が集まる匿名掲示板に投稿され、教頭に匿名で密告されたこと。

ふたりは当然、やくざとかかわりがある担任はクビになるものと思い込んでいたようだが、彼らの与り知らない大人の事情でそうはならなかった。

今日の放課後、担任を待ち伏せていたふたりは、自分たちの思惑が外れたことを知って憤り、さらに侑希の『一度保護者の方も交えて話をしよう』という言葉に逆上。

示し合わせた上で、円城寺が遠藤を殴り、その罪を侑希に着せた――。

「……なるほど。そういうことですか」

侑希の説明を聞き終えた都築が、片手で眼鏡のブリッジをカチッと持ち上げる。

「先生と峻王さんがつがいになってから、私があの欲の皮が突っ張ったふたりを介して先生の学校生活をマークしていたのは、先程申し上げたとおりです。当時は先生を見張る必要があった。ただしその必要性は年々薄れていきました。先生が神宮寺を裏切るような方でないことは、いまはもうわかっています」

「都築さん……」

男の、情に流されない冷徹な性質を知っているからこそ、暗に「信頼している」と伝えられて、胸が熱くなった。

「ではなぜ監視を続けたのか。それは、教師とやくざの繋がりが、世間一般では許されないからです。教師は聖職者と見なされ、清廉潔白であることが求められる。コンプライアンスが重要視される昨今、教師がかかわってはいけない者の筆頭がやくざです。神宮寺は先生にとって唯一のウィークポイントであり、峻王さんとつがいであることは、いつ爆発するかわからない火種を抱えているのも同然」

「俺は神宮寺とのかかわりが自分のウィークポイントだなんて思っていません！」

侑希の反論を、都築の冷静な声が「思っていようがいまいが、それが事実なんです」と切って捨てる。

「……っ」

「はっきりと申し上げて、来るべきときが来たというだけです。今回のようなトラブルは、過去のいつ起きてもおかしくなかった。これといって波乱のなかったこれまでが幸運だったのです」

ぴしりと言い切られて息を呑んだ。

（これまでが幸運だった……？）

前方をまっすぐ見据えて、都築が言葉を継ぐ。

「綱渡りがうまくいっていたのは、月也さんが矢面に立っていたせいもあったでしょう。ですが、代替わりした先は未知の領域です。教師であることと、大神組組長の伴侶であることを両立させるのは、並大抵ではありません」

そこで初めて、都築の切れ長の目が、助手席の侑希を見た。

「御三家の一員としてお願いします。峻王さんの襲名を四月に控えるいま、先生には改めて、つがいとしての覚悟を決めていただきたい」

6

四国はその名が示すとおりに愛媛・香川・徳島・高知の四県で構成されているが、今回の挨拶回りでは愛媛と高知の二県をそれぞれ一日ずつ、都合二日で巡る日程が組まれていた。

初日の朝、父の月也と叔父の岩切、峻王、護衛要員として帯同した腕に覚えのある組員三名の計六名は、愛媛の松山空港に飛んだ。昼前に到着して道後温泉にある老舗旅館にチェックイン。宿で昼食を取ったのち、二台の車に分乗して市内へ移動し、父の兄弟分にあたるふたりの組長を訪ねて回った。いずれも、峻王にとっては初顔合わせとなる親分だ。

まずは現組長の父自ら健康状態を説明し、そういった事情から身を引くことを改めて口頭で報告する。続いて跡をとる峻王が挨拶をしたのちに、襲名式への参加を重ねて要請した。

先方の反応は、残念ながら上々とは言えなかった。どちらともつかない曖昧な態度を取られたり、露骨に難色を示されたりと、総じて幸先がいいとは言いがたいものだった。不発に終わった二件の組長訪問後は、夜の六時から、地元の顔役との会食の予定が入っていた。

その顔役にはなぜかひどく気に入られ、料亭での会食がお開きになったあとも、あちこち連れ回された。会員制のクラブや飲み屋をはしごして、宿に戻ってこられたのは深夜近かった。

「峻王、初日から盛りだくさんだったが、ご苦労だった」

叔父の労いに「叔父貴こそ」と返す。父の月也は体調を理由に会食後、先に宿に引き上げていたが、叔父は最後までつきあってくれた。

「明日は朝一番で高知に移動だ。夜更かしせずに早めに休めよ」

「わかってるよ。さすがに疲れたし、風呂に入って寝る」

ロビーで叔父と組員たちと別れ、あてがわれた部屋に引き上げる。八畳の主室と六畳の続きの間から成る和室だ。中庭に面した細長い板の間もついている。障子が開け放たれた窓からは、月齢十四日の月が見えた。

ネクタイを解きながら備えつけの小型冷蔵庫を開け、ミネラルウォーターのペットボトルを取り出す。パキッとキャップを捻（ひね）り、冷えた水をごくごくと喉に流し込んだ。

「……ふー……」

一気に一本を空にして、濡れた口許を手の甲でぐいっと拭（ぬぐ）う。その手をジャケットの内ポケットに突っ込み、スマートフォンを取り出した。つい今しがた帰りの車のなかでもメールとトークアプリをチェックしたばかりだったが、再度チェックする。

「……来てねーし」

ため息混じりの落胆の声が零（こぼ）れた。

日中も隙を見てはチェックしていたが、着信するのは会社関係のメールばかりで、期待していた相手からは一通も届かなかった。トーク画面も数日前のやりとりで止まっている。

電話してみようかとも思ったが、時間を考えてやめた。普段ならもう寝ている時間だ。

メールもメッセージも……もし就寝中だったら着信音で起こしてしまうかもしれない。

たぶん、今日の立花はすごく疲れているはずで、そうさせたのは自分だ。

ただでさえフラストレーションが溜まっていたところに、恋人がなにかを隠している気配に苛立ち、ガキみたいにキレて、無理矢理抱いてしまった。拒絶されるのを恐れ、逃げられないようにネクタイで縛ってまで自分のものにした。禁欲が続いていたとはいえ、ひどい奪い方だ。

（〝みたい〟じゃねえ。ガキそのものだ）

しかも、一度その甘い体を味わったらブレーキが利かなくなり、立花が意識を失うまで執拗（しつよう）に抱いてしまった。

一晩中責め立てられ、何度も中イキさせられて、かなり体力を消耗（しょうもう）したのだろう。今朝は自分がベッドを抜け出したのにも気づかずに、出かける間際に寝室を覗いた際も昏々（こんこん）と眠り続けていた。もともと白い肌がひときわ青白く見えて、思わず息を確かめてしまったくらいだ。

規則正しい呼吸を確認してほっとしたが、そうなると今度は、よく眠っている恋人を起こすのが忍びなくなった。少しでも長く寝かせておいてやりたい。

恋人の〝なか〟に散々吐き出してすっきり目覚めた

自分への後ろめたさも手伝い、結局、声をかけずに家を出てきた。平日はスマホのアラームを六時半に設定しているので、遅刻はしなかったはずだが。

（まったくどうかしてた……）

冷静になればなるほど、昨夜の自分の愚かな振る舞いに自己嫌悪と罪悪感が募り、電話はおろか、メールやメッセージを送るのも躊躇われた。いろいろな感情が複雑に入り組んだ、昨夜の心理状況を説明するのに、文章では言葉足らずになりそうだったからだ。「あとでちゃんと電話で謝ろう」「授業中かもしれないし、もう少し経ってから」などと自分に言い訳をしては、先送りにし続けた。

気後れなんて柄じゃない。そんなキャラかよ？　と自分で自分に突っ込んだが、どうしても踏ん切りがつかなかった。そのくせ今朝見た青白い貌が頭から離れず、学校でフラフラしていないだろうか、ちゃんと授業ができているだろうか、食事は取れているだろうかなど、立花のことばかり考えてしまう。

目の前にずらりと強面の組長と幹部連中が並んでいる――跡目としての真価を問われる場面にもかかわらず、どこか上の空の自分を感じていた。


「……ったく、なにやってんだ」

喉の奥から苛立ちの声が漏れる。

若造扱いされてイラついていたくせに、自分から未熟さを露呈して。ここぞという重要なシーンで心ここにあらずでは、父の跡取りとして認められなくても仕方がない。

いまの自分はまさしく半端な未熟者で、年上の恋人に子供扱いされて当然だ。

「くそっ」

腹立ち紛れに整えていた髪をぐしゃぐしゃに乱して、ネクタイを乱暴に引き抜く。荒んだ心のままに手荒くスーツを脱ぎ、乱れ箱から取り出した浴衣を羽織った。帯をぎゅっと結ぶ。

ここで自己嫌悪に浸っていたって、なんの解決にもならない。四国での挨拶回りはもう一日ある。むしろ明日の高知がメインだ。今日の失態を挽回するためにも、明日に備えて早めに寝る。立花には明日電話をする。

（その前に風呂だ）

やるべきことを整理した峻王は、部屋から出て、大浴場に向かった。入浴時間のデッドまで三十分ほどなので、黒光りする板の廊下をやや急ぎ足で歩いていると、中庭に面した休息所に見覚えのあるシルエットを認めた。

休息所は共有スペースだが、時間が遅いせいか、ほかに人影はない。

「親父」

浴衣に茶羽織を重ね、腕を組んで窓の外の皓月（こうげつ）を眺めている父に歩み寄った。先に宿に帰っていたので、もうとっくに寝ていると思っていた。

「なにしてんだよ？」

父がゆっくりと振り返り、無言で顔を見つめてくる。ほどなく、薄赤い唇を開いた。

「……今日一日、心ここにあらずだったな」

言い当てられて、じわりと眉をひそめる。脳内は立花のことで占められていたとはいえ、言動には出していないつもりだった。表向きはそつなくやり遂げたし、おそらく叔父や部下は気がついていないと思うが、父にはお見通しだったようだ。

まだまだ甘い自分に臍を噛んでいると、「なにを迷っている？」と水を向けられる。

反射的に「別に」と受け流そうとして、ふと気が変わった。

考えてみれば、父とふたりきりで話す機会などそうそうない。父はいつも取り巻きに囲まれているし、屋敷のなかでさえ叔父が常に側（そば）にいる。

過去を振り返っても、父はいつだって遠い存在だった。父親というよりは一族の長老という認識のほうが強く、どちらかというと、親しみより畏（おそ）れに近い感情を抱いてきた。

子供時代に厳しくしつけられた記憶こそあれ、親子らしいスキンシップの思い出はない。絵本を読んでもらったり、遊んでもらったりといった人並みの記憶もなかった。そういうひとなのだと思い込んでいたが、いまになって思えば、当時は父にも余裕がなかったのかもしれない。

弱冠十九歳ですでに二児の親であった父は、実父の死によって大神組組長と神宮寺一族の長老という、さらなる重責を負った。それでもまだ母が生きていれば、子供とのあいだを取り持ったのかもしれない。しかし最愛のつがいであった妻は、次男の出産と引き換えに失っていた。

自分を産まなければ母が亡くなることもなかったと、

父は心のどこかで思っているのではないか。思春期にはそんな邪推をしたこともあったが、さすがにいまはもう、そこまでこじらせていない。

孫の希月と峻仁をかわいがっている様子を見れば、決して冷淡でも、肉親への情がないわけでもないとわかる。

もろもろ常識を超越している存在なので人となりを把握しにくいが、もしかしたら案外、人間関係に不器用なひとなのかもしれない。

（……見た目もなにもかも、まるで似ているところがないと思ってきたが、そこだけは親父から受け継いだのかもな）

父との意外な共通点を見つけた峻王は、改めて正面の顔を見返した。ヘタをすれば自分より若く見える白皙を見つめて、躊躇いがちに言葉を紡ぐ。

「跡目の件……本当に俺でいいのか？」

「…………」

「親父の兄弟分も、浅草の有力者も、今回の代替わりには納得がいってない。大神組の内部にも不満を抱いている者がいるのは知っている。身内ですらまとめ切れていない……」

一度口を開けば堰を切ったかのように、心に秘めていた弱音がぼろぼろと零れ出る。そんな自分に驚いていると、父が「逆だ」と言った。

「逆？」

「先におまえのなかに迷いがある。みなはそれを察して不安を覚えているのだ」

「……っ」

指摘されて、ふっと目が開くような感覚を得る。

この決定に、誰よりも納得がいっていないのは自分――なのか。

瞠目して固まる峻王の前で、父が腕組みを解いた。

「おまえはなぜ跡目をとることを引き受けた？」

「なんでって……俺がやるしかねーだろ」

「迅人が辞退したからか？」

「……それもある」

本来ならば、長兄の迅人が継ぐのが筋だが。

「迅人にはまだ手がかかる双子がいるし、第一本人が望んでない」

「義務感で仕方なく引き受けたのであれば、いますぐに辞退しろ」

突き放すような命令口調に耳を疑った。

「は？」

「少なくとも、大神組の代紋はそんな生半可な心構えで背負えるものではない。いやいや継いだところで長続きはしない。早晩破綻する」

「って言うけど、俺が継がなかったら組と会社はどうなるんだよ？」

「なるようにしかならない」

泰然とした物言いにカッとなる。

（なんだその他人事みたいな言い草は！）

そもそも、すべては目の前の父の、いきなりの引退宣言に端を発している。

おかげで自分は殺人スケジュールに忙殺され、全国行脚でジジイどもに頭を下げ、柄にもないストレスや自己嫌悪を抱え込んだ挙げ句に、恋人にまで八つ当たりして散々だ。

（この件で、どれだけ俺が振り回されてきたと思ってるんだ？　自分はもう引退するから関係ねえってのか？）

「そんないい加減なことでいいのかよ！」

内心の苛立ちが大きな声になって出る。

反抗期ならいざ知らず、成人してからこっち、父に対して乱暴な口をきくことは滅多になかった。だが、丸投げしておいて、こんな余所事みたいな言い方をされたら黙っていられない。

「何代も続いてきた代紋なんだぞ!?　それをそんな無責任に放り投げるってどうなんだよっ」

血相を変えて吠える峻王とは対照的に、父の﨟長けた貌は凪いだ湖面よろしく静かだった。

「私はおまえにも迅人にも、跡目を強いたことはない。おまえたちに継ぐ意志がないのなら、私の代で終わらせるつもりだった」

事実のみを開示するかのような淡々とした声音に、はっと胸を突かれる。

言われてみれば確かに、父から「組を継げ」と言われたことは一度もない。叔父と都築からプレッシャーをかけられ、継がなければならないと思い込んでいたが、襲名の話を切り出されたときも、父はただ「私は退く」と、みずからの進退にしか言及しなかった。

それに父は、自分と立花がつがうことを許した。迅人と賀門の駆け落ちも許した。あの時点では、迅人が女性化して双子を産むなんて誰にも予想できなかった。もちろん父にも。

つまり父は、迅人の駆け落ちを容認した段で、神宮寺一族の血が絶えるのを受容したことになる。

人狼の血筋と、江戸末期から続く歴史のある任俠組織──それらを自分の代で終わらせる覚悟。

どんなことも、自分の決断で〝終わりにする〟のは簡単なことじゃない。

それが、日本に唯一残る人狼の血であればなおのこと。

それでも父は、息子たちを責めることなく、幕を下ろす役割を引き受けた。

(だから、みんながついていくのか)

叔父や都築、大神組の組員たちは、父のためならば自らの命を捨てる。父にそれだけの価値があると認めているからだ。

翻(ひるがえ)って自分はどうだ？

一応、一目置かれてはいるが、それは父の息子だから。神宮寺月也の血を引いているからだ。

おのれの実力じゃない。虎の威(い)を借る狐(きつね)──ならぬ狼だ。

上背においては頭半分以上低く、ウェイトは自分の三分の二にも満たないであろう、ほっそりと華奢(きゃしゃ)な父を見つめて、峻王は細く息を吐いた。

(いまはまだ……ぜんぜん敵(かな)わねえ)

カリスマ性、経験値、胆力、判断力、統率力……なにもかも劣っている。

だけど、いつかは超えたい。

(父を超えてみせる)

それは、つがいと身内にかかわること以外は受け身で生きてきた峻王に、生まれて初めて人生の目標ができた瞬間だった。


──御三家の一員としてお願いします。峻王さんの襲名を四月に控えるいま、先生には改めて、つがいとしての覚悟を決めていただきたい。

自宅に戻っても、都築の声が耳から離れなかった。

ショルダーバッグを外し、ステンカラーコートを脱ぎ、マフラーを外して──それだけの動作で最後の力を使い果たした侑希は、頽(くずお)れるようにソファの座面に腰を落とした。背もたれに後頭部を預けて天井を見上げる。

「覚悟……か」

――はっきりと申し上げて、来るべきときが来たというだけです。今回のようなトラブルは、過去のいつ起きてもおかしくはなかった。これといって波乱のなかったこれまでが幸運だったのです。

――綱渡りがうまくいっていたのは、月也さんが矢面に立っていたせいもあったでしょう。ですが、代替わりした先は未知の領域です。教師であることと、大神組組長の伴侶であることを両立させるのは、並大抵ではありません。

都築が言う覚悟とはつまるところ、教師を辞める覚悟ということだろう。

御三家の本音としては、一日も早く学校を辞めて欲しかったはずだ。

秘密を知る自分と社会との接点は、できるだけ少ないほうが安全であるから。

それでも、これまではこちらの意思を尊重して、教師を続けさせてくれていた。

だが、峻王の大神組組長襲名が決まり、自分と神宮寺のかかわりが遠藤と円城寺という第三者の知るところとなったいま、いままでと同じというわけにはいかない。

新しいステージに進むにあたっては、いつまでも従来どおりではいられない。

もはや、個人の問題ではないのだ。

(わかってる。……そんなのわかってる……)

胸のなかで繰り返しながら、目蓋(まぶた)の耐え切れない重みに負けて目を閉じる。視界が遮断されたのと同時に手足がずしっと重くなり、気がつくとずるずると体が斜めに傾いていた。考えなければいけないことが山積みなのに、脳はもうこれ以上の働きを拒絶する。完全にバッテリー切れだ。

目の奥がジンジンと痺れ、熱を孕(はら)んだ眼裏(まなうら)に、ふっと峻王の顔が浮かぶ。

結局、今日は連絡できなかった。向こうからも来なかったけれど、挨拶回りは先方あっての案件だから、なかなか自分の時間が作れないんだろう。

でも明日には戻ってくる……そうだ、明日の朝、連絡して聞こう……何時に戻るのかって……。

意識がゆっくりと遠ざかっていくのを感じる。それに抗うように理性が囁いた。このまま寝るのは駄目だ。風邪を引くし、スーツも皺になる。脱いでブラシをかけなくちゃ。風呂にも入ってないし、歯も磨いてない……。

起きろ、起き上がれ——心の叱咤激励に、しかし肉体はぴくりとも反応しなかった。徐々に激励の声さえも遠ざかり、電源が落ちたスマホよろしくぶつっと意識が途切れた。

……リリッ……ピリリッ、ピリリッ、ピリリッ。

ブラックアウトからの覚醒を促したのは、どこかから聞こえる電子音。

「……ん……」

目を閉じたまま、ピリリッ、ピリリッという電子音の発信源を手探りで探していた侑希は、スーツのポケットに辿り着き、呼び出し音を発し続けているスマートフォンを引っ張り出した。顔の前まで持ってきて、薄目を開ける。ホーム画面に大きく表示されている「00：45」という数字に「えっ」と声が出た。

「零時四十五分!?」

眠気が吹っ飛ぶ。

意識が遠ざかったのはほんの一瞬であったような気がしていたが、その実、三時間以上も〝落ちて〟いたらしい。そう認識すれば、確かに体が冷え切っている。

（うわ……またやってしまった）

顔をしかめながら、まだ鳴り続けているスマホのホーム画面にもう一度目を向けた侑希は、画面の下部に【峻王】の名前を認め、あわてて通話ボタンをタップした。

「も、もしもし？　峻王？」

『先生？　もしかして寝てた？』

「いや……大丈夫だ。起きていた」

昨日ソファでぼーっとしていて怒られたばかりなのに、今日もまたソファで三時間寝落ちしていたなんてとても言えない。

『そうか……よかった』

ほっとしたような声が届いた。

『もう寝てるかと思ったけど、どうしても声が聞きたくて』

「……峻王」

ストレートで衒いのない台詞に、胸がじわっと熱くなる。このところ気持ちも体もすれ違っていたから、必要とされて素直にうれしかった。

胸の奥から伝播（でんぱ）してきた熱のおかげで、冷え切っていた体に体温が戻ってくる。複合的なストレスで固くなっていた全身が、じわじわと緩んでいくのを感じていたら、唐突に『ごめん』と謝られた。

「え？　なに？」

『昨日、無理矢理しちまって……縛ったりして悪かった』

喉の奥から絞り出すような謝罪を耳にして、昨夜の件かと合点（がてん）がいく。

『止まらなくなって何度もして……今日学校でも辛かったんじゃないか？』

「……いいよ」

『いや、よくない。あんたはやさしいから、そうやって俺を甘やかすけど』

「そうじゃない」

自分を責める峻王の言葉を遮った。

「うれしかったんだ」

『えっ』

電話口の向こうの恋人が、戸惑った声を出す。

『うれしかった？』

「ああ……俺をあんなふうに求める情熱が、おまえのなかにまだあるんだとわかってうれしかった」

『…………』

数秒の沈黙が降りた。かと思うと、『はあっ？』と心外そうな声が鼓膜に響く。

『んなの当たり前だろ!?　ったく何回言わせんだよ。本当は毎日だって抱きたいのを我慢してるんだっつーの！』

ついさっきまで柄にもなく神妙だった恋人が、いきなりいきり立ったのがおかしくて、侑希はふふっと笑った。

『なに笑ってんだよ？』

「やっぱりおまえはそっちのほうがいいよ。少し俺様なくらいがおまえらしい」

『……くそ。なんだよ人がせっかく……その余裕がむかつくんだよ』

悔しそうにつぶやいた峻王が『帰ったら覚えてろよ？』と凄む。それには唇に笑みを刻んで「楽しみにしてるよ」と返してから、侑希は心持ち居住まいを正した。

「俺のほうこそすまなかった」

スマートフォンを持ち直して、真剣な声音で詫びる。

「おまえに対して無意識のうちに保護者風を吹かせていたこと、昨日指摘されるまで気がつかなかった。自分では対等なつもりでいたが……職業病というか、おまえの担任だった頃の意識が完全に抜け切れていなかったんだな」

『いや……あんたに、全面的に頼っていいんだっていう安心感を与えられなかった俺も悪かった』

「峻王……」

『でも今後必ず、あんたに頼り甲斐のある男だって認めさせてみせる。だからあんたももっと俺を信じて頼ってくれ』

その言葉がすとんと胸に落ちた侑希は、「わかった」とうなずいた。

峻王はいま大変な時期だから面倒に巻き込みたくないと、あれこれ先回りして考えすぎて、自分で自分の首を絞めていた。自縄自縛でがんじがらめになっていた。

でももっと素直に峻王を頼るべきだったのだ。

人に頼るのは恥ずかしいことでもなんでもない。

峻王だって負担に思わないはずだ。

自分が峻王の立場だったら、頼られてうれしい気持ちこそあれ、迷惑だなんてぜったい思わない。

(そんな簡単なことも見えなくなっていた)

ふーっと息を吐き、「峻王」と呼びかけた。

「帰ってきたら話したいことがある」

自分が直面している複数の問題。

教師を続けるか否かを迷う気持ち。

すべてを洗いざらい曝け出して正直に話そう。

通常の峻王なら『明日まで待てない。いま話せ』と言い出すパターンだ。が、今夜は違った。

『わかった』

落ち着いた声音で応じる。

『その代わり俺も、あんたに聞いてもらいたいことがある』

昨夜の荒れた様子から推測するに、たぶん多種多様な葛藤を抱えているのだろう。

大きな環境の変化に否応なく巻き込まれ、しかし逃げることなく自身も変わろうとしている恋人を支えられる存在になりたい。改めてそう思った。

ただ聞くことしかできなかったとしても、せめて分かち合いたい。

「明日は何時頃帰ってくるんだ?」

『たぶん夕方の六時過ぎ頃』

「了解。明日は休みだから、おまえの好物を作って待ってるよ」

『おー、楽しみだ。それを鼻先のニンジンにして、次の高知もなんとか乗り切る』

明るい声を出した峻王が、不意に『――侑希』と名前を呼ぶ。

「ん？」

『早く会いたい。……早くあんたを抱きたい』

熱情と渇望が入り交じった耳許の囁きに、ぞくっと首筋が粟立った。秒速で全身が微熱を纏い、会いたい気持ちが募る。

「俺も……早く抱き合いたい」

『マジかよ？　じゃあいまから電話エッチしようぜ』

俄然前のめりな声に、あわてて「駄目だぞ、もう寝ないと。明日も早いんだろう？」とストップをかける。

峻王は『ちぇっ……』と不満げな声を出したが、十八時間後には会えると気を取り直したのか、『わかったよ。明日に備えて今日はおとなしく寝る』と言った。

『おやすみ』

「ああ、明日もがんばれよ。おやすみ」

通話を切ってソファの背にもたれかかる。あれだけざわついていた心が穏やかに、重かった肩が軽くなっているのを感じた。

教職か峻王か。

いずれかを選ばなければならないと思い詰めていた。

どちらが欠けても自分じゃない。両方が揃って、自分という人間が成立していると思うから、なかなか選び取ることができなくて苦しかった。

『だったら、別に無理に選ぶ必要ないだろ？』

ふと、頭のなかに恋人の声が降りてきた。

心の葛藤を打ち明けたなら、峻王ならきっとそう言うに違いない。

両方選んだっていいのだと。

（そうか……どちらも手放さないという選択もアリなのか）

固定概念に囚われていた自分に気がつき、一気に視野が広がる。

だけど、そのためにはいまのままの自分じゃ駄目だ。

トラブルが起きると、すぐにいっぱいいっぱいになって、キャパシティオーバーになるようじゃ駄目だ。

いまよりもっと自分の容量を大きくしなければ。

教師であることと、峻王のつがいであることを苦もなく両立できるくらいに、大きくなりたい。

(――強くなりたい)

翌日の早朝、道後温泉の宿を出立した峻王たち一行が、車で向かった先は高知県高知市。

高知市街の南に位置する丘陵地の中腹――そこに、四国で一番の勢力を持つ『篁組』組長の本邸があった。自分の名を冠した組を一代で四国地方随一の規模にまでした男は、土佐闘犬のブリーダーとしても有名らしい。

その組長に代替わりを報告する書状を送ったところ、

「自分は神宮寺月也に惚れて杯を交わした。月也が引退するのならば、大神組との関係も白紙に戻したい」

との返答があった。

関西圏において東刀会が幅を利かせるなか、四国は傘下に下ることなく独立性を保っている。東刀会がうかつに手を出せない要因としては、四国を牛耳るドンである彼が目を光らせていることが大きい。

もし、これを機に篁組が東刀会と手を結ぶようなことがあれば、大神組は一気に劣勢に追い込まれる。

それはなんとしても避けたい――。

車から降り、篁組組長の本邸を前にした一行の胸中には、共通の想いがあった。

(それにしても、すげー屋敷だな……)

心のなかで思わず唸る。

峻王が生まれ育った神宮寺の本邸も、かなりのものだという自負があった。二十三区内にあれだけの敷地面積を有する屋敷はそう多くないだろう。

だが目の前の、切り崩した斜面を利用して建てられた広大な日本家屋はスケールが違った。神宮寺の本邸の三倍、いや五倍の敷地面積があるように見える。これまで訪問した関連組織のなかでは間違いなく最大級の規模。

そびえ立つがごとき瓦葺きの正門は鉄板で補強され、びっしりと鋲を打たれて、いにしえの武家屋敷さながらの物々しさだ。敷地を囲む塀は目視で確認し切れない長大さで、高さもゆうに三メートルを超える。

塀の上には忍び返しが張り巡らされ、要所要所に防犯カメラが設置されていた。大きさもだが、大層なセキュリティーに圧倒される。それだけ敵も多く、不意の襲撃のリスクがあるということなのだろう。

到着を告げずとも監視カメラで見られていたらしい。ほどなくして正門が重々しく開かれ、迎えの若衆が現れた。総勢六名。黒ずくめの彼らのうち、ひとり年嵩の男が進み出てきて一礼する。

「遠方からご足労いただきまして恐縮です。組長付きの織部と申します」

組長付きというのは、組長の側近のようなものだ。

「神宮寺です。本日はお世話になります」

父の挨拶に、男が緊張の面持ちでもう一度深々と頭を下げる。ゆっくりと顔を上げると、部下の若衆に目で合図をした。それを受けて黒ずくめの男たちがざっと移動し、大神組一行を取り囲む。

「どういうことだ？」

太い眉をひそめた叔父に、織部が「大変失礼ながら、皆様のお体を検めさせていただきます」と告げた。

「我々が武器を所持していると疑っているのか？」

「そういうわけではございませんが、決まりになっておりますので」

「兄弟分に対するもてなしとは到底思えんが」

「仁」

憤りをあらわにする叔父の名を、父が呼んだ。

「ここは『篁組』の本丸だ。郷に入れば郷に従え。従うしかあるまい」

諭すように言って、自ら両手を上げる。さっと近づいた若衆のひとりが「失礼します」と、スーツの上からボディチェックした。その様子を鬼のような顔つきで睨みつけていた叔父も、父に促され、不承不承ボディチェックを受ける。峻王もふたりに倣った。ここで必要以上に抗って、組長に目通りが叶わないのでは意味がない。

六人分のボディチェックが終わると、「ご協力ありがとうございました」と礼を述べた織部が、「どうぞ、お入りください」と一同を邸内に招く。

父の月也を先頭に、叔父、峻王、部下三名の計六名で、門のなかへと足を踏み入れた。誘導に付き従い、手入れの行き届いた前庭を通過して、屋敷に辿り着く。老舗高級旅館を思わせる日本家屋の後ろには、急峻な山が控えていた。この地形では、背後からの奇襲は不可能だろう。天然の要塞ということだ。

表玄関から建物のなかに入り、曲がりくねった廊下を進んだ。一度ではとても覚えられそうにない複雑な構造で、これも奇襲に備えての障壁と思われる。入念なボディチェックといい、家主はかなり用心深い人物のようだ。まあ、それくらいでないと、四国一のボスの座を維持することはできないに相違ない。

やがて、右手に木枠の掃き出し窓がずらりと並ぶ、まっすぐな廊下に差しかかった。連なるガラス越し、広縁の向こうに望めるのは、大きな池と積み上がった岩が印象的な庭園だ。積み重なった岩肌を水が流れ落ち、池に波紋を作っている。茶室と思われる建物や、裏山へと続く石段も見えた。ここだけは物々しさとは無縁の風情があった。

「到着いたしました。こちらです」

先頭の織部が足を止め、目的の部屋に着いたことを知らせる。若衆のふたりが廊下に膝を突き、ずらりと並んだ障子のうちの二枚にそれぞれ手をかけた。同時にすっと開く。

「お入りください」

促されて、まずは月也が入室した。叔父、峻王、部下と続く。

（これは……かなりのもんだ）

三つの部屋のふすまを開放して繋げた縦長の大広間は、トータルで六十畳はあるだろう。

峻王たちがいま立っているのはまんなかの次の間だが、床の間がある上段の部屋には誰もいなかった。がらんとした空間には、墨で虎が描かれた巨大な屏風が立てられ、その前に革張りの高座椅子が一脚置かれているだけだ。

それに対して三の間には、黒服の男たちがみっしりと詰まっていた。全員が正座しており、一列五名で四列。これだけで二十名。最後列に迎えの若衆五名が加わって二十五名。

事前にそうしろと言い含められているのか、男たちは峻王たちを見てもなにも言わない。表情も変えなかった。最前列の五名は、年齢や風体からしておそらく役職付きだと思われるが、幹部の彼らも言葉を発しない。

目つきの鋭い、いかつい男たちが、すし詰め状態で居並ぶ図というのは、やくざを見慣れた峻王の目にも異様に映った。無言のせいか、部屋に対して人口が過密なせいか、男たちから発せられる圧がすさまじく、友好的な雰囲気とはほど遠い。

（アウェー感はんぱねーな）

　これまでに訪れた組織でも、友好的とは言えない空気を醸し出してこられたことがあったが、ここまであからさまなのは初めてだ。

『いいですか？　いまはどこの組も余所の動向を見守っている状態です。四国のドンが動けば、他組織もそれに倣う可能性が高い』

　脳裏に還ったのは、四国行きに関してのレクチャーを受けた際の都築の声だ。

『それほどのキーマンで、一筋縄ではいかない人物です。今回の顔合わせも散々じらされて、二度もリスケさせられ、ようやくアポイントの確定が取れたんです。襲名式参列の承諾が取れればもちろんベストですが、正直難しいでしょう。あなたの今回の使命は、少なくともドンの心証を害さないこと。現場での仕切りは月也さんと仁さんに任せて、大人しくしていてください。これまでどおりに……いいですね？』

　確かにこれまでは、その場その場の流儀に従い、あえて受け身に徹して、極力波風を立てないように努めてきた。ただでさえ世代交代に対する反発の声が多いのに、就任前の挨拶回りの段階で、若造のくせに生意気だという前評判が立っては、今後の妨げになるという判断からだ。

（だが、今回はそれが通じる相手かどうか……）

「お座りください」

　織部に促され、大神組一同も畳に座した。上座に向かって右から月也、峻王、叔父の順だ。部下三名はその後ろに並ぶ。

「組長を呼んで参ります。少々お待ちを」

　そう言い残して織部が退室し、大広間の全員が無言のまま、十分が経過した。

　峻王の右側に座る父は、まっすぐ前を向いて微動だにしない。左側の叔父は目を閉じて、こちらも岩のごとく動かない。

　さらに五分。

　さすがにいつまで待たせるんだとじりじりし出した頃、廊下をギシギシと踏み鳴らす音が近づいてきた。二種類の足音だが、ひとりは杖をついているらしく、時折トン、トン、トンという音が混じる。峻王たちが待つ次の間をゆっくりと通り過ぎ、上段の間で、足音がぴたりと止まった。

からりと障子が開く。入ってきたのは、着物に紋付きの羽織を羽織った老人だった。かなり痩せており、皺深く、頭髪も薄い。彼の後ろに付き従うのは織部だ。

俯（うつむ）き加減の老人が、杖をつきながら、よたよたと屏風の前まで進む。織部の手を借りて、高座椅子に腰を下ろした。背中を丸めた前屈みの姿勢で、つっかえ棒よろしく体の前に立てた杖の柄を、血管の浮き出た手で握っている。

第一印象は、痩せこけて生気のない老人。

だがその印象は、項垂（うなだ）れていた老人が面（おもて）を上げ、落ちくぼんだ目をカッと見開いた瞬間に変わった。眼窩（がんか）の奥からギラギラとした強い光が発せられると、鶏ガラのような痩身に突如として生気が漲（みなぎ）る。さっきまでの老いさらばえたジイサンとはまるで別人だ。

父、自分、叔父の順に移動した老人の視線が、もう一度自分のところに戻ってきた。

目と目が合う。だいぶ離れているが、それでもビリッと首筋に電流が走った。

「…………」

丹田（たんでん）にぐっと力を入れて背筋を伸ばし、射貫（いぬ）くような眼光を受けとめる。じっくりと吟味（ぎんみ）するかのごとく、峻王の全身を執拗にためつすがめつしたあとで、老人が口を開いた。

「神宮寺のせがれか」

「神宮寺峻王と申します」

畳に両手をつき、黒光りする目をまっすぐ見つめて名乗る。

「このたび、父・月也に代わって、大神組の跡目を継ぐことになりました。篁の組長にはお初にお目にかかります。以後、お見知りおきを」

口上（こうじょう）を述べて、額（ぬか）ずいた。

「……若いな」

しゃがれ声で下された評価に、峻王は畳に額をつけたまま、ぴくっとこめかみを動かす。顔を上げると、ふたたび値踏みするような眼差しとぶつかった。

「面構（つらがま）えは悪くはない。眼力もあるし、オーラもある。頭も悪くなさそうだ。だが、この程度の才覚の持ち主ならそうめずらしくもなかろう」

上から——相手は椅子に座っているのでまさしく上からだ——〝この程度〟呼ばわりされ、眉間に皺が寄りかけるのをぐっと堪える。峻王の反応を冷ややかに観察していた老人が、視線を父に転じた。

「月也さん、このところはあんたの引退話で持ちきりだ。あんたは有名人だからな。当然、この機に乗じて、勢力分布図を塗り替えようと企む輩も出てくる。わしのところにも早速、東刀会から手を組みたいという話が来ている。やつらは喉から手が出るほど四国が欲しいからな」

（やはり……）

　そうであったかという腑に落ちる思いと、手の内を明かした老人の思惑をはかりかね、峻王はちらっと横目で隣を窺った。父はいつもの能面を崩しておらず、例によって、涼しげな横顔からその心情を読み取ることはできない。

「うちとしても、本来は関西を牛耳る東刀会と組むほうがうまみがある。組の幹部も同意見だ。以前から提携話はあったが、それを断って大神組と結んできたのはわしの独断。ひとえに月也さん、あんたが組長だったからだ」

　父が初めて口を開いた。

「篁翁のご高配には常々感謝しております」

　頭を下げる父を見て、老人がじわりと目を細める。

「あんたは特別だ。これまで生きてきて、豪傑、血気盛んな侠男児、命知らずの剛の者、とんでもないならず者、そこの大神組若頭筆頭を代表とするような偉丈夫――いろんなやくざもんを見てきたが、その誰とも違う。人であって人ではない……わしを含め、そこいらのやくざとはあんたは魂の格が違う」

　さすがは四国のドンだ。父の本質を嗅ぎ取っている。人狼であることを知らずとも、ただならぬ存在であると、観念で感じているのだろう。

「だがな。今回の件ではがっかりしたよ」

　しゃがれ声がいっそう掠れ、老人の皺深い顔が歪む。

「事前に兄弟分であるわしらには一言の相談もなく、襲名式の日取りまで事後通達だ。我が子かわいさに、息子の跡目相続をごり押しするとは……あんたもただの人の親だったか。見た目は相変わらずの美しさだが魂は老いたようだな。見損なったわ！」

　吐き捨てるように面罵された父は、しかし、顔色を変えることもなく黙っている。

　事前に相談したところで、結果は同じだっただろう。なぜなら、兄弟分たちの苛立ちの根源にあるのは、神宮寺月也の辞任、そのものだからだ。推しアイドルの引退を知ったファンクラブ会員の、持って行き場のない失望と怒りと思えば、理解しやすい。

父ももちろん、そんなことはわかっているのだろうが、あえて口にするつもりはなさそうだ。

自分に鬱憤（うっぷん）をぶつけることで老人の気が晴れれば、それでいいと思っているのかもしれないし、指摘することで却って火に油を注ぐ可能性を危惧しているのかもしれない。そんな父を見て、叔父もここは我慢のしどころと腹を決めたのか、険しい表情ではあったが動かない。

だが、組長（オヤ）を面前で罵（ののし）られた部下たちは、気が収まらなかったようだ。衣擦（きぬず）れの音に振り向くと、形相を変えた三人が立ち上がって篁組長を睨みつけていた。その動きに反応した篁組の組員たちもざっと立ち上がり、空気が一気に緊張を孕（はら）む。

(まずい)

峻王は「よせ」と部下たちを制した。

「しかし……っ」

「ここは俺に任せて座ってろ」

「でも若頭（カシラ）！」

「座れ！」

三名の部下をふたたび着座させた上で、父と叔父には「手出しは無用だ」と視線で釘を刺す。そうしてから正面を向き、膝行（しっこう）して前へと進んだ。

「おい！　待て！」

「それ以上近寄るな！」

殺気立って口々に怒声を放つ篁組の組員を、老人がさっと片手を上げて黙らせた。

老人の二メートルほど手前で止まった峻王は、そこですっと背筋を伸ばし、正面の皺深い顔を見据える。

「篁翁、ご教示願いたい。どうすれば私を父の後継者と認めていただけますか」

「……さてな」

老人が空とぼけた。

「なぜわしがおまえに教えてやらねばならんのだ」

そう返ってくるのは、もとより織り込み済みだ。駆け引きは不得手だが、そんなことを言っている場合ではなかった。

「私は父と同じく、翁と兄弟分の杯を交わしたいと思っています」

「ふん」

「先程、東刀会と手を結ぶのはメリットがあるとおっしゃいましたが、そうは思わない。確かにはじめは、篁組に有利な条件が提示されるでしょう。ですが、やつらの最終目的は四国を掌握することです。提携はそのための足がかりでしかない。それがわからないあなたではないはずだ」

「…………」

「東刀会は末端の五次団体まで数えれば、五十を超す組から成る巨大組織です。だが直参ではない外様には厳しい上納金を求めてくることでも有名だ。ノルマをクリアするために、表向きは禁忌である違法薬物の売買に手を出す組織も跡を絶たない。また、上納金を納められない組織からは、ペナルティとして容赦なくシマを召し上げる。そうやって肥大化し、巨大組織となった東刀会を相手に、なにより打ってはならない悪手は一強を許すことです。四国が東刀会の手に落ちれば、やつらの横暴を誰も止められなくなる。さすれば日本全土が東刀会のルールに支配されてしまう」

「なるほど。つまりは、おまえたち大神組が生きるも死ぬも、このわしの決断にかかっているということだな？」

「いかにも」

「では仮に、おまえと杯を交わしたとしよう。おまえはわしになにをくれる？　上納金か？　浅草のシマか？」

問いかけに、峻王は揺るぎない声音で答えた。

「自由です」

「自由？」

「独立性を保った組織として、自分たちが信じるところの仁義と流儀で生きていく自由。誰からの干渉も受けず、指図されず、おのれの決断と采配で、組員たちの人生に責任を持つ権利。組長として、これ以上に大きな意味を持つものはない。違いますか？」

老人が唇の片端を上げる。

「……やはり馬鹿ではないようだな」

ひとりごちた老人が、しばらくなにかを勘案するかのような面持ちで空を睨んだのちに、「織部」と呼んだ。

「はっ」

斜め後ろに控えていた側近が顔を寄せると、耳打ちをする。刹那、織部が瞠目した。だがすぐに表情を消してうなずき、部屋から出て行く。

それきり篁組長が黙ってしまったので、ふたたび広間に沈黙が降りた。

目をつぶり、沈思黙考する老人の顔を見つめる。目の前の食えない老人がなにを思うのか、考察しようと試みたものの、瞳が目蓋に覆われてしまうと、思考も感情もまるで読み取れなかった。

仕方なく、皺深い顔に視線を据えて老人の動向を見守っていた峻王は、ふわりと漂ってきた独特なにおいに、ぴくりと身じろいだ。

（なんだ？）

ほどなくして、障子の向こう側の廊下から「グゥウウ……」という低い唸り声が届く。ただならぬ気配を察して、部下たちもざわつき始めた。

「……唸り声？」

ざわめきを断ち切るように障子がぱんっと開き、巨大な二頭の犬が現れる。筋肉質に大きな頭。黒いマズル。弛んだ首の皮。長い垂れ尾に、垂れ耳。一頭は赤毛で、もう一頭は黒の短毛。

共に百キロを超える、重量級の土佐闘犬だ。

（そういやジイサン、土佐闘犬のブリーダーだったな）

老人の顔に視線を戻すと、さっきまで閉じていた目を開き、口許に冷笑を浮かべている。

土佐闘犬について、峻王は多少の知識があった。

土佐闘犬は、四国犬に前田犬、マスティフ、ブルドッグ、グレート・デーンなどを交配させて生まれた犬種だ。元となった四国犬は、ニホンオオカミの血を引くという伝承がある。あくまで伝承だが、耐久力と闘争心に富むという土佐闘犬の特徴を思えば、遠い祖先に狼がいてもおかしくはないかもしれない。

狼がらみで興味を抱き、闘犬大会の動画も観たことがあるが、体長一メートルを超える二頭が取っ組み合い、噛みつき合う姿は、なかなかの迫力だった。

土佐闘犬のなかでも、篁組長の愛犬二頭は極めて大型で、獰猛そうな顔つきや威風堂々たる体格からも、横綱クラスであることがわかる。それぞれ革製の頑丈な首輪を装着され、織部がリードを握っているが、強い力でぐいぐいと引っ張られて、いまにも引き摺り倒されそうだ。

「ガゥウウウウ……」

人間の多さに興奮してか、あるいは人狼の気配を察してか、唇を捲り上げて牙を露出させた二頭は、喉の奥から絶え間なく低い唸り声を発している。愛玩犬としてではなく、闘うために育てられた二頭が発する闘気に、背後の部下だけでなく、篁組の組員たちも固まっている。どうやら、彼らにとっても異常事態のようだ。檻のなかの土佐闘犬を見る機会はこれまでにもあっただろうが、こういった形で接するのは初めてなのだろう。

空気がぴんと張り詰め、誰もが固唾を呑んでいる。豪胆で知られる叔父も顔色を変えていた。父だけはいささかも動じず、ことの成り行きを静観するかのような冷めた眼差しで、荒ぶる土佐闘犬を眺めている。

峻王もまた、正座を崩すことなく、老人をまっすぐ見据えた。

すると目の前の老人がくいっと顎をしゃくる。それが合図であったのか、織部が二頭の首輪からリードを取り外した。解き放たれた二頭が勢いよく駆け出す。後方から「うわあっ」という野太い悲鳴があがった。

ばたばたと立ち上がって後退する篁組の組員たちには目もくれず、二頭は峻王の周辺を回り出した。

「ウウウ……」

低い唸り声をあげながら、喉笛を狙うがごとく、ゆっくりと旋回する。

「若頭！」

我に返った部下のひとりが叫んだ。こちらに向かってこようとしたが、邪魔をするなとばかりに、赤毛に「ウワウッ」と吠えかかられる。

「くそっ、どけ！　クソ犬が！」

それでも果敢に立ち向かおうとした若い部下に、黒毛が「ガウッ」と牙を剥いた。

「……ひっ……」

部下が怯み、隙を見せた彼に黒毛が襲いかかる。刹那、身をすばやく反転させた峻王は、部下に飛びかかろうとしていた黒毛の首輪をむんずと摑んだ。首輪で喉が絞まった黒毛が「ぎゃんっ」と鳴く。もがき暴れる黒毛を片手で押さえつけていると、別の角度から赤毛が飛びかかってきた。左の二の腕にがぶりと嚙みつかれる。さすがに土佐闘犬の顎の力は半端なかった。衣類を貫いた牙が皮膚を切り裂き、ずぶずぶと筋肉の奥深くまで食い込んでくる。

「……くっ……」

熱い痛みが走り、鮮血が飛び散った。

「若頭っ！」

「峻王！」

目の端に、血相を変えた部下と、腰を浮かせた叔父が映り込む。篁組の組員は一様に顔を紅潮させて、残酷なショーに見入っていた。彼らのボスで闘犬のオーナーでもある老人は、眼窩の奥の目をぎらつかせ、椅子から落ちそうなほど身を乗り出している。父だけが、興奮と狂乱と高ぶりとは一線を画し、ひとり別次元にいるように静かだった。

「来るな！」

いまにもこちらに駆け寄ってきそうな部下と叔父を、一喝(いっかつ)する。

「動くな……そこにいろ。ぜったい動くなよ？」

警告を与えると、ふんっと腹筋に力を入れた。アドレナリンが体に充満し、普段は眠っているパワーが覚醒する。筋肉がみるみる盛り上がってひと回り太くなった腕を、噛みついている赤毛ごと、ぶんっと大きく振った。一振り目はなんとか堪えていた赤毛が、二振り目では堪え切れずに口を離す。そのまま勢いよく吹っ飛んで、篁組の組員の集団の中央にどすんっと落ちた。

「うわあっ」

男たちが蜘蛛(くも)の子を散らすように飛び退く。

次に峻王は、首輪で首が絞まって暴れている黒毛を仰向けに転がした。黒毛が体を返す前に、すかさず喉首を手で絞め、やわらかい腹部に片膝をめり込ませる。ふたつの急所を押さえられた黒毛は、しばらく抗うように四肢をばたつかせていたが、やがて大人しくなった。

吹っ飛ばされて闘争心を完全に失った赤毛も、股のあいだに丸まった尻尾を挟み込み、ふすまの陰に身を隠す。

二頭の戦意喪失を確認して、峻王はゆらりと立ち上がった。左手の傷口からぽたぽたと血が滴(したた)り落ち、畳を赤く染める。

「…………」

峻王の全身から迸(ほとばし)る闘気に、篁組の組員たちがごくりと喉を鳴らした。闘いの興奮冷めやらぬ異様な空気のなかで、しばしフリーズしていたが、なかでも幹部と思われるひとりが「おいっ！」と檄(げき)を飛ばす。

「なにぼーっとしてんだ！　囲め！」

兄貴分に怒鳴りつけられた若衆が、おのおの拳銃や短刀を手に峻王をぐるりと取り囲んだ。

「若頭(カシラ)！　くそっ……ふざけやがって！」

人間の壁の向こうから、篁組の好戦的な対応に憤る部下の声が聞こえてくる。

「……どういうつもりだ？」

続いて叔父の低音が届いた。それに対して篁組の幹部が、「どうもこうも……こんな物騒な男、野放しにしておけるかよ」と答える。

「それは、うちと戦争をするということか？」

「ひっ捕まえて、東刀会への手土産にするって手もあるな」

「裏切者が……」

「なんだと⁉」

「よせ！」

殺伐とした場を切り裂くように、しわがれた声が響き渡った。さらに「どけ」という命令が続く。

組員たちがざっと動き、閉ざされていた視界が不意に開けた。視線の先で、篁組組長が椅子から立ち上がる。

杖を使ってゆっくりと歩み寄ってきた老人が、峻王の一歩手前で足を止めた。こうして見れば、背丈が自分の胸あたりまでしかない。小柄な老人が、首を伸ばしてしげしげと峻王の顔を眺めた。

「……おまえが戦意喪失させた二頭は、まだ若いがチャンピオン犬だ。並の人間なら吠えかかられただけで腰を抜かして失禁する」

自分でけしかけておきながら、いけしゃあしゃあとした物言いに唇を歪める。

「いきなり客に噛みつく駄犬がチャンピオンとは笑わせる。ドッグスクールに叩き込んで、一からしつけし直したほうがいい」

老人がくっと笑う。

「なかなか面白いことをほざく小僧だ」

相手の心情の変化を感じ取った峻王は、居住まいを正して「翁」と語りかけた。

「初顔合わせにおけるあなたの第一声は『……若いな』でした。確かに俺はまだ経験値の低い、あなたから見れば青くさい若造かもしれない。だが若いぶん、あなたが亡くなったあとも生き続ける。それは、四国のドンであるあなたでさえ関与することのできない未来の時間だ」

「…………」

「改めてお願いします。俺と杯を交わしてください。兄弟分となった暁(あかつき)には、この先少なくとも俺が組長で

いるあいだは、篁組との友好関係を死守します。四国に危機が訪れた際は、万難(ばんなん)を排して駆けつけることを約束します」

　老人の落ちくぼんだ目をまっすぐ見つめ、揺るぎない声音で誓う。少しのあいだ、真剣な眼差しを受け止めていた老人が、すっと目を逸らした。

「親馬鹿……というわけでもないようだな、月也さん」

　老人に同意を求められた父が、軽く会釈(えしゃく)をする。ふたたび峻王を顧みた老人が「よかろう」とうなずいた。

「襲名式には出席しよう」

　なんとか承諾をもぎ取れた安堵に胸を撫で下ろしつつ、顔には出さずに頭を下げる。

「ありがとうございます。ご足労痛み入ります」

「杯に関しては、襲名後に改めて相談の上で日取りを決める。それでかまわんか？」

「けっこうです。その節は俺がこちらに伺います」

　うむと首肯(しゅこう)したのち、老人がふらつく足取りで背中を向けた。織部がさっと寄ってきて、退出をアシストする。状況が一転して手打ちとなったことを受けて、平常心を取り戻したらしい組員たちもぞろぞろと引き上げていき、すっかり大人しくなった二頭の土佐闘犬も連れ去られた。

　篁組関係者が全員立ち去るのを待って、部下たちが駆け寄ってくる。

「若頭(カシラ)、腕、大丈夫ですか？」

「俺のためにこんな怪我を……すみませんっ」

　切り裂かれたスーツと血で真っ赤に染まった左手を見て、若い部下が真っ青な顔で謝った。

「気にするな。たいした怪我じゃない」

「け、けど……っ」

「いいか？　変な気を起こすんじゃねーぞ。おまえの小指(エンコ)なんざゴミにもならねーからな」

「若頭(カシラ)……いや、組長……ありがとうございます！」

　いきなりの組長呼びに、峻王は顔をしかめる。

「馬鹿、まだ早い。それと、立つ鳥跡を濁さずだ。畳の血をきれいに拭き取っておいてくれ」

　部下三名に命じるなり、左腕を押さえて踵(きびす)を返した。これ以上、若頭を守れなかった罪悪感を部下たちに植えつけないために、足早に部屋から出る。

「峻王」

廊下で呼び止められて足を止めた。

「叔父貴」

険しい表情の叔父が歩み寄ってくる。

「腕は本当に大丈夫なのか？」

「けっこうでかい穴が空いたが、もう血は止まっているし、今晩じゅうには塞がるだろ。月が満ちててよかったぜ」

それを聞いて、叔父がふーっとため息を吐いた。

「無茶をして……ひやひやしたぞ。まあ、おまえが犬ごときに引けを取るわけがないが」

とはいえ、一歩間違えて下手を打てば、篁組との抗争に発展していた。相手は血にあてられてイキっているわ、こっちはドスの一本も持たない丸腰だわで、内心では相当ハラハラしていたはずだ。

それでも、自分を信じて下駄を預けてくれた。

「すまない。ありがとう」

「とにかく早く手当てをしよう」

「ああ」

同意したところで、「峻王」と後ろから呼ばれて振り返る。

父が立っていた。


「……親父」

騒動のあいだじゅう、一貫して無表情を貫いていた父が、ふっと口許を緩める。

「よくやった」

滅多に聞くことのない父の労いの言葉に、少しばかり面はゆい心持ちで、峻王も小さく笑った。

7

昨夜、四国にいる峻王と電話で話したあと、ひさしぶりに穏やかな気持ちでベッドに横たわった侑希は、三十分ほど読書をしたのちに枕許のライトを消して目を閉じた。眠りに落ちるのにも、てこずることはなかったように思う。

そのせいか今朝は、八時半過ぎにすっきりと目が覚めた。平日は六時半に定期アラームをかけているのだが、今日は土曜日なので学校はない。

起床時間を気にせずにたっぷり睡眠を取ったおかげで、ベッドから起き上がってみると、体の節々の痛みもだいぶやわらいでいた。

顔を洗ってから、白いシャツにカーディガン、ウールのパンツという日常着に着替え、朝食の準備をする。新聞を読みながら紅茶を飲み、カリカリに焼いたバタートースト、ハムエッグ、サラダ、キウイ入りのヨーグルトを食べた。

「あー、美味(おい)しかった。やっぱり生のフルーツをカットして入れると違うな」

ヨーグルトを食べ終わると同時に思わずひとりごちて、口許を緩める。

こんなふうに、ゆったりとした気分で食事をするのはいつ以来だろう。このところずっと胸の途中に閊(つか)えがある感じで、胃も重苦しく、なにを食べても味がしなかった。

もちろん、まだまだ問題は山積みだ。

遠藤と円城寺に神宮寺とのかかわりを知られてしまった件と、ふたりが仕組んだ暴行事件も未決着。幸い遠藤は軽傷で済んだようだが、教師が息子に暴力をふるったと信じ込んでいる保護者が、このまま引き下がる可能性は低い。週明けには当事者を集めて、再度の話し合いが持たれる予定になっている。北村の不登校問題もまだ未解決だ。

それでも、一番の迷いの根源であった、教師を辞めるか否かの懸案に答えが出たのは大きかった。

峻王のつがいである自分と教師である自分。

どちらかを切り捨てて、どちらかを選び取るのではなく、両立させていく。

簡単なことではないと思うし、実現可能なのかどうかもわからない。

　でも、諦めたくない。

　だから成立させるために最大限の努力をする。

　そう決めたら、胸に垂れ込めていた靄がすっと消えて、ひさしぶりに気分がすっきりした。

　今日の夕方には峻王も帰ってくることだし、とりあえずこの週末は懸案事項をペンディングにして、ふたりで美味しいものでも食べてのんびりしよう。

（お互い積もる話もあるしな）

　食べ終わった食器をシンクに下げて洗い物をしつつ、一日のスケジュールを考えた。

　まずは溜まっている洗濯物。今日は気温は低いけれど、からっとした晴天なので、乾燥機を使わずに外に干そう。

　そのあとで掃除。ここ最近は余裕がなくて、軽く掃除機をかけるだけだったから、ちゃんと拭き掃除もしたい。シンク周りやトイレ、風呂の掃除、窓ガラス拭き、フローリングのワックスがけも、この機会にまとめてやってしまおう。

　部屋の清掃が済んだら、今晩と明日の献立を考える。スーパーに行って、近々ストックが切れそうな日用品の補充と、週末用の食材を購入。峻王は昨日の電話で、帰りは六時過ぎだと言っていたから、帰宅時間に合わせて夕飯の下ごしらえをする。

（うん、完璧）

　できるだけきれいな部屋で峻王を迎えたいという思いからつい力が入って、家中をピカピカに磨き上げてしまい、脳内スケジュールに則って家事を完了させた時点ですでに二時半を回っていた。そこからスーパーに買い物に行き、戻ってきて、レジ袋から出した食材を冷蔵庫にしまっていたときだった。

　ダイニングテーブルの上のスマートフォンがメール着信を知らせる。

（峻王からか？）

　帰宅時間の変更の知らせかもしれないと思い、スマホに手を伸ばした。しかし、ホーム画面に表示された送信者の名前は予想と違った。

「北村……」

　目下不登校中の生徒の顔が浮かび、あわててメール画面を開く。

【先生に相談があります。学校のボクシング部の部室で待っています】

「……ボクシング部？」

北村は帰宅部なので、ボクシング部とは関係がない。確かボクシング部は部員が規定人数を下回ったのが原因で、昨年休部になったはずだ。なぜそんな場所で待っているのか。

疑問に思ってアドレスを確認したが、メールが北村の携帯から送信されているのは間違いなかった。そもそも自分の個人アドレスを知っている人間は限られている。その数少ない人間のひとりが北村なのだ。

これから夕飯の支度をするつもりだったが、北村の呼び出しを無視するわけにはいかない。

いじめの後遺症に苦しんでいる彼にとっては土曜日曜もないし、あの北村がわざわざ呼び出すなんてよほどのことだ。

そう思った侑希は、スマホのホーム画面で時刻を確認した。

三時四十四分。峻王が帰ってくるまで二時間以上ある。相談の内容次第だが、うまくすれば帰宅前に戻れるかもしれないし、北村に会ってみて長引きそうだったら、その時点で峻王にメールをしよう。

算段をつけて、北村の携帯に【いまから向かう】と返信した。急いでダウンジャケットを羽織った侑希は、左右のポケットにスマホと財布、キーチェーンを突っ込んだ。

普段は学校まで地下鉄を使っているが、時短のために大通りに出てタクシーを拾う。

二十分後、明光学園に着いた侑希は、職員と来客専用の通用門を使い、玄関ホールで内履きに履き替えた。

土曜日で授業はないが、校庭からは、部活動に励む生徒たちの声が聞こえてくる。ただし校内の廊下には人気がなかった。部活に出ている生徒や顧問の教師は、体育館か校庭、もしくは部室にいるんだろう。

北村に指定された元ボクシング部の部室は、スポーツコースの生徒たちが主に使用する、東校舎の一階の外れにあった。校舎のどん詰まりで、人の行き来がない場所のせいか、休部になってからもスペアキーが出回り、一部の生徒のたまり場になっているらしい。そのため、近く鍵を替えて別の運動部に明け渡されるという話を、先般職員会議で耳にしたばかりだ。

侑希自身は進学コース担当の教諭で、スポーツコースの授業を持っていないので、東校舎にはほとんど縁がない。元ボクシング部の場所は知っていたものの、実際に部室に足を運ぶのは初めてだ。

「……ここか」

ドアの上部についている四角い小窓からなかを覗いてみたが、ちょうど夕暮れ時で室内が赤く染まっていたため、詳細がわからなかった。しばらく逡巡したのちに、ドアをノックする。応答がないので、ドアノブを摑んだ。鍵はかかっておらず、くるりと回る。

ドアを開けて部室を覗き込んだ侑希は、正面の窓から差し込む夕陽に目を射貫かれた。

「………っ」

じっとしているうちに、徐々に目が慣れてきて、部室内の様子が明らかになる。見たところL字型の部屋のようだ。向かって正面が窓で、突き当たりの壁から右折する形で空間が続いているようだが、いま立っている位置からは死角になっていて見えない。侑希の視界に映っているのは縦長の空間で、左手の壁際にロッカーが並び、畳んだパイプ椅子が数脚立てかけられていた。天井からはサンドバッグが下がっている。

(誰も……いない？)

「北村？」

呼びかけたが返事もなかった。

「北村、いないのか？」

ここからは見えないスペースを確かめようと思い、室内に足を踏み入れた直後、背後でドアがバタンと閉まる。

「きたむ……」

声が途切れたのは、死角になっていたスペースから、不意に人が現れたからだ。ひとり、さらにもうひとり。ふたり分の人影が窓を背にして立つ。二名とも逆光で顔の造作はほぼ潰れていたが、髪型や体型で誰と誰であるかはわかった。このところ接する機会が多かったからだ。

ただし、いつもの制服姿ではなく、イマドキの若者らしいカジュアルな私服に身を包んでいる。大柄なほうは、だぼっとしたビッグサイズのプルオーバーにカーゴパンツ。しゅっとした体型のほうはダウンジャケットの下にトレーナーを着て、ボトムはスキニーパンツ。

「円城寺……遠藤……」

受け持ちの生徒二名の名前をつぶやく侑希の顔は、覚えず険しくなっていた。

「どうしておまえたちがここに？　北村は？」

「いないよ」

遠藤が答えて、片手に持っていたスマートフォンを掲げて見せる。

「これ、北村のスマホ。呼び出しのメールはこいつで俺が先生に打ったの」

やや得意げにからくりを明かす遠藤を、侑希はレンズ越しに睨みつけた。

「……北村になにかしたのか？」

「そんな顔しなくたって大丈夫だって。殴ったりしてねーから。ちょっとスマホ貸してよって頼んだら素直に渡してくれたし」

「そーそー。今頃は家にいるんじゃね？　スマホだって用が済んだらちゃんと返すしね」

円城寺が嘯いた。

「なぜわざわざこんなことを……？」

眉根を寄せて問う侑希に、遠藤が「だって俺らからの呼び出しじゃ、先生、出て来てくれないじゃん？」と肩をすくめる。

「ま、昨日の今日だしふつー警戒するよねー。やくざの身内とか連れてこられても困るしー」

円城寺がおどけた。

どうやら自分たちが警戒されるようなことをしでかした自覚はあるようだ。

「こんな手の込んだ真似までして、一体なんの用件だ？」

「それそれ。ま、これ見てよ」

円城寺がカーゴパンツのポケットからスマホを取り出し、指で素早く操作して、侑希に画面を向ける。

液晶に表示されていたのは一枚の写真だった。

スーツにステンカラーコートを羽織り、ショルダーバッグを斜めがけにした男が、塀に囲まれた屋敷に入っていくところを、後方から撮った写真。

すぐに、先日匿名掲示板に投稿された写真だとわかった。

（いや……違う）

構図はほぼ同じだが、いま目の前に提示されている写真には自分の横顔が写っていて、暗闇にぼうっと白く浮かび上がっている。盗み撮りされた写真は一枚ではなかったということだろう。

「オリジナルはかなり暗くて潰れてたんだけど、写真加工アプリでいろいろ弄ったら、なんとか顔が判別つくまでになってさ。先生が見ても自分だってわかるっしょ？」

円城寺が得意げに鼻の下を指で擦った。

「もうわかるよね？　俺らの欲しいもの」

遠藤が横から口を挟んでくる。

「この写真をアップされたくないなら弾んでくれないと」

「結局、目的は金か……」

何度も裏切られ、わかっていたつもりだったが、それでもなお、落胆の嘆息が漏れた。心のどこかに、まだ自分の生徒を信じたい気持ちが残っていたのかもしれない。

そんな甘いおのれに対する自嘲の念と、やるせなさが入り交じって、今朝はすっきりしていた胸の奥がふたたびどんより淀むのを感じる。暗澹たる思いで、侑希は暗い声を発した。

「おまえたち、小遣いには困っていないだろう？」

遠藤の父親は開業医。円城寺の父親は施工会社社長。いずれも裕福な家庭であることは、明光学園に通っている時点で自明の理だが、両親と会って改めて確認済みだ。身につけている衣類や貴金属、すべてが高級品だったし、成功者特有の傲慢さも漂わせていた。

「親がくれる金なんて、もって三日だっつーの」

遠藤が不満そうに口を尖らせる。

「三日ももってねーだろ？　ガチャで秒で溶かしたくせに」

「るせーな。とにかくさ、やくざがバックについてんだし、けっこう持ってんでしょ？」

「がっちり貯めてそーだしな」

言いたい放題のふたりに向かって、侑希は低く吐き捨てた。

「……勝手にすればいい」

「は？」

遠藤が聞き返す。

「いまなんつった？」

「写真だ。ネットにばらまきたいなら好きにしなさい」

侑希の突き放した物言いに、遠藤がぴくっと眉尻を跳ね上げた。形相を変えて大股で詰め寄ってきたかと思うと、威圧するように顔をぐっと近づけてくる。その左頬には、円城寺の平手打ちの痕がうっすら残っていた。

「いいのかよ？　今度こそ学校クビになるぜ？」

その後ろで円城寺が「その年で無職とかウケる～」と茶化す。

しかし侑希は挑発にもイジりにも表情を変えず、プレッシャーを撥ねのけるように遠藤の目を睨めつけた。

「この件でクビになるのならば仕方がない」

「人生詰むんだぜ？　これまで積み上げてきたものを全部失う。怖くねーのかよ？」

「神宮寺を失うほうが怖い。あのひとたちは俺の家族だからな」

遠藤が目を見開き、「マジかよ？」とつぶやく。

「やくざが家族とかイカれてんの？」

「頭だいじょうぶ～？」

ふたりの煽りには取り合わずに、侑希は落ち着いた声音を淡々と紡いだ。

「本郷は古いお屋敷町だ。何代にもわたってそこに定住してきた住人が多く、みんな神宮寺の生業を知っている。それでも過去一度も排除運動は起こっていない。なぜだかわかるか。神宮寺の屋敷の住人がルールを守り、町の一員としての責務を果たして暮らしているからだ。確かに任侠の一族かもしれないが、同級生を精神的暴力で支配し、教師を脅して小遣いをたかるおまえたちよりずっとまともだ」

遠藤がおもしろくなさそうに「ふん」と鼻を鳴らし、円城寺が「説教かよ？」と顔をしかめる。

脅しが通じないと覚ってか、しらけた様子のふたりに、侑希は問いかけた。

「おまえたちの用件がそれで終わりなら、先生にも質問させてくれ。そもそもおまえたちはどうして、北村をいじめのターゲットにしたんだ？」

遠藤が心底どうでもいいと言いたげな表情で「別に」と答える。

「あいつは基本ぼっちだからターゲットにしやすかったってだけ。ぶっちゃけ、俺より上のやつなら誰でもよかった」

「上？」

「成績。うちはふたりとも忙しいから、特進にさえいればオヤは大概のことは目をつぶってスルーする。けど三十位以内キープってそう簡単じゃない」

「ガリベンするくらいなら上位の誰かを蹴落としたほうが手っ取り早いってこと」

円城寺が捕足して、にっと笑った。

いじめ行為は親からのプレッシャーのストレス発散

のためかと思っていたが、どうももっと明確な意図があったようだ。

「つまりは……自分たちが楽をするために、成績上位の北村を不登校になるまで追い詰めたということか？」

侑希の追求に、遠藤はしれっと「学校に来なくなったのは、あいつが弱いからだろ？」と返してきた。

「この程度のストレスに耐えられないようじゃ、こっから先も負け犬決定。就活の圧迫面接とかどーすんのって感じ」

「そうそう、俺らはストレス耐性つけてやってんだよな」

自分たちの卑劣（ひれつ）な行いを、ねじ曲がった自己弁護で正当化する鉄面皮（てつめんぴ）ぶりに、さすがに堪忍袋（かんにんぶくろ）の緒が切れる。

「おまえたちはどこまで自分勝手なんだ！」

気がつくと大きな声を出していた。

「特進クラスにい続けるメリットがそんなに大きいなら実力でもぎ取ればいいだろう！　がんばっても及ばないならまだしも、真面目に取り組めば充分維持できる実力を持っていながら……っ」

「説教うぜーんだよ!!」

遠藤がキレ気味に怒鳴る。苛立ちでギラついた暗い双眸を、侑希は一歩も引かないという覚悟を眼差しに込めて見据えた。

「どんなにうざくても、担任としてこのまま放置はできない。北村は傷ついて苦しんでいるし、彼のご両親も心配されている。週明けの話し合いに北村のお母さんも参加してもらい、その上できみたちのご両親にもこれまでの経緯をきちんと説明して、しかるべき対応を……」

「余計なことすんじゃねえ！」

いきなり胸座（むなぐら）をがっと掴まれ、乱暴に引き寄せられる。血走った目が至近距離から睨みつけてきた。

「黙ってりゃいい気になりやがって……クソ眼鏡が！」

歪んだ唇が罵りの言葉を吐いた次の瞬間――腹部にずんっと重い一撃を受ける。

「……うっ」

息が止まった。みぞおちに拳（こぶし）をねじ込まれ、前屈みになったところで、駄目押しのように後頭部に強い衝撃を受ける。

反射的に振り返った視界に、畳んだパイプ椅子を振り上げている円城寺の姿が映り込んだ。

「……ざまあ」

にやついた浅黒い顔が、ぐにゃりと歪む。

「……く……っ」

足許から頽れる感覚を最後に、侑希は意識を失った。


「…………」

海の底から海面に浮かび上がるみたいに、ゆっくりと覚醒する。

ぱちぱちと数回目を瞬かせてから、目蓋を持ち上げた。見慣れた、虫食い模様の天井が映り込む。

――教室?

黒い影に覆われた天井をぼんやり眺めているうちに、尻から太股にかけてジンジン痺れてきた。ほどなく自分はリノリウムの床に転がされており、そこから冷気が忍び寄ってきているせいだと気がつく。左右に引っ張ってみたが、手首を後ろで縛られている。しかも両手首をガムテープのようなものでぐるぐる巻きにされているらしく、びくともしなかった。

自力でどうにかするのを諦め、黒目を上下左右に動かして周囲の様子を窺う。自分以外の人間の気配はなかった。

壁に沿って並ぶ灰色のロッカーと、そこに立てかけられているパイプ椅子には見覚えがある。

「……ここ?」

一枚ヴェールがかかったような思考が、天井からぶら下がっているサンドバッグを視界に捉えた刹那、いきなりクリアになった。

ここはボクシング部の部室だ。正確には、元ボクシング部の部室だった部屋。

起き上がろうとして、腹筋にぐっと力を入れたとたん、ずきっと鈍い痛みが走った。

「いたっ……」

痛みに負けて、くの字に曲げていた体を元に戻す。ふたたびリノリウムの床に横たわって、ある瞬間にぶつっと途切れた記憶をたぐり寄せた。

――黙ってりゃいい気になりやがって……クソ眼鏡が!

(そうだった)

キレた遠藤に胸座を摑まれ、腹を殴られたのだ。そのあと立て続けに、円城寺にパイプ椅子で後頭部を殴られて意識を失った。

あまり腹部に力を入れないように気をつけながら、再度体を起こす。手首を縛られているので、後頭部を触ることはできないが、いまのところ痛みはなかった。殴られた際の衝撃の大きさに比べて、ダメージは少ないようだ。おそらくパイプ椅子の座面のクッション部分が当たったんだろう。場所が場所なので後遺症の心配は残るが、それに関しては医者に診てもらうしかない。

(どれくらい意識を失っていたんだ?)

室内の暗さから、すっかり陽が落ちていることはわかるが——。

「そうだ、スマホ!」

指で操作はできないが、音声入力ならできるかもしれない。そう思いつき、前屈みになって体を目一杯捻り、ダウンジャケットのポケットに腕を擦りつけてみたが、それらしき感触はなかった。もう片方のポケットも同じ。スマートフォン、財布、キーチェーン、すべて抜き取られているようだ。抜き取ったのは、もちろんあのふたりだろう。

「その遠藤と円城寺はどこへ行ったんだ……」

ロッカーに背中を押しつけ、腹筋と足の力でなんとか立ち上がった侑希は、ややふらつく足取りでドアに近づいた。そこで後ろ向きになり、かろうじて自由が利く指先でドアノブを摑んで回そうとしたが、びくともしない。鍵がかかっているようだ。今度は向かい合ってドアノブを観察した。つまみを捻ったり、ボタンを押すタイプではなく、鍵で施錠・解錠するタイプだ。

「くそ……っ」

低く罵声を吐いて、ドアの小窓から外を覗く。円城寺の後ろ姿が見えた。廊下をたらたら歩きながら、時折、リズムを取るみたいに体をくねらせている。

どうやら円城寺が見張り役のようだ。ここまでふたりの関係性を見てきての推察だが、ダブルEは遠藤がボスで、イニシアティブを握っているらしい。

その遠藤の姿は小窓から見える範囲にないが、抜き取った財布を持って学校の外にでも出たのか。

日中に買い物で使ったので、財布に残っている現金は二万五千円ほど。キャッシュカードもクレカも暗証番号がなければ使えない。スマホだってロックがかかっている。

(せいぜい現金を使い切るのが関の山だろうが……)

遠藤が自分の腹を殴ったのは、カッと逆上した挙げ句の、衝動的な行動のように思えた。これまで、恐喝や偽証こそあったが、実際に手を出してくることはなかった。教師に暴力をふるえば、停学処分を免れないとわかっていたからだろう。

なのに手を出したのは、自分が地雷を踏んでしまったから……。

遠藤がこの世で唯一恐れる存在は、威圧的でパワハラ気味な父親だ。それを薄々わかっていながら、両親にこれまでの経緯を説明すると言ってしまった。

——黙ってりゃいい気になりやがって……クソ眼鏡が!

獣のような血走った双眸を思い出して、胸がざわつく。

どんなに世間ずれして見えても、まだ十七歳。これからの人生のほうが何倍も長い、未来がある身だ。

(追い詰めてはいけない。退路を断っては駄目だ)

自制心を見失なって生徒と同じ土俵に上がってしまったことを深く反省した侑希は、胸のなかで自戒の言葉をつぶやいた。

「それにしても……」

手首を縛った上で自分をこんなところに閉じ込めて、このあとどうするつもりなのか。

どうにも行き当たりばったりで、これといった算段があるとは思えない。

(投げやりになって自棄を起こさなければいいが……)

あれこれと悪い想像が頭に浮かび、じっとしていられなくなった侑希は、唯一自由が利く足でドアをガンッと蹴った。

「円城寺! おい!」

蹴ったあと、ドア越しに呼んだが反応がない。おかしいと思ってよくよく見れば、円城寺の耳からはイヤホンのコードがぶら下がっている。よほどの大音量で音楽を聴いているのか、何度呼びかけても、ドアを蹴っても、振り返らなかった。

週末で学校にいる人間自体が少ないし、そもそも休部になった部室に足を運ぶ人間などいない。誰かが偶然に通りかかる可能性は低いだろう。そう考えると、第三者に救出される見込みは極めて薄い。

しかし、見張り役の円城寺が残っているということは、いずれは遠藤も戻ってくるということ。

遠藤が戻ってきてドアを開ける――そのときが交渉のチャンスだ。今度こそ冷静さを失わず、ふたりを無闇に挑発することなく、きっちり話をつける。

これまでの行為を反省して心を入れ替えるのであれば、自分に対する恐喝や偽証、暴力行為、すべてを水に流して不問とし、校長や教頭、両親にも話さない。

交換条件としては、北村にスマートフォンを返して、これまでのいじめ行為をきちんと謝罪すること。さらに、今後は一切ハラスメントをしないことを誓うこと。

交渉内容を脳内で詰めながら、縦長の空間を行ったり来たりしていた侑希は、ふと足を止めた。

「窓……」

正面の窓を見つめて、脱出の可能性を勘案する。

仮に窓のサッシの鍵をなんとか解錠できたとしても、防犯用の鉄格子が取りつけられているので、そこからの脱出は不可能。

導き出した結論にため息が漏れた。そのまま格子越しに、墨色の夜空に浮かぶウルフムーンを眺める。そうしているうちに自然と、恋人の顔が浮かんできた。

(峻王……)

もしすでに帰宅しているならば、真っ暗な無人の部屋で困惑しているに違いない。

好物を作って待っていると約束したはずの自分の姿は見当たらず、連絡もなく、携帯も繋がらないのだから。

きっとすごく心配して、イラついている。

(……ごめん)

心配させてごめん。

ちゃんと出迎えたかったのに。

玄関で「お帰り、お疲れ様」と言いたかった。

アウェーでの闘いからホームに戻ってきた恋人を、ぎゅっと抱き締めたかった。

――早く会いたい。……早くあんたを抱きたい。

昨夜の、募る想いともどかしさがない交ぜになった、切ない声音が耳殻にリフレインしてきて、たまらない気分になる。

侑希は満月に向かって、この世にただひとりのつがいの名を呼んだ。

「……峻王……!」

一秒でも早く立花に会いたい。

「お帰り、お疲れ様」と、笑顔で出迎えてくれるであろう恋人を、この腕に抱き締めたい。

四国のドンである篁組組長との顔合わせという大一番を制し、彼から襲名式出席と杯の約束を取りつけた峻王は、父と叔父、部下三名と組長宅を辞して、一路高知空港へと向かった。

峻王の怪我を案じた叔父の判断で、当初予定していた便より一便繰り上げて帰京することになったのだ。土佐闘犬に嚙まれた傷口自体は、月齢が満ちていることもあって、すでにほぼ塞がっていたのだが、峻王自身、一刻も早く東京に戻りたかったので、叔父の決定に異論はなかった。

予定よりも早く帰宅できることを立花に知らせるために、空港に向かう車中でスマートフォンを手に取った峻王は、一考の末にそのままポケットに戻した。

なぜ予定が早まったのかと理由を訊かれれば、怪我を負うに至った経緯を話さなければならない。今日の出来事を詳細に説明するとなると長くなるし、もう大丈夫なんだと言っても、やはり立花は心配するだろう。要らない心配はかけたくない。それに、実際に塞がった傷口を見せながら話すほうが、きっと理解がスムーズだ。

(早く帰るぶんには悪くないサプライズのはずだしな)

機中でも、心は本郷の屋敷に飛んでいた。

会ったらまず抱き締めて、キスをして、離れていたあいだの〝飢え〟を満たす。

飢餓感が少し落ち着いたら、恋人が用意してくれた〝好物〟で腹を満たす。

食欲が満たされたところで、食後のコーヒーを飲みながら、ソファでじっくりと話をしよう。

これまでに起こったことや、胸の内を打ち明け、立花の話も聞く。

それぞれが抱え込んでいた悩みや問題を共有して、お互いの意見に耳を傾ける。

そしてもちろん言葉だけじゃなく、体でも、想いはひとつなんだと確かめ合う――。

篁組組長との顔合わせの場で、自分の流儀で話を通すことができたからだろうか。

跡目をとると決めてからの暗中模索の日々に一筋の光明が差し込んだ気がして、まるで憑き物が落ちたみたいに心と体が軽かった。

いまはとにかく、一秒でも早く立花に会いたい。

その想いが通じてか、飛行機は遅れることなく定刻どおりに羽田に着き、峻王は迎えに来ていた車に父と叔父と一緒に乗り込んだ。

本郷に帰宅すると、母屋で暮らすふたりとは挨拶もそこそこに別れを告げ、ビジネスキャリーを引いて離れに向かう。

「ただいま」

鍵を開けて室内に入った峻王は、まず部屋の暗さに眉根を寄せた。暖房もついていない、冷え切った部屋に呼びかける。

「先生?」

リビングダイニングの照明を点けて、寝室、バスルーム、トイレ、玄関と捜し回ったが、恋人の姿はなかった。

会いたい気持ちがマックスまで膨らんでいた反動で、一気にテンションが下がる。

「……買い物か?」

可能性はなくはない。六時過ぎの帰宅予定が一時間早まって、いまは五時十分だ。立花のことだから、帰宅予定時間から逆算して、買い物を早めに済ませていそうだが、もしかしたらなにか買い忘れがあって近所のスーパーに走ったのかもしれない。だとしたら、三十分位内には戻ってくるだろう。

そう思い直した峻王は、ひとまずトークアプリで【いまどこだ?】とメッセージを入れ、スーツから、デニムシャツとコーデュロイのボトムという日常着に着替えた。

しかしその後、三十分が経過しても立花は帰ってこず、トークアプリも既読にならなかった。痺れを切らして立花の携帯に電話をかけたが、呼び出し音が鳴り続けるだけで繋がらない。しつこくコールしていると、留守番電話サービスに切り替わってしまった。

「……出ねーし」

いったん通話を切って、もう一度かけ直す。今度は留守録に「俺だけど、これを聞いたら折り返し電話ください」とメッセージを残した。

ついに六時を回ったが、折り返しの電話もなければ、相変わらず既読にもならない。

（おかしい）

昨夜の電話で、六時過ぎには着くと伝えてある。それに対して立花は、『明日は休みだから、おまえの好物を作って待ってるよ』と言っていた。仮に予定外の外出の用件ができたのだとしても、恋人の性格からして、六時に戻れないと思った段階で連絡をしてくるはずだ。

なのに、まるでアプローチがない。応答もなし。

なにかあったとしか思えない。

振り返ってみれば、ここ最近の立花は様子がおかしかった。なにか悩みを抱えている様子を察して、水を向けるたびに曖昧に誤魔化され、その頑なさにずいぶんと苛つかされた。

昨日の電話では、やっと打ち明けてくれそうなニュアンスだったので、内心ほっとしていたのだが……。

「くそ。やっぱり昨日、電話で聞き出しときゃよかった」

（なにかトラブルに巻き込まれたのか。……まさか事故ったとか？）

苛立ちのままに髪をぐしゃっと乱暴に掻き上げたとき、母屋と繋がっているほうのドアがノックされた。

（帰ってきた!?）

立花かと思い、駆け寄ってドアを勢いよく開ける。

だが、そこに立っていたのは叔父だった。叔父もスーツから和装に着替えている。

「どうした？」

峻王の勢いに驚いたのか、叔父が太い眉をひそめた。

「あ……いや。……叔父貴こそどうしたんだよ」

「今日はタキさんが休みだからな。立花先生に客だ」

お手伝いのタキさんの代わりに、叔父が来客に応対して取り次いでくれたようだ。

「先生に客？」

「ああ、いま正面玄関で待ってもらっている」

立花を誰かが訪ねてくるのはめずらしい。もしかしたら、その来客が立花の不在理由を知っているかもしれないと思った峻王は、叔父に「ありがとう」と礼を言って母屋に向かった。

急ぎ足で辿り着いた母屋の玄関には、高校生くらいの少年が、所在なさげに佇んでいた。顔の半分を覆う髪で片目がほぼ隠れているせいで、陰のある印象を受ける。黒のダウンジャケットに杢グレイのトレーナー、ブラックデニムという組み合わせも、その印象に拍車をかけていた。

三和土の隅で俯き加減に立ち尽くしていた少年が、仁王立ちする峻王に気がつき、びくっと肩を震わせる。みるみる強ばっていく彼の表情から、自身が殺伐としたオーラを発していることを察した峻王は、ふっと息を吐いた。張り詰めた〝気〟を緩めてから、できるだけソフトな声音で「きみは？」と尋ねる。

「た……立花先生のクラスの生徒です。北村といいます」

緊張に上擦った声で、少年がおどおどと名乗った。

「明光学園の生徒か。どうしてここがわかったんだ？」

二十年前ならいざ知らず、個人情報の取り扱いにうるさい昨今、たとえ生徒であっても、担任の住所を簡単には入手できないはずだ。特に立花の場合、神宮寺の屋敷に住んでいることは学園の上層部しか知らないトップシークレットだ。それもあってか、これまで生徒が訪ねてきたことはなかった。

「前に先生のスマホとワイヤレス送受信を使って連絡先を交換したんです。そのときにもらったデータに住所も入ってたから……。うちはスマホとPCが同期しているんで、PCに先生の連絡先が残ってて」

「連絡先を交換した？」

「……はい」

どうやら目の前の彼は、立花にとって特別な生徒のようだ。

「俺は立花先生の身内だが、二日ばかり仕事で地方に出ていたんだ。一時間ほど前に戻ったら先生は家を空けていて、連絡も取れず、所在が摑めなくて困っていたところだ」

峻王の説明に耳を傾けていた生徒——北村がさっと青ざめる。

「やっぱり……」

囁くような小声を聞き咎め、「やっぱり？」と訊き返した。

「どういう意味だ」

思わず三和土に降りて詰め寄ると、北村が後ずさって下駄箱に背中をぶつける。

「せっ……先生はたぶん、あのふたりに呼び出されたんだと思います」

「あのふたりとは？」

訝しげに問う峻王に、北村が「僕のクラスメイトです。遠藤と円城寺」と説明して、これまでの経緯を話しだした。

新学期から不登校だった自分を、担任の立花先生が家まで訪ねてきたこと。自分は部屋に閉じこもって、ドアの外から話しかけてくれる先生に応じなかったのに、それでも毎日通ってきてくれた。授業内容をまとめたプリントも毎日届けてくれた。学生時代の先生が、周囲にうまく馴染(なじ)めずに孤独だった話や、教師になっても数年間は自信が持てなかったことも語って聞かせてくれた。

「正直意外でした。先生は生徒から評判がよかったし、ほかの先生にも一目置かれているように僕には見えていたから。そんな先生にも、自分と同じように自信が持てなくて悩んだ過去があったんだなって……」

話しているうちに落ち着いてきたのか、当初のびくびくと気後れした様子は徐々になくなってきて、口調もしっかりしてきた。話のまとめ方もうまいし、本来賢い生徒のようだ。

「それで、ドアを開けたのか？」

北村がうなずく。

「不登校の理由を話しました。……私物を隠されたりといったいじめ行為があったこと。SNSのトークグループで同級生たちのからかいの対象になっていたこと。いじめを主導しているのは、遠藤と円城寺であること。そのうちにだんだん朝学校に行こうとすると、息苦しくなったり、ひどい動悸がして、部屋から出られなくなったこと。——話を聞いた先生は、担任なのに気がつかなくて申し訳なかったって謝ってくれました。先生はなにも悪くないのに……。その上で、近いうちに必ず問題を解決して、僕が復学しやすいように環境を整えるって約束してくれて」

（そんなことがあったのか）

立花が抱えていた悩みのひとつは生徒のいじめ問題だった。おそらく、教師の守秘義務に抵触することもあって、自分には言えなかったんだろう。

ただ、悩みはそれだけではないような気がする。立花は経験豊富なベテラン教師だ。いじめ問題だけで、あんなふうに電気と暖房を点けるのも忘れて放心するだろうか。

「そのあとで、たぶん遠藤と円城寺を呼び出して話をつけてくれたんだと思います。もう大丈夫だからと電話をくれました」

　そこで急に北村の声のトーンが暗くなる。悄然と項垂れて、「なのに」とつぶやいた。

「意気地のない僕は学校に行けなかった……」

　それに関しては、彼が自分を責める必要はない。問題が解決したからといって、すぐさまなにもかも元どおりというわけにはいかないのが人間というものだ。

　ただし、そこで罪悪感を抱いてしまう自己肯定感の低さ、繊細さが、彼がいじめのターゲットになった所以と言えるかもしれない。

「そうしたら今日の三時頃、いじめの首謀者のひとりからメッセージがきて『いまから出てこい』って、待ち合わせ場所を指定されたんです。死ぬほど会いたくなかったけど、行かなかったらどんな報復をされるかわからないし……スルーできなくて指定のファーストフードに出向いたら、『空気のくせにチクリやがって』とか『おまえのせいで俺ら眼鏡に説教食らったんだぞ。一回死ねよ』とかめちゃくちゃディスられた挙げ句に、『罰として寄越せ』って、無理矢理スマホを取り上げられました。それで、そのときに遠藤が『これであのうぜー眼鏡を呼び出す』って言ってて……」

「やつらが言う〝眼鏡〟っていうのが、先生なんだな？」

　北村がこくりと首を縦に振る。

「たぶんあいつら、立花先生を逆恨みしているんだと思います。僕のスマホを使って先生を呼び出して、危害を加えようとしている。だけど、先生に知らせようにも、スマホがないから連絡先がわからない。それでいったん家に戻って、PCに残っていたアドレスにメールしました。でも先生からレスはなくて……。こうなったら会いに行くしかないと思って、住所をタブレットの地図アプリに打ち込んでここまで来ました。けど、辿り着いたらあんまり立派なお屋敷だったからビビっちゃって、インターフォンを押す勇気がなかなか出なくて……こうしているあいだにも先生が危険な目にあっているかもしれないのにすみません……っ」

　半泣きで頭を下げる北村の肩に、峻王は手を置いた。

「おまえのせいじゃない。それより勇気を出してくれて助かった。恩に着るよ。ありがとう」

　北村がばっと顔を上げる。責められこそすれ、感謝されるとはゆめゆめ思っていなかったのだろう。信じられないといった驚きの表情に、峻王はうなずいてみせた。

「大丈夫だ。先生は俺がなんとかする」

「な、なんとかって？」

「その馬鹿なガキどもから取り返す」

　きっぱりと言い切った峻王を、北村が縋るような眼差しで見つめてくる。

「本当に？」

「本当だ。必ず助け出す」

　揺るぎなく明言すると、北村は目に見えてほっと脱力した。その肩をやさしく叩いて言い聞かせる。

「先生を取り返したら連絡するから、おまえは自宅で待機していろ」

　嫌な予感が当たってしまった。立花はやはりトラブルに巻き込まれていた。

　北村が帰っていったあと、険しい顔つきで自室に引き返した峻王は、部屋に入るなり、ただちに着ていた衣類を脱ぎ去った。全裸でリビングダイニングを横切り、通用門に通じるドアを開けて外に出る。一月の夜の気温は一桁台前半だが、寒さはまったく感じなかった。

　皓々(こうこう)と輝く満月の光を浴びながら、地面に膝と手を突く。

　変身はかなりひさしぶりだが、月齢が満ちているので問題ないだろう。

　本来、人里離れた雪山などならともかく、人間に目撃される可能性のある場所での狼化(メタモルフォーゼ)は一族の掟(おきて)で禁止されている。

　だがいまは、そんなことを言っている場合ではなかった。立花の身に危険が迫っている。

　高校生が命まで奪うことはないと思うが、北村の話ではかなり根性のひん曲がったふたり組のようだ。キレて暴力をふるう可能性は充分ある。

　四つん這いのまま、峻王は体の中核(コア)にぐっと力を入れた。メタモルフォーゼのスイッチのようなものだ。

　ドクンッ！

　心臓が大きく跳ねた。体中の血液が沸騰(ふっとう)し、カーッと体温が上昇して、さざ波のような痙攣(けいれん)に襲われる。

　やがて体の中心にマグマが発生した。劫火(ごうか)で焼かれたがごとく全身が熱を持つ。

熱い。熱い。熱い――！

燃えたぎる体内では、細胞が急速に変化し始めていた。内臓も骨も神経も、いったんドロドロに溶け、その後、再構築されていく。二足歩行の人間から、四足歩行の狼へ。

視線の先の手足の指が短くなり、たちどころに体毛に覆われていく。視界がモノトーンに変わり、上下の犬歯がにょきっと伸びた。

一分とかからずに獣化して、ぶるっと体を震わせる。灰褐色の冬毛がわさっと揺れた。

「ウウッ……」

唸り声をあげた峻王は、尾をぴんと立たせ、黄色い対の眼を光らせる。

波動のようなエネルギーが体内で渦巻いていた。人間のときは感じたことのない、野生的な衝動だ。

走りたい。いますぐ駆け出したい――！

狼の持つ、原始的な欲求にけしかけられるように、裏庭を駆け抜け、通用門をいとも簡単に飛び越えた。まっすぐ伸びた四肢ですたっと着地すると、外灯の光が届かない暗闇から暗闇へと素早く移動する。

生まれ育ったこのあたり一帯の地形は完全に頭に入っているので、人気のない裏道を選んで住宅街を走るのは造作もなかった。

人目を避けて夜の町を駆け抜けながら、風に乗って漂ってくるにおいを嗅ぐ。幸い繁殖期と満月のおかげで、嗅覚はマックスまで研ぎ澄まされていた。

立花にとってもこのあたりはテリトリーだからか、そこらじゅうに彼の残り香が漂っている。だが、自分が求めているのは最新のにおいだ。

比較的新しい立花のにおいを追い求めて走り、結果これは違ったと引き返す。また別のにおいを追ったが、これも空振り――というトライアンドエラーを何度も繰り返して、一時間ほど経過した頃だろうか。ついに求めていたものをキャッチした。一番新しい立花のにおいだ。

まだフレッシュなそれを辿っていくと、しばらくして、立花の職場で峻王の母校でもある明光学園の裏門に着いた。常夜灯にぼんやり浮かび上がった校舎はシンと静まり返り、人間の気配がほとんど感じられない。土曜の夜八時ともなれば、部活のために登校していた生徒も顧問も、すでに帰宅済みなんだろう。

裏門の柵のあいだにマズルを突っ込み、さらに嗅覚に神経を集中させて鼻を蠢かした。

やはり、ここに最新のにおいが留まっている。

先生は学校のなかだ。

確信を得るなり、タタタッと後ろに下がった峻王は、助走をつけて裏門を飛び越えた。大きく弧を描いて校内に着地すると、タッタッタッと並足で進む。高校の三年間通ったので、ここもある意味勝手知ったる庭だ。

「ハッ、ハッ、ハッ……」

どんどん濃厚になっていく立花のにおいに導かれるように、東校舎のどん詰まりまで来た。ここで初めて人間の気配を感じ取り、柱の陰に身をひそめる。

峻王が明光の学生だった頃はボクシング部の部室だった部屋の前に、若い男が立っていた。

大柄で短髪。なにかスポーツをやっているらしく、がっしりとした筋肉質の男だ。イヤホンで音楽を聴いているのか、体でリズムを取っている。

北村の話から類推するに、男は遠藤か円城寺のどちらかで、おそらくは見張り役。

……となると、立花はボクシング部の部室のなかだ。

そう結論づけた峻王は、ひらりと身を翻し、来た道を引き返した。東校舎と本校舎を結ぶ外廊下から外に飛び出ると、東校舎の外壁に沿って回り込む。ちょうどこの壁の向こうがボクシング部だと思われる場所で足を止めた。窓がひとつある。鉄製の窓格子の枠に両前肢をかけて上体を起こし、格子越しに部室内を覗き込んだ。

ひとりの男性が落ち着かない様子で、室内を行ったり来たりしている。部室のなかは薄暗かったが、シルエットだけで誰だかわかった。

(侑希、いた!)

「ウウーッ」

唸り声をあげて鉄の格子に頭突きをする。ガンッという大きな音がして、窓格子全体が揺れ、ガラスがビリビリと震えた。その音で、俯いていた立花がはっと顔を上げる。

目と眼が合った。

レンズの奥の切れ長の双眸がみるみる瞠目し、唇が「た……かお?」と形作る。

(先生!)

どうやら立花は、両手を後ろ手に縛られているようだ。彼はこの窓を開けられない。自分もさすがに鉄の格子を破壊するのは無理だ。となれば……。

(待っていろ。いま助ける)

立花にそう眼で訴えた峻王は、両前肢を窓格子から離して地面に着けた。くるりと回転して、いま来たルートをふたたび駆け戻る。校舎を回り込み、外廊下から東校舎に舞い戻るやいなや、ボクシング部まで一直線に駆けた。

ほどなくして、後ろ向きの若い男が見えてくる。さっきと変わらず、部室の前でゆらゆらを体を揺らしていたが、背後から迫りくるなんらかの気配を察したようだ。揺れをぴたりと止めてイヤホンを引き抜く。

振り返った男が、すごい勢いで自分に向かって突進してくる峻王に、「えっ？」と声をあげた。「な、なに？　犬？　えっ……」

やがて浅黒い顔が、信じられないものを見たかのように引き攣り歪む。

「マジ？　……お……狼!?」

叫び声と同時に、だんっと踏み込み、跳躍する。三メートルほどジャンプした峻王は、限界まで目を見開いて硬直する男に飛びかかった。

「うわ——っ！」

暗闇を切り裂く絶叫が廊下に響き渡る。重量級の狼に体当たりされて、大柄な男が吹っ飛んだ。どしんっと尻餅をついた男に、すかさず襲いかかり、頭突きを食らわす。

「ぎゃっ」

男が仰向けに倒れ、ごんっと後頭部を打った。大の字になった男の体にのしっと乗り上げた峻王は、ぐわっと口を開き、尖った牙を見せつける。

「ひ……ぃっ」

肉体的なダメージはもとより、精神的なリミットを超えてしまったのだろう。

数秒間唇をわなわなと震わせ、手足をぴくぴく痙攣させていた男が、突然白目を剝いて意識を失った。


連絡のつかない自分を案じているに違いない峻王に、どうにかして現状を知らせる手立てはないか。

窮状を打開する方法を捻りだそうと、部室の細長い空間を落ち着きなく行ったり来たりしていた侑希は、ガンッという衝撃音とガラスがビリビリと震える音にはっと顔を上げた。

正面の窓に大きな影が映り込んでいる。逆光で潰れた黒いシルエットのなかで、黄金色のふたつの眼だけが爛々(らんらん)と光っていた。こんなふうに眼が光るのは動物だけだ。

金色に光る獣の眼と目が合った侑希は、じわじわと瞠目した。

そんなはずはない。そんな都合のいい話があるわけがないけれど……。

「た……かお？」

半信半疑でその名をつぶやく。

答えはなかったが、金色の眼がなにかを訴えている気がした。

思念のようなものを感じ取った直後、不意にシルエットが消える。

「あっ……」

あわてて窓に駆け寄ったが、すでに〝それ〟の姿はどこにも見当たらなかった。

「いまの……狼だよな？」

峻王が変身して助けに来てくれた……のか。

しかし、人里離れた雪山ならともかく、人間の多い市街地で変身することは一族の掟で固く禁じられている。掟を破ったことがバレたら大変だ。いまは襲名を控えた大事な時期で、御三家もぴりぴりしている。そんなことはもちろん、峻王自身が誰よりわかっているだろう。

(わかった上で……それでも)

人に見られるリスクを顧みず、助けに来てくれた。

恋人への感謝と熱い想いを胸に立ち尽くしていると、背後のドアの向こうから当惑したような声が届く。

「えっ？」

侑希はばっと振り返った。

「な、なに？　犬？　えっ……」

ドアの外にいる円城寺の声だ。

「マジ？　……お……狼⁉　うわ――っ！」

空気を切り裂くような絶叫。どしんっという誰かが尻餅をついたような音。

「ぎゃっ」

ごんっという、なにか固いものがぶつかる音。

「ひ……ぃっ」

掠れた悲鳴を最後に、ドアの外はシンと静まり返っ

た。駆け寄って、ドアに顔をくっつけて耳を澄ませたが、なにも聞こえない。

(……なにが起こった?)

狼化した峻王が円城寺に襲いかかった……?

尖った牙が円城寺の喉に深々と突き刺さり、そこから鮮血がびしゃーっと噴き出す映像が脳裏に浮かび、心臓が急激に早鐘を打ち出した。

(ま、まさか、こ……殺してないよな?)

ドッドッドッと鼓膜に響く心音を意識しながらフリーズしていると、ドアの向こう側で鍵穴に鍵を差し込んでいる気配がして、続けてカチッという解錠音が聞こえる。

「………っ」

無意識に一歩後退し、息を呑んで見守る侑希の視線の先で、ドアノブがガチャリと回った。ギーとドアが開く。

現れたのは、二日ぶりにその顔を見る恋人だった。

「峻王!」

歓喜を爆発させて名を呼ぶ。抱きつきたかったが、両手を拘束されているせいで果たせなかった。なので代わりに裸の胸に飛び込む。

「先生……っ」

峻王がぎゅっと抱き締めてくれる。躍動(やくどう)の余韻の残る熱っぽい筋肉に顔を押しつけた侑希は、嗅ぎ慣れた恋人のにおいに浸った。左胸から伝わってくる力強い鼓動に、熱い吐息を零す。

(会えてよかった……)

侑希の頭頂部に口を押しつけ、背中を撫でていた峻王が、徐々に腕の力を緩めて、顔を覗き込んできた。

「大丈夫か? 怪我は?」

心配そうに訊かれ、首を横に振る。

「……大丈夫だけど——これだけ」

後ろを向き、ガムテープが巻かれた手首を見せた。

「くそ、ひでーな」

舌打ちをした峻王が、すぐにガムテープを剝がしてくれる。

「ありがとう」

自由になった両腕をさすりながら、侑希は峻王に尋ねた。

「どうしてここがわかったんだ?」

「高知からちょい早めに戻ったら、あんたが部屋にいなかった。待ってても帰ってこないし、連絡もつかないしで、心配していたところに、北村っていう生徒が訪ねてきたんだ」

「北村が？」

峻王の口から生徒の名前が出て驚く。

「その北村が言うには、今日の三時過ぎ、同じクラスの生徒ふたりに呼び出されてスマホを取り上げられたらしい。そのときにそいつらが、これであんたを呼び出すと言っていたそうだ。北村は危険を知らせようと、家のＰＣからメールしたが、あんたからのレスはなかった」

「たぶんその頃にはもう、スマホが手許になかったんだと思う」

「反応がないことに焦った北村は、本郷までをあんたを訪ねてきた」

まだいじめの後遺症で外出するだけでも大変なのに、教師の家を訪ねるのは、相当な覚悟が必要だったはずだ。しかも辿り着いた家は、重々しい門構えの日本家屋。見上げるような門を前にして、身がすくんだであろうことは容易に想像がつく。それでも自分を案じ、勇気を振り絞ってインターフォンを押してくれたのだ。

(北村……ありがとう)

心のなかでつぶやく。

「で、あんたの代わりに俺が北村に応対して、彼からこれまでの大筋の経緯は聞いた。いじめの話と、いじめを主導したふたり組があんたを逆恨みしてるっていう話も」

「………」

「北村の話と状況から、あんたがトラブルに巻き込まれた可能性が高いことはわかった。だが、助けに行こうにも、どこにいるのかがわからないんじゃ話にならない。これはもうにおいを追うしかないと思って狼化し、あんたの最新のにおいを辿ってここに辿り着いた」

四国から帰ったばかりで疲れていただろうに、自分の窮状を察知するなり、すぐに行動を起こしてくれた。なんの手がかりもないなかで、ちゃんと自分を見つけてくれた。

「見つけてくれてありがとう……」

感謝の念を噛み締めつつ口にした侑希に、峻王がにっと笑う。

「任せろ。あんたが地球の裏にいたって捜し出してみせるぜ」

峻王が言うとジョークに聞こえなくて、侑希も笑った。なにしろ恋人は、この世の常識を超越した存在だ。

「心強いよ」

そう言った直後に、ふと心配になった。

「ここに来るまでに狼の姿を見られていないか？」

峻王が「大丈夫だろ？」と肩をすくめる。

「暗かったし、人気のないルートを選んだし。ま、仮に誰かが『狼を見た』って騒いだところで、どーせ誰も信じねーよ。おまえが見たのはでっかい犬だろって言われるのがオチ……」

「あっ」

峻王の「でっかい犬」発言で、失念していた重要な案件を思い出した侑希は、あわててドアを開けた。部室の外に出ると、廊下に人が倒れている。

「円城寺！」

「しっ」

後ろから峻王に口を塞がれ、耳許に囁かれた。

「気を失っているだけだ」

狼の峻王が円城寺に襲いかかるシーンを妄想していたので、その説明にほっとする。

（……よかった）

胸を撫で下ろす侑希をよそに、峻王は円城寺の足を摑んでずるずると引き摺り始めた。部室に運び込むと、服を脱がせにかかる。

「脱がせてどうするんだ？」

「俺が着る。マッパで帰るわけにいかねーだろ。それこそ捕まっちまう」

言われてみればそうだ。

納得した侑希も峻王を手伝った。よほど強いストレスを受けて深い眠りについているのか、そうしているあいだも、円城寺が目を覚ます気配はなかった。下着一枚になった円城寺を、侑希は部室の奥から探し出してきた毛布で包んだ。頭の下にはタオルを丸めたものを押し込む。これで、遠藤が戻ってくるまでに、低体温症になることはないだろう。

幸い円城寺が大柄なおかげで、彼のプルオーバーとカーゴパンツは、長身の峻王でも着ることができた。スニーカーも、ややキツいようだがなんとか履けた。

靴紐を結びながら、峻王が「やさしくしてやることねーのに」と円城寺を顎で指す。

「あんたの両手縛ってこんなとこに閉じ込めやがったガキだろ？」

「まあ、そうだけど……」

「そもそも、あの北村っていう生徒に対するいじめだけじゃないんじゃねーの？　それはもう解決していたはずなのに、あんた、そのあともなにやら悩んでたもんな」

(鋭い……)

北村から聞いた話と、これまでの経緯を摺り合わせて、その推論に至ったのかもしれない。

「それについては帰ってからゆっくり話す」

ここに長居していて、遠藤と峻王が鉢合わせするのはまずい。これ以上、この件に峻王を巻き込みたくなかった。

「もうひとりが帰ってくる前に出よう」

峻王を促し、部室のドアノブに手を伸ばしたときだった。いままさに触れようとしていたノブがくるりと回転し、ドアがガチャッと開く。

「なんで鍵開いてんだよ？　おい、昌也！」

不機嫌な声が聞こえ、ダウンジャケットにトレーナーとスキニーパンツ、侑希の財布で買い物をしてきたのか、ブランドのショッパーを手にした遠藤が現れる。

「おまえ、なにサボって……」

文句を言いながら部室に入ってきた遠藤が、目の前の侑希に驚き、「うおっ」と後ろに飛びすさった。だが一瞬後、ビビった自分に苛立つように、鼻に皺を寄せて口許を歪める。

「はあ!?　なんでガムテープ取ってんだよ？」

チンピラよろしく凄んだ遠藤が、ワンテンポ遅れで侑希の背後に立つ峻王に気がつき、ぎょっと目を剝いた。

峻王を初めて見た者は、一様に同じようなリアクションをする。

あまりにも完璧に整った容姿ゆえか、あるいは、いかんともしがたく滲み出る〝只者ではないオーラ〟ゆえか。

遠藤もご多分に洩れず、瞠目したまま喉をごくっと鳴らした。そうしてから、上擦った声で「だ、誰だ……？」とつぶやく。

その問いかけを完全無視した峻王が、侑希の肩に手を置いて、耳許に唇を寄せてきた。

「こいつがいじめっ子コンビの片割れか？」

「あ……ああ」

「そうか」

いつもよりさらに低い声を発したかと思うと、侑希をぐいっと横に押しのける。

「峻王？」

無表情で距離を詰める峻王の圧に押され、遠藤がじりっ、じりっと後ずさった。くるりと踵を返して逃げようとする遠藤のトレーナーの襟首を、峻王が後ろから鷲掴みにする。

「ぐえっ……」

喉を圧迫された遠藤が、潰れたヒキガエルみたいな声を出した。

「く、くるしっ……」

前襟と首の隙間にかろうじて指を入れ、喉が絞まっていくのに抗う遠藤を、峻王は片手でいともたやすく部屋内に引き摺り込んだ。さらに部屋の真ん中まで引っ張っていって、壁に向かって突き飛ばす。遠藤は決して小柄ではないが、人間離れした力で突き飛ばされれば、実にあっけなく吹き飛んで、どんっという大きな音を立てて壁に激突した。

強く壁にぶつかった衝撃で脳しんとうを起こしたのかもしれない。頭をふらつかせる遠藤に詰め寄った峻王が、右腕を大きく振りかぶった。

「ひいっ」

殴られると思ったのだろう。遠藤が頭を抱え込んで身を縮めた。ひゅっと風を切る音が聞こえ、うずくまった遠藤の頭が二秒前まであった場所に、峻王の拳がめり込む。壁にぼこっと穴が空き、砕け散ったコンクリートの欠片がばらばらと遠藤に降り注いだ。

「ヒー……ヒー……」

遠藤が半泣きで、さらにぎゅうっと身を縮めた。失禁したのか、股間が濡れている。スクールカーストの最上位に君臨し、いつも仲間に囲まれていたリア充・遠藤とはまるで別人だ。

一連の流れを呆然と眺めていた侑希は、教え子のあまりに惨めな姿にはっと我に返り、「峻王！」と叫んだ。

「もうよせ！」

制止しながら駆け寄って、再度振りかぶった峻王の腕にしがみつく。邪魔立てする侑希を、峻王が横目でじろっと睨んだ。

「なんで止めるんだ。こいつのせいで北村は不登校になって、あんたも逆恨みされて閉じ込められたんだろ？」

「それは……そうだけど」

「この手の性根の腐ったガキには口で言っても無駄なんだよ。ＳＮＳでハブるとか、セコいいじめしやがって。あんたのことだって舐め切ってやがるんだろ？　その腐った根性、俺が叩き直してやる」

本物の殺気を迸らせる峻王を前にして、遠藤は涙をダーダーと滝のように流し、ガタガタと震えている。

「待て。――待ってくれ」

侑希は峻王の正面に回り込んだ。遠藤を庇って盾となり、キレかかっている恋人の目をまっすぐ見つめる。黒い瞳の奥に、かすかな獣性を認めた。ひさしぶりに狼化したあとなので、まだ野性のほうが優位になっているのかもしれない。

遠藤も円城寺も裏の顔を持ち、弱者を陰でいじめる卑怯者で、峻王の言うとおり、教師の自分に尊敬の念を抱くどころか、完全に舐め切っているのは言動からも明らかだ。

「それでも……俺の生徒だ。生徒を傷つけることは、たとえおまえでも許さない」

黒い瞳を見据えたまま、きっぱり言い切ると、峻王がぴくっと片方の眉を動かした。苛立ちもあらわに、侑希を睨みつけてくる。

「…………」

腹の中心にぐっと力を入れ、心持ち胸を反らして、強い眼差しを受けとめ続けていると、峻王がふっと目を逸らした。

「おい」

侑希の背後で啜（すす）り泣いている遠藤に声をかけ、片手を差し出す。

「持ってるスマホ、全部出せ」

「え……」

ぽかんと口を開ける遠藤を「早く出せ！」と怒鳴りつけた。

「はっ……はいっ」

恫喝（どうかつ）された遠藤が、震える手をダウンジャケットのポケットに突っ込む。なかのものを急いで取り出して、リノリウムの床に置いた。

スマホが三台と侑希の財布、キーチェーン。床に並んだそれらから、侑希は自分のスマホと財布、キーチェーンを手に取った。財布の中身を確かめると、現金はきれいに抜き取られていたが、カード類は無事だった。

残りの二台を両手に持った峻王が、遠藤に「北村のはどっちだ？」と訊く。遠藤は黙って右手を指さした。峻王から、右手のスマホを渡されて、侑希が確認する。

「確かに北村のものだ」

北村の部屋で、アドレスを交換したときに見たので覚えていた。

それに首肯した峻王が、カーゴパンツのポケットから一本の鍵を取り出す。その鍵を侑希に渡し、「ここの鍵だ」と言った。円城寺が持っていたスペアキーだろう。

「で、これがあそこに転がっているやつのスマホ」

言いながら峻王が今度はカーゴパンツのポケットからスマホを取り出し、遠藤は顎で指された方角に視線を転じる。毛布にくるまって転がされている円城寺に今更気づいて、ひくっと顔を引き攣らせた。

「こっちがおまえのだな？」

左手に持ったスマホを見せられ、強ばった表情のまま、こくこくとうなずく。

「おまえら、これさえ持ってりゃ無敵だって勘違いしてねーか？　それが間違いだっていま目の前で証明してやる」

宣言するなり、峻王が両手のスマホ二台をいっぺんに握り潰した。板状の機体がぐしゃっと棒状に圧縮され、液晶ガラスが粉砕されて、細かいガラス片がぱらぱらと床に舞い落ちる。

「ひっ……」

超人的な握力を目の当たりにした遠藤が首を絞められたみたいな声を出し、侑希も思わず「峻王！」と咎める。しかし峻王は周囲のリアクションなどどこ吹く風と、両手の二台を床に叩きつけ、その上で容赦なく足で踏みにじる。瞬く間に、最新機種はただのステンレスの塊と化した。

「あ……あ……あ」

〝かつてスマホであったもの〟に、四つん這いでにじり寄ろうとした遠藤が「いたっ」と悲鳴をあげる。床に散らばるガラスの破片で手のひらを切ったらしく、「痛い……痛いっ」と大げさに騒ぐ遠藤を高みから冷ややかに睥睨して、峻王が低音を落とした。

「寝てるダチが起きたら伝えろ。弁償して欲しけりゃ本郷の神宮寺の屋敷まで来いってな」

ふたたび目に涙を浮かべた遠藤が、ものすごい勢いで首を左右に振る。その股間は本日二度目の失禁で濡れていた。

8

失神している円城寺と放心状態の遠藤を残し、侑希と峻王はボクシング部の部室を後にした。さすがにもう残っている生徒も教師もいないようで、校内は静まり返っている。

「ごめん。壁に穴空けちまった」

頭に上っていた血が徐々に下がり、少し冷静になったらしい峻王が謝ってきた。

「どのみち改装して、別の部の部室になる予定だったから……大丈夫だと思う」

あそこまで深い穴となれば、人間が素手の一撃で空けたとはまず考えないだろうし、どんなに遠藤がそう言い張ったところで誰も信じないだろう。

円城寺の「狼に襲われた」発言も同様だ。おそらく「悪い夢を見たんだろう」で片付けられるに違いない。ちょっと可哀想だが、これまで散々嘘を重ねてきた狼少年たちの報いとも言えた。

「壁の修理代、請求してくれれば払うから」

「わかった」

こういうところ、大人になったなと思う。社会性が身についてきたというか。昔は、やってしまった事後のフォローなんてお構いなしだった。

「おまえの手は大丈夫か？」

「あれくらいノープロブレム。満月だしな」

「……ああ……そうだ。満月だな」

廊下の窓ガラス越しに、まんまるな月を見てうなずく。気温が低くて空気が澄んでいるせいか、輪郭（りんかく）がシャープで美しい。

職員と来客専用のエントランスから外に出て、通用門に着いたところで、峻王が「携帯貸して」と言った。

「俺のは家に置いてきちまったから」

スマートフォンのロックを解除して渡すと、誰かに電話をかけ始める。

「もしもし？　そう……俺。ちょっと訳ありで、いま先生のスマホからかけてる。悪いんだけど、明光学園まで迎えに来てくれないか。通用門の前で待ってるから。よろしく」

通話を切ってスマホを戻してきた峻王に尋ねた。

「誰にかけたんだ？」

「都築。やっぱ靴がキツくて歩くの厳しいわ」

「都築さんに迎えに来てもらわなくても、タクシーを使えばよかったんじゃないか？」

「ちょっと立ち寄りたいとこあるし、都築は四国行ってないから疲れてねーだろ？」

「おまえな……留守番は留守番で大変なんだぞ」

都築の名誉のために、侑希は釘を刺した。通用門を出てすぐのガードレールに腰かけ、円城寺のスニーカーを脱いだ峻王と、迎えの車を待つ。

待ち時間を利用して、ここに至る経緯をざっくり峻王に話した。

北村の件で逆恨みされ、先程のふたりに尾行されて写真を撮られたこと。神宮寺とのかかわりを示唆した内容の書き込みを、写真つきで匿名掲示板に投稿されたこと。翌日、直接ふたりから教師を辞めるよう脅されたこと。その際脅しに屈しなかったところ、円城寺が遠藤を殴り、口裏を合わせたふたりに暴行の罪をなすりつけられたこと――。

話が進むにつれて、峻王の形相がどんどん険しくなっていく。途中からガードレールにガンガン拳を打ちつけていたが、侑希が言葉を切るやいなや「あのクソガキども！」と罵声を吐き、校舎のほうをギッと睨みつけた。

「やっぱ骨の一本も折ってやりゃよかったぜ……」

両手を組み合わせて、ボキボキと指の関節を鳴らす。いまにも取って返してふたりをボコボコにしそうな殺気にあわてた。

「もう充分にお灸は据えた。リーダーの遠藤は泣くほど怯えていたし、この先は俺や北村と一定の距離を置くんじゃないかと思う」

恐怖のあまりの失禁シーンまで見られて、遠藤としては合わせる顔がないに違いない。逆に不登校にならないように、そこは配慮が必要になってくるだろうが。

最後の峻王の台詞も効いているはずだ。

――寝てるダチが起きたら伝えろ。弁償して欲しけりゃ本郷の神宮寺の屋敷まで来いってな。

普通のやくざがかわいらしく思える峻王の恐ろしさを見せつけられたあとで、ああまで言われて、二度と神宮寺にかかわろうとは思わないだろう。

「もしなんか難癖つけてきたらすぐ言えよ？　秒でシメてやる……」

そう念を押してくる峻王の目が本気で焦る。本当に数秒で息の根を止めそうだ。

「……わかった」

「ほんとだぞ？　生徒だからって庇うなよ？」

「庇わないよ」

「ぜったい我慢すんな」

「しないって。ちゃんとすぐ言うから」

なかなか納得しない峻王を宥めていたら、すーっとシルバーボディのハイブリッド車が近づいてきて停まった。運転席のパワーウィンドウが下がり、眼鏡をかけた怜悧な顔が覗く。

「お待たせしました。おふたりとも乗ってください」

「おー、アシにしちゃって悪い」

「都築さん、夜分にすみません」

恐縮しつつ、侑希は後部座席に乗り込んだ。続いて峻王も乗り込んでくる。ルームミラー越しに、都築が窺うような視線を寄越した。

「なにかあったんですか？」

「ま、ちょっとな」

峻王が曖昧に流すと、今度は侑希に「先生、例の件がらみですか？」と訊いてくる。「ええ……まあ」と答えた瞬間、峻王が「ちょ……待て！」と反応した。

「都築は事情知ってんのかよ？」

「うん、実は今回のトラブルで一度都築さんに便宜を図ってもらったことがあって」

「はあっ？　俺にはナイショで都築には話してたってことかよ⁉」

いきり立つ峻王に、「おまえは四国に行ってていなかったから」と言い訳をする。

「立花先生が話したのではありません。明光学園の幹部からのリークです。かねてより、立花先生の周辺でトラブルが起こった際には報告を寄越すように取り決めてありましたので」

「って、学校にスパイを仕込んでたってことか？」

「有り体に言えばそうなりますね」

シルバーフレームをくいっと指で押し上げた都築が、しれっと認めた。

「有り体とかスカしてんじゃねーよ。……ったく、油断も隙もねーな」

呆れ声を出した峻王が、気を取り直したように「じゃ、もう遠慮はいらねーな」とつぶやいた。

「屋敷に戻る前に寄ってもらいたいところがある」

「どちらですか？」

「先生、北村の住所」

不意に振られて、「えっ……北村？」と聞き返す。

「スマホ返してやらないと困るだろ」

「あ……そうか。そうだよな」

すっかり失念していた自分を反省しながらスマホを取り出し、北村の連絡先をタップした。読み上げた住所を、都築がナビに打ち込んで、車が走り出す。二十分ほどで北村の家に着いた。都築に車中で待機してもらい、侑希と峻王は外に出る。

少し前まで日参していた——シンプルな造りの二階建ての一軒家を、侑希は懐かしいものを見るような目で眺めた。

あれからそんなに時間が経っていないのに、インターフォンを押す自分の心模様は、あの頃とまるで違う。

『——はい』

インターフォンから、北村の母親の声が聞こえた。

「夜分遅くにすみません。明光学園の立花です。淳くんはご在宅でしょうか」

『立花先生？　……あ、はい。少々お待ちください』

さほど待たされることなく、勢いよく玄関のドアが開いて、小柄な少年が飛び出してくる。黒い鉄の門の外に立つ侑希を認めた北村が、「先生！」とめずらしく大きな声を出した。

小走りに駆け寄ってきて外門を開ける。「こんばんは」と微笑みかける侑希に、「よかった……無事だったんですね」と脱力したようにつぶやいた。

「うん。本郷まで訪ねてきてくれて、遠藤と円城寺にスマホを取り上げられた件を知らせてくれたんだってな。ありがとう」

「俺が……あいつらの脅しに負けて渡しちゃったから……」

「北村が自分を責める必要はないよ。北村は先生を助けるために勇気を振り絞って行動を起こしてくれた。先生がいまここにこうしていられるのは、北村のおかげだ」

「そんな……」

首を左右に振った北村が、侑希の斜め後ろに立つ峻王に気がつき、あっと声を出す。

「あの……先生のこと、ありがとうございました！」

「だから言っただろ？　必ず助け出すって」

「……はい。よかった……です」

じわっと涙ぐむ北村の肩を叩いた峻王が、「ほら、これ、おまえのだろ」とスマホを渡した。

「先生と一緒に取り返してきた」

「ありがとうございます！」

スマホを受け取った北村が、感激の面持ちで、感謝の言葉を繰り返した。峻王を見上げる眼差しは、すっかり憧(あこが)れのひとを見るそれになっている。

「北村——今度こそ大丈夫だ。もう、北村の復学を妨げる者はいない。体調に問題がないようなら学校に戻ってきて、また先生と一緒に勉強しよう」

侑希の呼びかけに、北村は小さな声ではあったが「……はい」と応じて、しっかりとうなずいてくれた。


「先生、本当に今回の件では、たくさんのサポートをありがとうございました。おかげさまで淳も表情が明るくなって、ほっとしています」

あとから出てきた北村の母親が深々と頭を下げた。

「いいえ、こちらこそ、担任として至らないところばかりですみませんでした。それと夜分に突然失礼しました。——じゃあな、北村、また学校で」

「はい。おやすみなさい」

門の前で母子と別れた侑希と峻王が、車に戻るのを待って、都築がエンジンをかける。

本郷の屋敷に向かって走り出して間もなく、侑希は「都築さん」と声をかけた。

「先だって都築さんに、『峻王さんの襲名に当たって、改めて覚悟を決めてください』と言われた件なのですが」

「なんだ、それ」

聞き咎めた峻王が運転席のほうに身を乗り出して、「そんなこと言ったのかよ?」と低音で問いただす。

「峻王」

自分絡みだとすぐ抗戦モードになる恋人に、侑希は「これは俺と御三家の話だから」と釘を刺した。峻王はむっと眉根を寄せたが、侑希の毅然(きぜん)とした顔つきを見て、不承不承といった面持ちで体を元に戻す。憮然としたまま腕を組んでシートの背に凭れた。

「あれからすごく悩んで、いろいろと考えました。俺が明光学園の教師でいる限り、今後も今回のようなトラブルが起こる可能性がないとは言い切れない。それでも……それでもどうしても教師を続けたいのです」

都築がステアリングを握りながら、「今回、先生も大変な目にあわれた」とつぶやいた。

「それを踏まえてなお、どうしても教職を続けたいと――教師であることと、峻王さんのつがいであること、どちらも手放さない覚悟を決めたということですね」

念を押してくる声は冷ややかで、侑希が出した結論を非難しているように聞こえる。

御三家としては、一刻も早く自分に教師を辞めて欲しいはずだから、それも当然だ。

教職を辞して、これから大変な重責を負う峻王を陰ながら支えて欲しい。

それが都築の――御三家の本音であろうと予想はついたが、侑希は「はい」と答えた。

「…………」

そんなに甘いものではないという、厳しい言葉が返ってくることを覚悟していると、ルームミラーに映る都築がふっと笑う。

「よかったです」

一瞬、聞き間違いかと思い、「え？」と聞き返した。

「先生には、明光学園の教師を続けてもらわないと困るんですよ」

「困る？」

ますます当惑して、思わず傍らの峻王を見る。峻王もわからないらしく、軽く肩をすくめて首を横に振った。

「希月（きづき）さんと峻仁（たかひと）さんはもうじき中学に上がる。さらに三年後には高校生です。高校生活の三年間には、一族の血を引く者にとって大きなターニングポイントが待ち構えている」

「あっ」

都築が言わんとしていることに思い当たった侑希は声を発した。通常、思春期は第二次性徴の発現と共に始まるが、人狼にはもう一段階先のステージがある。

「発情期ですか？」

「そうです。峻王さんは十六、迅人さんは十七歳で発情期を迎えた。いずれも高校在学中でした」

ちらっと横目で峻王を見たら、今度は首を縦に振っていた。

峻王の発情期がその時期だったからこそ、自分たちは出会ったのだとも言える。

「人狼であるというリスクを抱える以上、進学先は明光学園がベストです。希月さんと峻仁さんが、迅人さんと峻王さんの後輩になると仮定して、その時期にあなたという身内が学校にいることの意義は大きい。なんらかの不測の事態が校内で起こってしまった場合でも、あなたなら対処できる。つまり、明光学園の教師であるあなたの存在は、神宮寺にとって大きなメリットなのです」

（メリット……）

都築の意外な言葉に、侑希は瞠目した。

これまでそんなふうに考えたことがなかったけれど、確かに双子が明光学園に進学するならば、校内での彼らに接触できるのは自分だけだ。

彼らを教師の立場で見守ることで、神宮寺の役に立つことができる……。

新たな役割を与えられた気がして、モチベーションがじわじわと上がっていく感覚を噛み締めていると、先日の都築の台詞がリフレインしてきた。

——教師であることと、大神組組長の伴侶であることを両立させるのは、並大抵ではありません。

——御三家の一員としてお願いします。峻王さんの襲名を四月に控えるいま、先生には改めて、つがいとしての覚悟を決めていただきたい。

あのとき、都築は自分に教師を辞めるよう促しているのかと思った。だが、そうではなかった。

あそこで、本当は教師を続けてもらいたいと言われていたら、きっと自分はその言葉に甘えて安易に流されてしまっていただろう。しかしその程度の心構えでは、この先に待ち受けるであろう幾重もの困難を乗り越えられない。

他人が望む人生ではなく、自分が生きたい道を行く。欲張りかもしれないが、教職も、峻王のつがいであることも、どちらも手放せない。

だとしたら、両立できる術を探る。そのために強くなる。

そう腹をくくることが、都築が——御三家が求めていた『覚悟』だったのだ。

御三家は神宮寺の強力なサポーターであると同時に、厳しい監視役でもある。とりわけ都築はその意識が強かった。

だがもしかしたら、峻王と自分、迅人と賀門がつがいになるという、御三家にとっても大きなふたつのイレギュラーを経て、掟で縛るだけではこの先立ちゆかなくなると学んだのかもしれない。

あれから十年以上の歳月が過ぎた。時代の移り変わりに即して、御三家も変化している。

いまの御三家は、ときに手綱を締めることはあっても、基本は個々人の自主性に任せ、どっしりと大局を見据えている。

代替わりしても、このひとたちのサポートがある限り大丈夫だ。――そう思えた。

改めて御三家の偉大さを痛感する侑希の横で、峻王が「はっ」と声を出す。

「そこまで先を見据えているとか御三家マジこえー……」

峻王の皮肉にもまるで動じずに、都築が「当たり前です」と澄まし声で答えた。


都築には、本郷の屋敷の通用門まで送ってもらった。おそらく母屋の住人はもう寝ているだろう。

「サンキュ。助かった」

後部座席から降りて運転席に歩み寄った峻王が、パワーウィンドウを下げた都築に礼を言った。

「どういたしまして。本日はお疲れでしょうからゆっくり休んでください。明日はひさしぶりにオフですし」

「おう、そうする。じゃあな。おやすみ」

「都築さん、わざわざありがとうございました。おやすみなさい」

侑希も会釈をし、ふたりで車に背を向けたところで、「峻王さん」と呼び止められる。

「四国での篁組の件は仁さんから報告を受けています。お疲れ様でした。あなたならできると信じていました」

都築の労いの言葉に、峻王は軽く目を瞠ったが、やがてふっと口許を緩めた。

「ま、ここからが本番だけどな。サポート頼むぜ」

「お任せください」

クールに請け負い、「では明後日」と軽く頭を下げて、都築がパワーウィンドウを閉める。音もなく走り去っていくハイブリッド車を見送ってから、ふたりで通用門をくぐった。

「さっき都築さんが言っていた四国での篁組の件って？」

玄関で鍵を開けながら峻王に尋ねると、「あー……

それな。長くなるから、着替えてから話すわ」という返事が来る。

　リビングに入ってダウンジャケットを脱いだ侑希は、寝室に向かう峻王に声をかけた。

「なんか飲むだろ？　コーヒーにする？　それともアルコール？」

「ビール」

　返答を聞いて「了解」と応じ、キッチンの冷蔵庫を開ける。

「なんかつまみになるもの……」

（結局、夕飯を食べそびれてしまったしな）

　自覚したとたんに、急激な空腹を感じる。峻王も食べていないはずだ。

　アボカドを八等分に切ってそれぞれに生ハムを巻いたものと、数種類のチーズ、カットしたバゲットをワンディッシュに盛り合わせる。その皿と冷えたビール、グラスをダイニングテーブルに並べたところで、峻王が戻ってきた。黒のVネックのセーターとジャージー素材のボトムに着替え、さっきまで着ていた円城寺の衣類を脇に抱えている。

「これ、どうしたらいい？」

「洗濯して、俺から円城寺に返却するよ」

「じゃあ、ランドリーボックスに入れておく」

　峻王がそのまま洗濯機が設置されているユーティリティルームに向かい、ほどなく円城寺の服を置いて帰ってきた。ダイニングの椅子を引いて、「お、うまそー」と盛り合わせの皿を覗き込む。

「簡単なものですまない。おまえの好物を作るって約束していたのに」

　ビールのプルトップをパシュッと開けた峻王が、「充分だよ」と言った。向かい合わせに座り、ビールが注がれたグラスを持ち上げて乾杯する。

「お疲れ」

「お疲れ様」

　峻王が琥珀色の液体を豪快に喉に流し込んで、「ぷはー、うまい！　たまらん」と唸るような声を発した。侑希もグラスを呷る。

「うん……うまいな」

　諸々が片付いたあとのご褒美ビールのせいか、ことさらに五臓六腑にしみわたる。

「あ、これもうまい」

　アボカドの生ハム巻きを手で摘んで、口に放り込んだ峻王が表情を緩めた。

「ちゃんと箸を使いなさい。ほら、ウェットティッシュ」

「ん、サンキュ。このコンテうまい。俺、やっぱチーズはハードが好きだわ」

「同じコンテ地方産のモン・ドールもうまいけどな」

「あれはウォッシュだけど、確かにうまい。なんだか食いたくなってきた」

「明日買ってこよう。今日の埋め合わせに、贅沢にフォンデュにするのはどうだ?」

「それいいね」

　他愛もない雑談を交わしつつ、ふたりでつまみを摘んでしこたまビールを呑み、腹がくちてきた頃合いで、侑希は切り出した。

「峻王、四国の話」

　促しに、峻王が手許のグラスをテーブルに置く。頭を整理するためか、しばらくグラスの結露を指で拭ってから顔を上げた。

「その話、前振りがあるんだ。実のところ、俺の組長襲名を歓迎しない向きが強くてさ」

「ええっ……」

初耳だった。思わず「どうして?」と身を乗り出す。

　これは決して贔屓目ではなく、峻王は人の上に立つ資質があると思う。

　器量、胆力、頭脳、オーラ——どれをとっても並み外れているし、最近は包容力も出てきた。

「親父は稀代のカリスマだからな。兄弟分にあたる筋も、親父に惚れ込んで杯を交わした組長がほとんどだ。その組長たちからしてみたら、親子ほど年の離れた若造を、親父と同格に思えないのは当然だ」

　表情はフラットで口調も淡々としているが、客観的に語るに至るまでに、相当な葛藤があったことは想像に難くない。

　これまで全戦全勝で来た峻王にとって、初めての挫折……。

「襲名式参加の内諾を取りつけるために、全国を飛び回って頭を下げまくった。そうしたところで色よい返事がもらえるとも限らない。自尊心をゴリゴリ削られて、情けない自分にもイライラして、そのせいであんたには迷惑かけちまったけど……」

　かなり強引に自分を抱いたあの夜、やけに自虐的だったのはそのせいなのかと、改めて思い当たる。

「そんな八方塞がりな状態で四国に飛んだ。四国はさ、大神組にとってぜったいに取り零せない重要な拠点で、その四国を牛耳っているのが高知の篁組の組長なんだ。都築にも『ドンの心証を害さないように』って釘を刺されてて……初顔合わせの前日、ストレス値がマックスぎりぎりまで来ていたときに、宿で親父と話をした」

「月也さんと？　めずらしいな」

「サシでっていうのはほとんどないもんな。……で、親父に『なにを迷っている？』って水を向けられて、『跡目は本当に俺でいいのか』って訊いたんだ。『今回の代替わりには誰もが納得がいってない。大神組の内部にも不満を抱いている者がいる。身内でさえまとめ切れていない』って思わず弱音を吐いたら、『先におまえのなかに迷いがある。みなはそれを察して不安を覚えているのだ』って返されて。しかも『義務感で仕方なく引き受けたのであれば、いますぐに辞退しろ』とか言うから、めちゃくちゃ腹が立った。この件で、どれだけ俺が振り回されてきたと思ってるんだって」

　そのときの心情が蘇ってきたのか、正面の顔が険しくなる。侑希自身、それは峻王が腹を立てるのも無理はないと思ったが。

「親父が言うには『私はおまえにも迅人にも、跡目を強いたことはない。継ぐ意志がないのなら、私の代で終わらせるつもりだった』って。……で、言われてみればそのとおりで、親父は一度も俺に『組を継げ』とは言ってないんだよな」

「………」

「それではっと目が覚めたっていうか。俺と先生のときも、迅人と賀門のおっさんのときも、親父はつがいになることを許した。許すことで、組と一族に幕を引く役目を引き受けたんだ。誰にも喜ばれないし、非難囂々は必至、ヘタすりゃ恨まれる損な役回りだ。親父は思っていることをべらべらしゃべったりしないし、滅多に感情を表に出さないけど、腹のなかには、いざとなれば自分が全責任を負う〝覚悟〟がある」

　憤りから一転、峻王の声はどこか誇らしげで、こんなふうに父を語る恋人を初めて見た侑希は、胸の奥がじんわり熱くなった。

　おそらくこれまでの峻王は、カリスマである父親とのあいだに距離を感じていた。重責を担う父は遠く、親子であるという実感を持てないまま、ここまで来たのではないか。

けれど自分が父に成り代わる立場となり、改めて、あのときの父の決断の重みに気がついた。

月也は、息子たちが同性のつがいと添い遂げることを許した。

それによって血筋が絶える——その痛みと罪の重みを自らが背負う覚悟で。

一族の長としてはミスジャッジだったのかもしれない。そんなことは月也だって重々承知していただろう。

それでも、一族の領袖としての正しさより、親の情を——子の幸せを選び取った。

たぶん、彼の人生において私情を優先したのは、そのわずか二度だけ。

それほどに、ふたりの息子を深く愛していたのだ。

言葉にしたり、態度に表すことはほとんどないけれど、彼が自分と賀門を受け入れたことが、なによりも子供たちを愛している証拠だ……。

「だからみんなが親父に心酔してついていくんだって気づいた。ただ見てくれが人形みたいだからちやほやされているんじゃないって……何十年も側で見てきて今頃気がつくなんてアホだよな」

自嘲めいた口調ではあったが、峻王の顔は憑き物が落ちたかのようにすっきりしている。

「それで、俺にも目標ができた」

真剣な表情で切り出した峻王に興味をそそられ、「どんな?」と訊く。〝目標〟というワードは、これまでの峻王なら口にしなかったと思ったからだ。

「親父を超える」

きっぱりと言い切る顔は、すでに一族の領袖の威厳に満ちていた。

父親のすごさを改めて認識した上で、それでも超えてみせるという気概。

現状に満足せず、常にベストな自分を更新していく——。

峻王は月也から、「志（こころざし）」というバトンを受け取ったのだ。

受け取ったバトンを、いつか次のリーダーに渡す日まで、全力で走り続けるだろう。

間違いなく、きっといいリーダーになる。

確信するのと同時に、そんな彼の伴走者（ばんそうしゃ）になりたいと強く思った。

「そのあと、あんたと電話で話して元気もらっていろいろ吹っ切れた。それで決めたんだ。四国のドンとの顔合わせは、自分流でいこうって。やっぱかしこまって頭を下げてるだけなんて俺らしくねーし、偽りの姿で気に入られたって意味がない。そう思って高知に乗り込んだはいいけど、この篁組組長ってのが食えねえジジイでさ」

峻王が語った篁組組長宅での顚末には、度肝を抜かれた。

「土佐闘犬けしかけるって……」

絶句する侑希に、峻王が「ったく、とんでもねージジイだぜ」と顔をしかめる。

「俺が生意気言ったからってのもあるだろうけど、ガチで殺る気満々だもんな。……まあ、そんな次第で虎の穴的ミッションをクリアして、ドンの内諾を取りつけて帰ってきたってわけ」

「それはよかった……。そういえば嚙まれた腕は？」

「このとおり」

峻王がセーターの袖を捲って見せる。掠り傷ひとつ残っていない、つるりときれいな腕を見てほっとした。

「ひとまず大きな山は越えたけど、襲名前でこれだけ大変ってどうなんだよ？　ったく先が思いやられるぜ。組長になったら、どんだけストレスフルなんだって」

ぼやく峻王の目を見つめて問いかける。

「でもやる。そうだろう？」

「そうだな」

肯定して、峻王が笑った。初めて見るような、おおらかな笑顔だ。

出会った当時、自分にはない峻王の激しさに惹かれた。

苛烈で、一途で、誇り高いつがいを愛してきた。けれど、人を寄せつけず、それゆえに孤高だった峻王はもういない。

いま目の前にいるのは、大勢の社員と組員を率いる、若きリーダー。

したたかさと度量の大きさを兼ね備えた――大人の男。

精悍な美貌を見つめる瞳が潤み始めたのが、自分でもわかった。体温が上がって、じわじわと汗ばんでくる。顔も熱い。これはアルコールのせいなのか……それとも。

正面からの熱っぽい眼差しに気がついた峻王もまた、侑希を熱く見つめ返してきた。視線と視線が絡み合う。

黒々と艶めく闇色の瞳に、欲情した自分の顔が映り込んでいた。

「峻王……」

掠れた声で呼びかける。

「昨日、電話で言ったこと……覚えているか？」

――早く会いたい。……早くあんたを抱きたい。

――俺も……早く抱き合いたい。

峻王がじわりと目を細めた。

「……覚えてるに決まってんだろ？」

言うなり、ガタッと椅子を引いて立ち上がる。一瞬で距離を詰めて、侑希の二の腕を摑み、ぐいっと引っ張った。椅子から引っ張り上げられるのと同時に、ぎゅっと抱き締められる。耳許に熱い息がかかった。

「あんたのおかげだよ」

「……峻王？」

「あんたがいるからがんばれる。どんな試練も乗り越えて、がんばろうって思える」

「………っ」

体を離して、恋人の顔を間近から見つめる。

「それは俺の台詞だ。おまえの存在が俺を強くしてくれる」

「……侑希」

峻王がうれしそうに微笑んだ。微笑みの形を象ったまま、唇が近づいてくる。ゆっくりと目を閉じた侑希は、幸せな心持ちで恋人のくちづけを受けとめた。


寝室に移動して、ふたりでベッドに身を投げ出し、ふたたび唇を重ねた。

ちゅく、ちゅくとお互いの唇を啄み合うキスを繰り返したあとで、侑希はうっすら唇を開いた。たちまち峻王の熱い舌が口のなかに入り込んでくる。

肉厚の舌で上顎をなぞられ、搦め捕られた舌をねぶられて、鼻から甘い吐息が漏れた。

「んっ……ふ……んっ」

呑み込みきれない唾液が唇の端から滴る。

上になったり下になったりと体勢を入れ替えながら、互いに舌を甘噛みし合ったり、舌を絡め合ったり、唾液を混ぜ合わせたり――さすがに息が続かなくなって身じろぐと、峻王が名残惜しげに唇を離した。

侑希の顔の両側に手を突き、覆い被さってきた峻王が、額と額をくっつけて、慈しむように額と鼻先にくちづけてくる。その弾みで硬いものが太股に触れた。

「……あっ……」

思わず声が出る。

太股に感じているのは、恋人の漲りだ。それももうかなり硬くなっている。

男の場合は欲望がダイレクトに体に表れて、隠しようがない。張り詰めた股間をぐりっと押しつけられると、まるで〝したい〟と言われているみたいで、カッと体が熱くなった。

「……したい」

改めて言葉でも乞われ、また体温が上がる。発情のスイッチが入ったのを感じた。

「うん……しよう」

そう応じた刹那、太股に当たっているものがさらに硬くなる。もう数え切れないほどしてきたのに、それでもまだこんなに求めてくれることがうれしい。

（うれしい……）

こみ上げてきた歓喜に背中を押されるように、侑希は体を起こした。峻王と体勢を入れ替えて、仰向けになった恋人の脚に跨り、ジャージー素材のボトムに手をかける。下着ごと下へずらし、すでに七分勃ちになっていたものを取り出した。間近からためつすがめつしていると、屹立がぴくんと反応する。

「……侑希」

峻王が掠れた声で名を呼んだ。侑希のほうからこんなふうに積極的になることはあまりないので、意外に思いつつも、興奮しているようだ。

普段は峻王の情熱に押し切られて流されるのが常だし、始まってからも恋人のリードに任せっきりで、能動的になにかすることもほぼない。だからこそ今日は。

「……俺にさせてくれ」

テクニックに自信があるわけじゃない。ぜったいに気持ちよくさせるとは言い切れないけれど、恋人を愛しく想う気持ちを行為で示したいという欲求は、気後れを上回るほどに強かった。

侑希の顔を熱を帯びた眼差しで見つめていた峻王が、唇を横に引いて「楽しみだ」と言った。

「がんばる」

意気込みを表明した侑希は、恋人の股間に顔を近づけた。

視線の先にあるのは、実に見慣れたものだ。自分にだってついているし、峻王のこれも、毎日のようにと言えば大げさだがかなり頻繁に見ている。なのに毎回、その完成度に見惚れてしまう。特にエレクトしたものは格別だ。フォルムといい、反りといい、大きさといい、硬度といい――理想的な男性器の品評会があったなら、間違いなく一位を取るはずだ。……と思うのはさすがに身贔屓が過ぎるだろうか。

気持ちの盛り上がりのままに口を開き、まずは先端部分をはむっと含んだ。

喉の奥を突いてしまわないように、慎重に、可能なだけを少しずつ口のなかに入れていく。

「う……ぅ、ン……ッ」

七割方を納め、口のなかを異物で占拠される感覚に自分が馴染むまで待ってから、そろそろと舌を這わせ始める。張り出たえらの下のくびれを舌先で辿り、複雑な隆起を唇で擦った。たちまち口腔に唾液が溜まり、くちゅっ、ぬにゅっという水音が漏れる。収まりきらない唾液が口の端から溢れて喉を濡らした。

舌先で裏筋を舐め上げると、息を呑む気配がして、尻の下の峻王の脚がもぞっと動く。直後に、口のなかの欲望がぐんっと膨張した。

「んっ……く、んっ……」

圧迫されて苦しい……けれど、峻王が感じてくれている証だと思えばうれしい。

尻上がりに硬度を増していく怒張を、舌、唇、歯、上顎、下顎、喉――使えるものすべてを使って懸命に愛撫した。それに応えるがごとく、峻王の欲望もより逞しく、したたかに育っていく。

侑希は上目遣いに、峻王の顔を窺った。

いつもは強い光を放っている黒い瞳が、しっとり濡れて、艶めいて見える。滴るような男性的な色香にぞくぞくした。

(感じてくれている？)

そう思うと顎のだるさも吹き飛んだ。

もっと、もっと、感じて欲しい。気持ちよくなって欲しい。

「……先生」

吐息混じりの低音で呼んだ峻王が、口淫を続ける侑希の頭に手を置いた。髪のなかに指をくぐらせ、頭皮をやさしく揉み込んでくる。

(気持ち……いい)

指先から恋人の想いが伝わってくるようで、侑希はうっとりと目を細めた。ソフトタッチのマッサージに、体温がじわり、じわりと上がっていく。首筋から背筋にかけて甘い痺れが走り、腰がじんじんと疼いた。頬が上気して瞳が潤む。

はじめは能動的な愛撫でいっぱいいっぱいだったが、峻王の頭皮マッサージと、口腔内の性感帯を刺激されることの相乗効果で、侑希自身も徐々に体が熱くなってきた。

下腹部が重く、膿んだみたいに腫れぼったい。

（勃って……きた）

むずむずする下半身を無意識に脚に擦りつけると、峻王の全身がぴくっと身じろぎ、いつの間にか口のなかに収まりきらないほどに雄々しくなっていた屹立の先端から、カウパーが溢れてくる。反射的に、それを舌先で舐め取った瞬間、頭上で息を詰める気配がした。

「……………っ」

峻王の手が侑希の頭を摑み、強く押してくる。

「ヤバい……出る！」

忠告を無視していたら、口のなかの欲望がぶるりと痙攣し、ぱんっと弾けた。喉の奥に勢いよく発射されたものを、ごくんと呑み下す。

独特なえぐみがあったが、吐き出すほどではない。

それに、これも峻王の体から出たものだと思えば愛おしい。

「出しちまった……ごめん」

侑希の口から自身を抜き、がばっと上半身を起こした峻王が謝った。

「気持ちよすぎて我慢がきかなかった」

「……本当か？」

「嘘なんかつくかよ。なんかすげー気持ちが入ってる感じがした」

峻王の感想を聞いて、そういうのって伝わるんだなと思った。テクニックじゃないんだ。

「……よかった。おまえに気持ちよくなってもらいたいって思いながらしたから」

「でも、まずかっただろ？」

「そんなことないよ。おまえの体の一部だし……」

「……侑希」

心を揺さぶられたような表情をした峻王が、侑希の腕を摑んで引っ張った。胸のなかに引き寄せ、衝動に駆られたみたいに、ぎゅっと強く抱きすくめてくる。

「好きだ。……愛してる！ ……あー、駄目だ。言葉じゃ言い表せねえ」

もどかしげにつぶやいた峻王が、拘束を解き、侑希の額にちゅっとキスをした。

「やっぱ、行動だな」

ひとりごちたかと思うと、おもむろに侑希の両手首を摑んでバンザイさせる。

「な……なに？　なんだよ？」

困惑しているあいだに、セーターを頭から抜き取られた。その後も次々と衣類を脱がされ、気がつくと素っ裸にされていた。峻王自身も手早く衣類を脱ぎ去って全裸になる。

「そこに四つん這いになって」

有無を言わせぬ口調に抗えない圧を感じ、指示に従ってベッドに四つん這いになると、侑希の後ろに回り込んだ峻王が、左足首を摑んで引っ張った。そのまま左足の親指をぱくっと口に含む。

「……っ……」

足の指舐めという初めての経験に侑希は息を吞んだ。

（くすぐったい！）

あわてて足を引っ込めようとしたが、両手でしっかり摑まれてしまっているのでびくともしない。

「峻王……こんな……いいってっ」

辞退する侑希をスルーして、峻王の舌がねっとりと指に絡みつき、一本ずつ丹念に舐めしゃぶっていく。指と指のあいだにも舌を這わされ、未知の感覚に背筋がぞわぞわ震えた。峻王の唾液がつーっと足首に伝わる感触にも感じて、下腹がジンジン疼く。すでに芯を持っていたペニスが、じわじわと勃ち上がった。

足の指をしゃぶりながら、峻王の大きな手が、足の裏、くるぶし、足首、脹ら脛（ふくらはぎ）を撫でさする。はじめこそ、こそばゆさが勝っていたが、だんだん気持ちよさがそれを凌駕（りょうが）していく。手のひらから伝わる熱と、絶妙な力加減が心地いい。腕のいいマッサージ師にかかっているみたいだ。

徐々に体から力が抜けて、頭がぼーっとしてくる。

（気持ちいい……気持ち……いい）

頭のてっぺんから足の指先まで、とろとろに蕩けて、ぐにゃぐにゃになりかけたときだった。いきなり両手で尻を鷲摑みにされて、びくんっと全身が跳ねる。

弛緩しきっていた体を強引に割り開かれ、いつもは固く閉ざされている場所にあたたかい息がかかった。ぬるっと濡らされる。

舌でアナルを舐められる恥辱（ちじょく）に、侑希は「峻王っ」

と非難の声をあげた。

「それ、やめ……ああっ」

抗議の声が途中で悲鳴に変わったのは、やめるどころか、舌先を押し込まれたからだ。しかも腰をがっしりと押さえつけられているので逃げられない。時折、舌先でちろちろと隘路を舐められ、そのなんとも言えないむずがゆい感触にも身悶えさせられた。

「く……う……んっ」

体内をたっぷりと唾液で濡らした舌が、ずるっと抜け出ていったタイミングで、肘がかくんと折れる。顔をぱふんと枕に埋めて、侑希は胸を喘がせた。

「……はあ……はあ」

やっと辱めから解放された——と思ったのは甘かった。油断していたところに、今度は指が入ってくる。

「……んあっ」

節ばった硬い指が体内に入ってくる違和感に背中がたわんだ。異物を押し出そうと内壁がざわざわと蠢くのを感じたが、その抗いに屈することなく、肉筒を押し広げるみたいに指が侵入してくる。一本入れると、さらにもう一本。やがてその二本の指が同時に動きだした。

「う……ん……ふっ」

それぞれの指が、違う場所を刺激する。前立腺をカリッと爪で引っかかれ、びりっと電流が走った。

「ん、んっ……」

足舐めで勃ち上がっていたペニスが、さらに角度をくんっと増す。

「ふ……あ……」

勃起の先端から粘ついた体液が溢れ、シーツにシミを作った。二本の指を出し入れされるたびに、さっき峻王が送り込んだ唾液がくちゅくちゅと淫靡な音を立てる。指に絡みつき、浅ましく収斂する内襞がいとわしくて、シーツをぎゅっと摑んでいたら、不意に後ろの圧迫が消えた。

(——え？)

抜けた指の代わりに、硬い棒状のものが、ごつごつした隆起を擦りつけるようにスリットを行き来し始める。ほどなく、それが峻王の性器だと気がついた。

さっき達ったばかりで、もうここまで復活したのか。その回復力に戸惑う間もなく、亀頭で穴をつつかれた。くぷっと先端を含ませたかと思うと、来る！　と身構える侑希をあざ笑うみたいに抜く。ぬるぬるとスライドさせて、先端でつつき、先っぽだけ入れて抜く――という生殺しのような行為が繰り返された。

いまにも入ってきそうで来ないもどかしさに焦れ、上と下の口がぱくぱくと開閉する。今回こそという期待を裏切られ続けた侑希は、尻を切なくくねらせた。物欲しげにひくつくアナルがやるせなくて、眼球を透明な膜が覆う。

下腹部で、どろどろの官能が、出口を求めて渦を巻いている。

「た……峻王……」

たまらず、意地悪な恋人の名を口にした。

「お願い……」

「お願い？　なにを？」

またこのパターンだ。前も、すごく恥ずかしい言葉を言わされた。でも、言わされたことによって、自分がすごく興奮して乱れたのも事実。セックスのときの峻王が、時々意地悪になるのも、快感を高めるためのスパイスのようなものなのかもしれない。

「お、大きいの……ああっ」

言葉の途中で亀頭がぐっとめり込んでくる。侑希ははあはあと喘ぎながら「そ、そのまま」と懇願した。もうお預けは耐えられない。

「お願い……そのまま……入れてっ」

哀願に応えるように、ぐぐっと腰を入れられる。

「あぅっ」

胃が迫り上がりそうな圧迫を感じた次の瞬間、まさに貫くといった表現がぴったりの勢いで峻王が入ってきた。

「……入っ……あ、あ――」

涙がぶわっと盛り上がり、仰け反った喉から声にならない悲鳴が溢れる。

衝撃は大きかったが、一息に挿入されたので、苦しい時間は短かったように感じた。

「……ふか、い……」

すごい奥まで恋人に占拠され、薄く開いた唇から熱く湿ったため息が漏れる。

背中に固い筋肉が密着して、首筋に峻王の唇がしっとりと触れてきた。

「あんたの〝なか〟……最高に気持ちいい」

掠れた低音の囁きに、ぶるっと背筋が震える。ぴっちりと一ミリの隙間もなく恋人を食(は)んでいる部分から、じわじわと甘い愉悦がしみ出てきた。

自分も……気持ちいい。峻王が〝なか〟にいるのが……いい。

峻王が動き出した。はじめは侑希の体調を探るようなスローペースだったが、さほど時間を要さずに把握したのか、ピッチが上がっていく。

「あっ……あっ……あっ」

強靱な腰遣いでリズミカルに抽挿を送り込まれ、侑希は背中を大きく反らして嬌声を放った。いつしか完勃起していたペニスの先端から、白濁混じりのカウパーが溢れ、背後からパンパンッと腰を入れられるたびに、ぴっ、ぴっ、ぴっと飛び散る。

「どう？ いい？」

荒い吐息混じりの問いかけに、こくこくと首を縦に振った。

「んっ……いいっ……気持ちいい」

散々じらされたせいか、いつもより〝なか〟が敏感になっている。

「どんなふうにいい？」

説明を求められ、白くかすんだ頭で考えた。

「硬くて……すごいのが……気持ちいいとこ……ずんずんって……あ、当たって……っ」

たどたどしい返答に、体内の峻王がぐんっと膨張した。さらに嵩を増した凶器で感じる場所をごりっと擦られ、侑希は甘くすすり啼く。

「そんな……だめえ……っ……」

口ではだめと言っておきながら、体は貪婪にうねり、峻王をきゅうきゅうと締めつけている。

自分でもおのれの貪欲さに呆れるけれど、我慢できない。

「もっとたくさん……もっと……っ」

際限のない欲望を口にしたとたん、峻王がずるっと抜けた。突然の喪失感に「あっ」と悲鳴が飛び出る。

体を反転させられて、戸惑っているあいだに両脚を深く折り曲げられ、剝き出しになった後孔に亀頭があてがわれた。

「ああっ」

熱した短刀のような充溢をずぶっと突き入れられ、ひときわ大きな声が迸る。

最奥まで一気に突き入れるのと同時に、獣の本能をあらわにした恋人が激しく責め立ててきた。パンパンと陰嚢と尻がぶつかる音が響く。

硬くしなった雄で媚肉をぐちゅぐちゅと掻き混ぜら

れ、前立腺をぐりぐりと抉られて、眼裏で火花が散る。

「はっ……あっ……はあ」

強烈な快感に、侑希の視界は白く霞んだ。

「や、あ、……もう……おかしくなる……っ」

無意識に峻王の大きな体にしがみつくと、小刻みに、絶え間なく穿たれる。小刻みだったそれが、いつしかずんっ、ずんっと全身に響くような深いストロークに変わっていく。ラストスパートをかけてきた肉食獣に、むき出しの快感でひりついた〝なか〟を立て続けに抉られて、射精感が高まる。

「あ、あ、あ……いく、……いくっ」

ふわっと体が浮き上がる――馴染みのある感覚。

「……いく……う――っ」

後ろだけの感覚で絶頂を極めた直後、侑希の〝なか〟で暴れていた峻王がこれ以上なく膨らんで、どんっと弾けた。

ぴしゃっ、ぴしゃっと立て続けに熱い精液をたっぷりと注ぎ込まれ、疼くような快感が背筋を駆け抜ける。それだけで、もう一度軽く達してしまった。

「あ……あ……」

二回連続でイッた侑希は、峻王の首から両手を離して、仰向けに倒れ込む。オーガズムが深すぎて体に力が入らなかった。まだ全身が小刻みに痙攣している。

(すご……かった……)

「……侑希」

まだ〝なか〟にいる峻王が、覆い被さってきて、顔じゅうにキスの雨を降らした。

最後に唇をちゅくっと吸ってから、侑希の目を見つめて囁く。

「どんだけあんたを愛しているか、俺の気持ち、体からも伝わったか？」

「うん……しっかりと受けとめました……」

「よし」

うれしそうに破顔して覆い被さってきた恋人の重みに、侑希も微笑み、幸せな吐息を漏らした。


週明けの月曜日。

昼休みに校長室に呼び出された侑希は、校長の近藤から、遠藤と円城寺が学校を辞めたことを知らされた。それぞれの保護者が、息子たちの自主退学を伝える電話をしてきたらしい。

「退学⁉　本当ですか」

思わずデスクの近藤に詰め寄ってしまい、並んで立っていた教頭に「立花くん」と注意される。

「すみません……びっくりして」

侑希は謝りながら元の位置に戻った。

朝のホームルームの際、遠藤と円城寺のふたりは出席しておらず、欠席の連絡もなかったので、こちらから連絡すべきか否かを迷っていたところだった。土曜日の件で、彼らが自分と顔を合わせづらいであろうことは察しがついたからだ。

しかし、さすがにいきなり学校を辞めるとは思わなかった。

渋い表情で近藤が口を開く。

「彼らは特進の生徒だし、こういった場合の通例の対応として、考え直して欲しいと慰留はしたが、ふたりともどうしてもうちを辞めたいと言っているそうでね。どうやら退学の意思は固そうだ」

「円城寺のほうは『化け物がいた』だの『狼に襲われた』だの、おかしな譫言(うわごと)を口にしているらしい。悪いクスリでもやっているんじゃないかと心配になるがね……」

険しい顔の教頭の補足に、ドキッとした。

「遠藤はなにかにひどく怯えているふうで、カーテンも閉め切って、部屋から出ようとしないそうだ。――立花くん、きみ、担任として、なにか心当たりはあるかね？」

近藤に振られた侑希は、伏し目がちに「……いえ……特には」と首を振る。しらを切るのは心苦しかったが、一昨日の出来事を明らかにすることはできない。

実は今日の朝いちで、侑希は元ボクシング部顧問でスポーツコースの主任でもあるベテラン教師に、『うちのクラスの生徒が持っていたものです』と部室のスペアキーを渡していた。円城寺から峻王が取り上げたものだ。

『ああ、これはボクシング部の……。やっぱりスペアが出回っているんですね』

『すみません』

『いやいや、先生が謝る必要はありませんよ。僕の管理が甘かった。近く改装して鍵も付け替える予定でしたが、それより先に鍵だけは替えないと駄目だな。今日中に手配します』

『あの、一応、部室を確認したほうがいいと思うのですが、私も同行してよろしいでしょうか』

　そう申し出て、主任と例の部室を見に行った。土曜日に峻王が空けてしまった壁の穴は、当然そのままだったが、主任は出入りしている生徒の仕業だと思ったようだ。

『こりゃまたずいぶん深い穴だな。この鍵を使って入り込んだやつらが悪ノリして、ハンマーかなにかで空けたんでしょう。なんせエネルギーが有り余ってますからね。改装時に、ついでに補修してもらいます』

　スポーツコースを長年担当して荒事には慣れているのか、そんなふうにあっさり言われて、内心ほっとしていたのだが――。

「ふたりの自主退学によって、金曜日に彼らがきみの仕業だと言い張っていた暴行の件も、不問になるだろうね」

　教頭の声で我に返った侑希は、「そう……なりますでしょうか」と慎重な返事をする。

「この前も言ったが、我々はきみが嘘をつくような人間じゃないとわかっている。つまり、あのふたりは狂言――いまどきの言葉で言えば自作自演か――で教師を陥れようとする厄介な生徒だったということだ。保護者もモンスターペアレント傾向が見えたし……そんなわけで、明光学園としては彼らの退学願いを受理する意向だ」

　大きな問題を起こす前に厄介払いできたと言いたげな近藤に、侑希はやや複雑な気分で、「……そうですか」とつぶやいた。

　遠藤と円城寺の中途退学には残念な思いもある。だがこれまでの経緯を思えば、今更彼らが自分の受け持つクラスに戻ってくるのが難しいのもわかった。

　いずれにせよ、遠藤も円城寺も精神的に落ち着いた段階で、別の学校に編入することになるだろう。できることならば、転校を機に心を入れ替えて、人生を立て直して欲しい。本来ふたりとも優秀な生徒なのだから……。

「それと、学年主任の件だが、どうだね？」

　ふたりの生徒の行く末に思いを馳せていた侑希は、正面からの確認に対するリアクションがワンテンポ遅れた。

「立花くん？」

「え？」

「学年主任の件だよ。そろそろ答えが欲しいんだけどね」

　やや苛ついた声音で促され、「あ……はい」と姿勢を正す。

「有り難く引き受けさせていただきます」

　ずっと迷っていたのだが、土曜日の峻王の「親父を超える」という決意表明を聞いて、自分も逃げてはいけないと思った。

　いち教諭という枠を超えて学校の運営にも携わることになり、責任は重大だが、学園が自分を必要としてくれているのならば、恩返しも兼ねて応えていきたいと思う。

　それがいつの日か、神宮寺一族の未来にも繋がっていくと信じて――。

「おお、そうかね！　それはよかった」

　めずらしく近藤が表情を緩めた。教頭も過去見たことのないような笑顔で「期待しているからね」と声をかけてくる。

「微力ではありますが、精一杯がんばらせていただきます」

「うむ。頼むよ」

「はい。――では、失礼します」

　一礼ののち校長室を辞した侑希は、廊下をしばらく歩いたところで、後ろから「先生」と呼ばれた。足を止めて振り返った侑希の視界に小柄な生徒が映り込む。

「北村」

　遠藤と円城寺のふたり組と入れ替わるように、今日からふたたび特進クラスに戻ってきた北村が、教科書とノートを携えて歩み寄ってきた。日曜に散髪に行ったのか、前髪がさっぱり短くなっていて、印象がずいぶん違って見える。朝ホームルームで見たときは、一瞬、誰かと思った。生徒たちもそう思ったらしく、みんながちらちらと北村を見ていた。

「あの、さっきの授業でひとつ質問があるんですけど、いいですか？」

「もちろんだ。数学準備室で話そうか」

　侑希の誘いに、北村が生まれ変わったような明るい表情で「はい」と返事をした。

暁暗(ぎょうあん)

ふっと目が覚めた。

ブラインドの羽根の隙間から光が漏れておらず、薄暗い寝室をぼんやり照らしているのが壁際のフットライトだけであることから、夜明け前だとわかる。

(……五時頃か?)

アラームを六時に仕掛けてあるので、それまでもう一眠りしようと思い、侑希が羽根布団のなかでもぞもぞ身じろいでいると、傍らから「どうした?」という声が届いた。

背中を向けて眠っていたはずの恋人が、寝返りを打ってこちらを向く。間近に見る顔つきはシャープで、たったいま起きたばかりという佇まいではなかった。クリアに澄み切った瞳を覗き込み、侑希は意外そうに尋ねた。

「……いつから起きていたんだ?」

「一時間くらい前から」

返答を耳にして、さすがの峻王も緊張して眠りが浅かったのだろうかと考えた。

本日正午から、峻王の大神組組長襲名の儀式が執(と)り行われる。

この襲名式に至るまでの道のりは、決してなだらかなものではなかった。まだ若い峻王が跡目をとることを不安視する向きも多く、なかでも月也の兄弟分にあたる組長たちから、なかなか襲名式出席の内諾を得られなかったようだ。

峻王自身、思っていた以上に苦戦を強いられ、若いというだけで自分を否定される苦しい時間のなかで、なぜ跡目を継ぐのかという根本的な問いに立ち返り、自分なりの答えを見つけた。

その後は、おのれのペースを取り戻した峻王の〝自分流〟の挨拶回りが功を奏し、今日の襲名式には四国のボスである篁組組長をはじめとして、月也と兄弟杯を交わした組長が勢揃いする。

そうは言っても、大神組の関係者全員が心から納得しているわけではないだろう。

いまだ根強い若輩者への不安視や不信感を払拭(ふっしょく)するためにも、今日一日つつがなく大役を務め上げ、瑕(か)

疵のない襲名式にしなければならない。

「緊張して眠れなかったのか？」

声に出して尋ねてみたら、「緊張？」と怪訝そうな声音が返ってきた。

「違うのか。さすがのおまえも襲名式を前にして眠りが浅かったのかと……」

実のところ侑希自身、主役でもないのに神経が高ぶっているらしく、夢ばかり見ていた。それも悪夢ばかり……。アラームが鳴る前に目が覚めたのもきっとそのせいだ。

「緊張……とは違うな」

峻王がつぶやいた。

「リラックスはできている。頭もクリアで冴え渡っている。ただ体の奥がふつふつと熱い。そこに煮えたぎる溶鉱炉があるみたいな感じで」

「それって……」

「たぶん月齢のせいだ」

「やっぱりそうか」

今日は月齢十五日目。

満月の前後三日、人狼である峻王のパワーは最高潮に満ちる。この期間は食事を取らなくても平気だし、睡眠もあまり必要としなくなる。三大欲求のうち、ただひとつ増すのが——。

「目が覚めてからずっとあんたのにおいを嗅いでたからさ……」

ただでさえセクシーな声が、ことさら艶めいて聞こえてドキッとする。

「……かなりヤバい状態っつーか」

不意に手を摑まれ、ぐいっと引っ張られた。布越しでもその熱さと硬さがわかる漲りを握らされて、びくんっとおののく。

そう——性欲だ。冬場の繁殖期を過ぎても、まだ余韻のようなものが残っているらしく、そこに満月が重なると……。

「……あっ……」

強引に自分のものを握らせておいて、峻王が顔を近づけてきた。

「こんなになっちまった……」

甘く掠れた低音を耳殻に吹き込み、舌先でぬるっと軟骨を舐める。もともと弱い耳を、わざとのようにぴちゃぴちゃと音を立てて舐められて、侑希の体はぴくぴくと震えた。

「た、峻王……」

「なに？」

「昨日、寝る前に二回やっただろ？」

「だから？」

「それに今日は大切な儀式が……」

「だからなんだよ？」

傲慢な声を発した峻王が、肉食動物を思わせるしなやかな身のこなしと、抗いを許さないスピードで侑希を組み敷く。

影に覆われたディテールのなかで、ふたつの目だけが金色に光っていた。

野生が宿る獰猛な眼差しで射すくめられ、首筋がぞくぞくと粟立つ。視線と視線と絡め合ったまま、下半身をごりっと擦りつけられて、侑希は呆気なく勃起した。

「あっ」

峻王が肉感的な唇を横に引く。

「ほら、あんたも欲しがってる」

「こ、これはちが……っ」

反論の途中で唇を塞がれた。

「ん、ンン……」

舌でねっとりと口腔内を愛撫されて、粘膜がとろとろに蕩ける。次第に体も脱力していき、峻王の腕のなかでぐにゃぐにゃになった。峻王が寝間着の下衣に手を入れ、蕩け切った肉体のなかで唯一硬いパーツであるペニスを扱く。

「あっ……あっ」

「あんたも……俺の握って」

掠れた声でねだりながら、峻王がスウェットのボトムをずり下げた。跳ね馬のごとき勢いで飛び出してきた屹立を、手を伸ばして握り込む。熱くて硬いそれは、何度か手のひらで扱いただけで、怖いくらいに質量を増した。凶器めいた猛々しさに官能を刺激され、ごくっと浅ましく喉が鳴る。

「入りたい……あんたのなかに入りたい」

耳許の餓えた懇願に、背筋を甘い痺れが駆け上った。もはやそう若くない自分を、十三年前と少しも変わらずに熱く求めてくれる。

それが……うれしい。

「俺も……おまえが欲しい」

囁き返すと、恋人は満足そうに笑った。

侑希の寝間着の下衣を脱がせた峻王が、体をふたつに折り曲げ、後孔に欲望をあてがう。先端を含ませ、「したばっかだから……まだやわらかいな」とひとりごちて、一息に貫いてきた。

「ひっ……あぁっ……」

根元まで埋め切った峻王が、インターバルを置かずにすぐさま動き出す。ウォーミングアップもなく、いきなり激しく動き出した。

「ふ……ん、……あっ……あぁ」

力強い抜き差しにあられもなく乱され、腰をくゆらせ、甘い声で啼く。

もう数え切れないほど、こうして繋がったけれど、毎回、今回が一番いいと感じる。

するたびに気持ちよさを更新する。

すればするほど、好きな気持ちが膨らんでいく……。

「たか……おっ」

「……ゆう、きっ」

一刺しごとに互いの名前を呼び合い、呼吸を合わせ、一緒に高まり合って——ほぼ同時に達する。

「……侑希」

荒い息に紛れて、峻王が「よかったか？」と尋ねてきた。

「……いままで一番」

侑希の答えに恋人は幸せそうに微笑み、「愛してる」と言って強く抱き締めてきた。

「準備はできたか？」

母屋にある控えの間の襖をすっと開くと、和装の男性の後ろ姿が目に入ってきた。

背中に神宮寺の家紋を刺した黒羽二重の羽織り着物に、仙台平の縞の袴。

和の正装を身につけ、艶やかな黒髪を後ろに流した峻王が振り返る。

「……っ」

侑希はしばらく息を止めて、威風堂々たる雄姿に見惚れた。和装の恋人はそうめずらしくないが、ここまできちんとした正装を見るのは初めてだ。

背が高くて肩幅も広く、体幹に厚みがあるので、羽織袴がすごくよく似合っている。侑希も今日は羽織と着物の和装だが、体が薄っぺらくて貧弱な自分は峻王の完成度の足元にも及ばない。

いつにも増してきりっと引き締まった精悍な美貌。

強い使命感と高い志を宿した黒い瞳。

全身から溢れ出る並外れたオーラと、隠しても滲み出るアルファ狼の風格は、彼が紛うことなき「神宮寺月也の後継者」である証だ。

（……立派だ）

苦難を乗り越えて晴れの日を迎えた恋人が眩しくて、ぼんやり立ち尽くしていると、当の峻王から「どうした？」と声がかかる。

「あ……いや……ちょっと驚いて……」

その感想に、峻王がやや面映ゆそうに眉をひそめた。

「ご大層で仰々しいが……まあ、今日ばかりは仕方がない」

「そんなことない！」

あわてて否定する。

「とてもよく似合っているよ。その……なんというか……」

口ごもった侑希は、現在の自分の心情を言い表すのに適当な言葉を探した。しばらく記憶の引き出しを開け閉めして、やっとぴったりなものを見つけ出す。

「誇らしい気持ちだ」

そうだ。こうして、恋人の節目節目に立ち会えることが誇らしい。

出会いは十三年前。

当時はまだ少年と言ってもいい年齢だった峻王の伴侶となり、それからは彼の成長を、誰よりも一番近くで見てきた。少年から青年へ。青年から大人の男へと、心身共にめざましく成長していく恋人を、つがいとして見守ってきた。

そうして今日、峻王はまたひとつ階段を上がる。

体験したことのないステージへと足を踏み出す――。

共に生きた十三年間の記憶が走馬灯のように駆け巡り、誇らしさと喜び、郷愁、期待といった感情が胸を去来した。

万感の思いを噛み締めて、峻王に歩み寄る。

足を止めた侑希は、人狼の血を引く若き領袖を見つめた。背筋を意識的に伸ばし、神妙な面持ちで祝辞を述べる。

「組長襲名、おめでとうございます」

峻王が肉感的な唇をふっと緩め、「ありがとう」と応じた。だが一瞬後には表情を引き締め、まっすぐ侑希を見つめてくる。

「先生……いや、侑希」

わざわざ言い直して、侑希の手を取った。

「これからも側に……一緒にいてくれ」

晴れの席を前にしての懇願に虚を衝かれる。だが、目の前の顔が真剣なのを見て取り、すぐに首肯（しゅこう）した。

「おまえが望む限り、ずっと一緒にいる」

それだけでは足りない気がして、重ねて言う。

「死がふたりを分かつまで、側にいる」

おごそかな声音で誓いの言葉を紡ぐ侑希に、峻王がうれしそうに微笑み、ぎゅっと手を握ってきた。

手を重ね合ったまま、少し背伸びをして唇に唇で触れる。恋人に襲名祝いのキスを贈った侑希は、漆黒の瞳を見つめ、自分たちにとってただひとつの真実を口にした。

「俺たちは〝つがい〟だからな」

あとがき

このたびは、「発情　誓いのつがい」をお手に取っていただきまして、ありがとうございました。本作の主人公である神宮寺峻王と立花侑希が初めて登場したのは、発情シリーズの一冊目、ノベルズ版の「発情」です。当時は人狼ジャンルがマイナーだったこともあり、単発の読み切りのつもりで執筆しました。ところが予想外の好評をいただくことが出来、おかげさまでシリーズになって、鳥海先生の手によるコミカライズも始まり、気がつけば代表作と言われるまでの大きな作品となっていました。こうして十二年間も書き続けることができましたのは、ひとえに発情シリーズを応援してくださった皆様のおかげです。この場をお借りして感謝を申し上げます。ありがとうございました！

そんな発情シリーズの原点とも言える峻王と立花のふたりですが、初登場以降シリーズの全作品に登場し続け、迅人の子供である双子を主人公に据えたセカンドシーズン「艶情」および「烈情」においても重要な役割を果たしています。そういった経緯もあり、個人的にはこのふたりに関しては書き尽くしたような気分になっていたのですが、作家デビュー二十周年を迎えるにあたってキャラクター人気投票を開催したところ（投票してくださった皆様ありがとうございました）、峻王と侑希が「攻」、「受」、「発情シリーズ内カップリング」の三つのカテゴリーで一位を獲得という快挙を成し遂げました。となればもう、このふたりで新作を書き下ろすしかありません。とはいえ、このふたりで一冊埋まるだろうかという不安もあったのですが、結論としてはまったくの杞憂でした。書き進めるほどに筆が乗り、結局、四六判にもかかわらず、二段組仕様というボリュームになりました。

さて、内容についても少し触れますと、時間軸としては「色情」から「艶情」までのあいだの、峻王の大神組組長襲名が物語の核となっています。その後の展開を「艶情」と「烈情」で書いてしまっているので、すでに確定済みの過去と未来の中間を〝埋めていく〟という初の試みに、最初は手こずりました。特に青年期から大人の男性への階段を上ろうとしている峻王を書くのが難しく、苦戦しました。しかし結果として、無敵キャラ（チート）だった峻王の、揺れ動く内面や人間的な弱さを掘り下げたことで、私自身、より深く彼を理解できたような気がしています。それと、これまでは神宮寺が人狼の一族であることに焦点を当てたストーリー展開が多かったのですが、今作では、任侠組織である大神組にスポットが当たっています。と同時に、立花の教師としての顔や、それに伴う葛藤にもフィーチャーしています。月也と峻王の親子関係、立花と御三家の関わりなど、いままで表に出てこなかった部分も書くことができて楽しかったです。皆様にもお楽しみいただけますとうれしいです。

今作でも、発情の世界観をスタイリッシュかつ叙情的に彩ってくださったのは、北上れん先生です。今回もカラー、モノクロともに、ため息が出るほど素敵でした。いつも本当にありがとうございます。また本書には、このあとがきの後に、鳥海よう子先生の描き下ろし漫画と単行本未収録漫画、一式アキラ先生のキュートなチビキャラ四コマが収録されております。三人の先生方の共演、豪華すぎてめまいがします。ご寄稿くださった先生方、ありがとうございました！

デビュー二十周年を記念した特別な一冊、いかがでしたでしょうか。ご感想などお聞かせいただけますと励みになります。そして今後とも、発情シリーズを応援していただけますと幸いです。

二十一年目の夏に。

岩本　薫

between minds
COMIC：鳥海よう子
コミック「発情」出張版
侑希がブラッシングをしたいと言いだした
犬(?)扱いしやがって…
ムス。
ここ気持ち良かったか？
綺麗な毛並みだと見とれてばかりだったけど
サラ…
ずっとこうして触れたいって思ってたんだ
あ…そこキモチイ…
ビクッ

楽しそうにしやがって
うん
楽しいよ
モフ…
この姿のままでも
まるで会話するように通じ合う
うれしい
な…

クソ
なんだか
腹が立つ…
先生
グィ
んん
わ!?
急に
元に戻…
んっ
んく
んっ
んあ
はっ…
こんな
もんより

もっと楽しいことしようぜ
俺と
自分に嫉妬するなんて溺れすぎだろ
End

ガチャ
峻王(たかお) おかえり
おつかれ様
ただいま
今日も親父の外回りに付き合ってつかれた
ん?
コミック「発情」出張版
もふラブ
COMIC:鳥海よう子
この紙袋に入ってるのなんだ?
耳としっぽ?
ああ!
文化祭で使った衣装だよ 僕にも作ってくれて思い出にってくれたんだ
あんたコレ着けてたのか!?
あ…ああ うん 生徒が一緒にって言うもんだから…
恥ずかしかったけどな…///
グッ
……今すぐ着けろよ
ガキ共が見れて俺が見てないとかありえねぇ!!
え——……

どう…どうだ？
ジ〜〜…
あ…あまり ジロジロ見るな
似合わない だろ
生徒達は 皆かわいかったんだ
僕じゃ…
わっ

スッ
峻王(たかお)!?
普段と違うあんたにグッとくるってのもあるけど
グッ
ビクン
それはヤバ過ぎだ
何?偽物の耳なのに感じてんのか?
ぷに
ぷに
お…
お前の息がかかって
んん
サワ
ビクン
エロい尻が益々卑猥だ
!?
や…やめ…
え?

峻王（たかお）───!?
耳がッ!?
あ?
あーあ あんたがあまりに エロいから
半獣に なっちまったじゃねーか

責任とれよ
サワ
ビクン
あ…っ
たか…お
しっぽ…が
ビクン
だめ…っ
グググ
なんだ？
いつもより
敏感だな
サワ
サワ
だってお前の
その姿が…
スッ
すごく…
かっこいいから…
ちゅ

侑希…
ぷる
ぷる
ぷる
グッ
今夜は覚悟しろよ
寝かさねーからな
ふー
え?
ちょ…なんで!?
そんな急に本気モード!?
無自覚にエロいことするあんたが悪い!
え〜
End

ちびキャラで「発情」

人狼はオオカミに変身する生き物です。

～BBN「発情」より～

COMIC：一式アキラ
原案：岩本 薫

発情シリーズ特設サイト
https://www.b-boy.jp/special/hatsujyou/
ではフルカラーで絶賛公開中♥

人狼だから、♂同士で赤ちゃんも生まれます❤

〜BBN「蜜情」より〜

人狼は「つがいの相手」に出会うと発情期を迎えます。

〜BBN「欲情」より〜

思春期に発情期が来ます。

～BBN「烈情 皓月の目覚め」～

人狼の群れにおいてはαは絶対的存在です。

～BBN「艶情 王者の呼び声」「艶情 つがいの宿命」～

それぞれの危機。

～BBN「烈情 恋月の行方」～

ついに峻王が組長に！

～「発情 誓いのつがい」～

大好評発売中!!
BBNの超人気〝人狼〟ラブストーリーが、
鳥海よう子の手により、
激しく情熱的に、野性的にコミック化!!
たっぷりエッチな描き下ろしコミック＆ノベルもお届け！
BBC DX
「発情」
「欲情」
「蜜情」
著：鳥海よう子
原作：岩本 薫

「情」
〜Emotion〜
発情＋熱情短編集
Novel：岩本 薫
Illustration：円陣闇丸・北上れん
大好評発売中！
運命のつがいを求める人狼たちの「発情」シリーズ
恋に溺れる男たちのエロス「熱情」シリーズ
両シリーズすべての恋人たちの物語を収録、大量書き下ろし。
定価：1600円＋税

初 出

発情 誓いのつがい／書き下ろし
between minds／小説ビーボーイ（2015年5月号）掲載
もふラブ／描き下ろし
ちびキャラで「発情」／ビーボーイWEB「岩本 薫 発情シリーズ特設サイト」掲載

「発情 誓いのつがい」をお買い上げいただきありがとうございます。
この本を読んでのご意見、ご感想など下記住所「編集部」宛までお寄せください。

アンケート受付中

リブレ公式サイト https://libre-inc.co.jp

TOPページの「アンケート」からお入りください。

発情 誓いのつがい

著者	岩本 薫
	©Kaoru Iwamoto 2019
発行日	2019年9月27日　第1刷発行
発行者	太田歳子
発行所	株式会社リブレ
	〒162-0825 東京都新宿区神楽坂6-46 ローベル神楽坂ビル
	電話　03-3235-7405（営業）　03-3235-0317（編集）
	FAX　03-3235-0342（営業）
印刷所	株式会社光邦
装丁・本文デザイン	ウチカワデザイン

Printed in Japan
ISBN978-4-7997-4539-7

次から次へと離職者が出る状況で、女性のキャリア支援や海外人材、シニア人材の活用を行ったとしても、またその人たちが辞めていき、人手不足は解消されません。

また、ITやロボットによる自動化・業務効率化だけでは、離職が止まらない組織の人手不足を解消することは難しいでしょう。

離職を防ぎ、人を根付かせ、育てる。

これが人手不足解消の基礎となるものであり、そのために必要な取り組みを継続してやり抜くことが、これからの時代、より一層必要になります。

本書がそのための一助になれば幸いです。

最後に、本書を執筆するにあたり、ご協力いただいた三浦謙吾さん、三宅裕介さん、西堀智紀さん、藤田恭正さん、そして東洋経済新報社にてご担当いただいた桑原哲也さん、近藤彩斗さんに心から感謝いたします。

著者紹介

藤田 耕司（ふじた こうじ）

経営心理士、公認会計士、税理士

一般社団法人日本経営心理士協会 代表理事

1978年生まれ。2002年早稲田大学商学部卒業。04年公認会計士試験に合格、同年有限責任監査法人トーマツに入所。15年一般社団法人日本経営心理士協会設立、代表理事就任。

心理と数字の両面から経営コンサルティングを行い、高い成果を残す経営者やビジネスマンの共通点を心理学的に分析。その内容をもとに人間心理に基づいた経営手法を経営心理学として体系化し、のべ1200件超の経営改善を行う。

その経営手法を学ぶ「経営心理士」の資格を創設し、経営心理士講座を開催。のべ１万人超が受講し、その成果の高さが認められ、講座の内容は省庁や大手企業でも導入。『日本経済新聞』はじめ各種メディアでも紹介される。

著書に『リーダーのための経営心理学』（日本経済新聞出版社）などがある。

離職防止の教科書
いま部下が辞めたらヤバいかも…と一度でも思ったら読む 人手不足対策の決定版

2024年9月3日発行

著　者――藤田耕司
発行者――田北浩章
発行所――東洋経済新報社
〒103-8345　東京都中央区日本橋本石町 1-2-1
電話＝東洋経済コールセンター　03(6386)1040
https://toyokeizai.net/

装　丁………成宮　成(dig)
ＤＴＰ………キャップス
印　刷………TOPPANクロレ
編集担当……桑原哲也、近藤彩斗

ISBN 978-4-492-55837-9